ジュリーの世界

増山実

ポプラ社

ジュリーの世界

目次

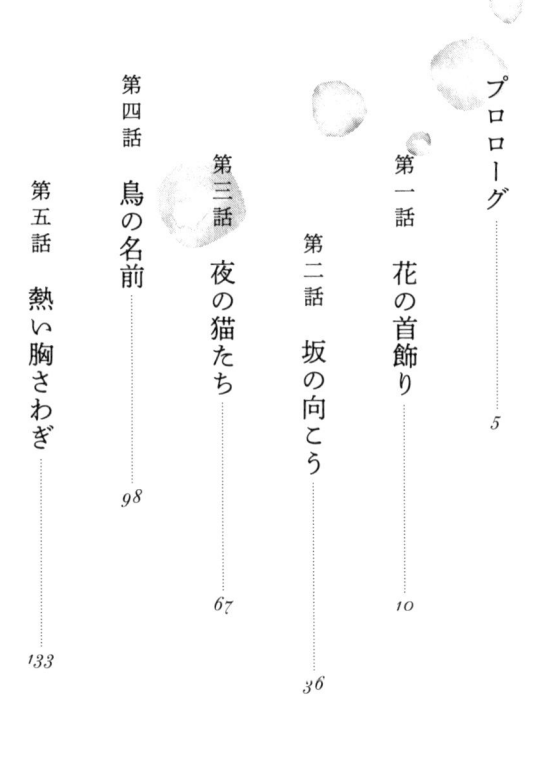

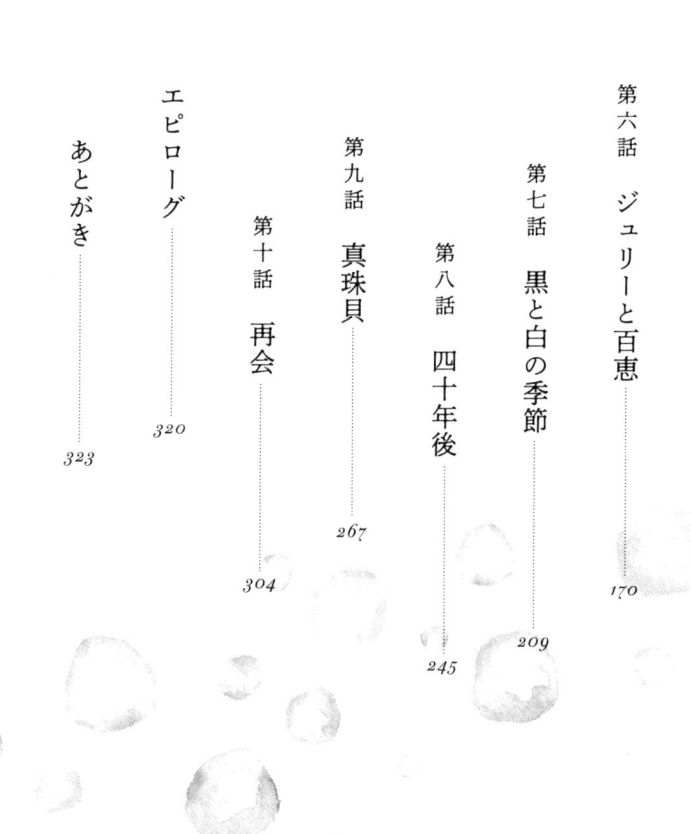

装画　中村一般
装丁　岡本歌織（next door design）

プロローグ

二〇二〇年　二月五日

花束を持った男が祇園四条通りを東に向かって歩いていた。

午前七時。街はまだ眠っている。

普段ならこんな時間でも中国人の観光客たちが早朝営業のカフェ目当てに大勢出歩いている。しかし今、彼らは大幅に渡航が規制されている。日本でも感染者が発見されて大騒ぎになっている新型肺炎の影響が、この街にはいち早く及んでいた。人影はなく車もほとんど通らない。

静まり返った花見小路の交差点を悠々と横切っているのはカラスだ。黒い影は一瞬飛び立ち、飲食店のテナントビルの前にうずたかく積まれたレタスやらネギやら卵のパッキングやらの箱をついばみだした。嘴が朝の陽を受けてメタリックな光沢を放っている。

その脇をウグイス色の市バスが追い越して行った。201系統。下鴨神社に向かうバスだ。男はちらとバスの中を見た。乗客は誰も乗っていなかった。カラスは動じることもなくダンボールに残ったレタスの切れ端をつついている。

祇園のT字路の向こうに八坂神社の階段が見えた。

階段に続く横断歩道の手前にある交番の中を横目で覗く。誰もいない。

隣には四十年前、「八百文」という名のフルーツパーラーがあった。当時は「東の千疋屋、西の八百文」と言われたほどの名店だったが、今はドラッグストアになっている。

街は変わる。そして、人も。八坂神社の赤い楼門だけが昔と変わらずそこにあった。

交番前の信号が青になった。東大路通りを横切る横断歩道はたかだか十メートル余りの幅なのに、信号が青になっても誰一人歩いていない大通りはやたらと広く見え、まるで橋のない冷たい川を素足で渡っているような心細い気持ちになった。

なんとか渡りきり、目の前の石段を見上げた。

男は一段ずつ数えながら上る。

覚えている。石段は、たしか十九段。

一段上るごとに白い息が目の前に立ち込めた。

花束を持った手が、かじかむ。男は息が切れ、途中で立ち止まり、顔を上げる。

見上げる階段の先に、「彼」の後ろ姿が蘇った。

あの日の深夜、あるいは未明、「彼」はこの階段を、どんな気持ちで上ったのだろうか。今日よりもずっと冷たい凍てつく風に身を縮ませ、ボロボロの服をまとい、穴の空いた靴を引きずるようにして、「彼」は、なぜこの階段を上らねばならなかったのか。

三十六年経った今も、それは男の中で謎のままだった。

男は視線を自分の足元に移し、再び石段を上る。

十九段数えたところで、再び顔を上げる。男は楼門をくぐった。

境内に人影はない。古びた大八車だけがまるでずっと昔からそこに打ち捨てられていたように佇んでいた。疫病社という名の小さな拝殿を右に曲がると、男が訪れるのを待ちかねたかのように、明かりの消えていた何十もの提灯が一斉に灯った。男は息を呑んだ。

地面の下から、さらさらと水の流れる音がかすかに聞こえる。

白装束に白マスク姿の宮司がどこからか現れ、ゴロゴロと立て看板を引きずって本殿の方に向かう。看板には「ご祈禱予約」と書かれている。

舞殿を越え、まっすぐに進んで赤い鳥居をくぐると円山公園に出た。

正面に東山が見える。鉛色の空はかすかに赤みを帯びているが、まだ朝日は見えない。

やはり人影はない。枯れた桜の木にとまっているカラスの群がぐわっぐわっと不気味な声で啼いている。

右手に鉄筋コンクリート造りの巨大な倉庫が見えた。独立したグレーの扉がいくつも並び、それぞれに立派な錠前がつけられている。扉の上には木板に金文字で名が記されている。

木賊山、芦刈山、伯牙山、郭巨山、油天神山、太子山、浄妙山、黒主山、孟宗山、岩戸山。

すべて、中京、下京の各町が持つ山鉾の名前だ。各町には祇園祭の際に巡行する山鉾を収納する倉庫があるが、町で管理できない山鉾がこの格納庫に集められて収納されているのだった。

「彼」は、三十六年前の今日、二月五日、「岩戸山」の軒下で死んでいた。

凍死だった。

男が今日くぐった西の楼門から入ると、一番手前の扉だ。おそらくここで力尽きたのだろう。

男は人避け（ひとよけ）の鎖をまたぎ、敷地に入る。

軒下のコンクリートに手を当てる。ひんやりと冷たい感触が伝わった。

遺体が発見されたあの日の京都の午前七時の気温は、氷点下二・九度だったという。

当時の京都の冬は今よりずいぶんと寒かったが、あの朝の「底冷え」は格別だった。

彼の死の床は今日よりもずっと冷えていただろう。

男は持っていた花をそっと置いた。

その脇に鳥の羽根が一枚落ちていた。

ひざまずき、目をつぶって手を合わせた。

男は立ち上がり、鎖をまたぎ、公園の道に出た。

道の先に赤いテントがあった。

無人の御籤（みくじ）売り場だ。「名前は貴方の宝」と墨書きがあり、男女別に名前を書いた御籤が多数差し挟んであった。料金箱に百円を入れて自分の名前の籤を引く方式だ。

おそらくは千以上はある名前を、男は端からひとつずつ見ていった。

自分の名前の籤に興味はない。もう人生の半ばはとっくに過ぎている。今更「運勢」が判ったところでどうなるというのだ。

男が探しているのは、「彼」の名前だ。

「彼」の名前はすぐに見つかった。ありふれた名前なのだ。

しかしこの京都の街で、誰も「彼」のことを、本名で呼ぶ者はいなかった。家族以外にその名を知る者はなく、その家族も恐らくはもうこの世にいない。「彼」の本当の名を知っている者は、もう自分だけかもしれない。

名前は、貴方の宝……。

男はそう思い、もう一度、御籤売り場の墨書きを見た。

そうかもしれない。

男は、そっと口の中で、その名を転がした。

「本名」ではなく、この街でずっと呼ばれていた、「彼」の名前を。

河原町（かわらまち）のジュリー。

それが、「彼」の名前だ。

第一話　花の首飾り

一九七九年　春

1

三条京極交番に血相を変えた女が飛び込んできた。

「ちょっと！　おまわりさん、なんとかしとくれやすな、あの浮浪者！」

一目で高級とわかるミンクのコートに、手にはピンクのバラをあしらった髙島屋の紙袋。髪を綺麗に結い上げている。身なりは落ち着いて見えるが肌はまだ若く四十は越えていないだろう。祇園か先斗町あたりの小料理屋の若女将、といったところか。

木戸浩介は努めて冷静な声で言った。

「まあ、落ち着いてください。浮浪者が、どうかしましたか」

「うちのネックレスを、ひったくっていったんどす！」

「浮浪者が？」

「へえ！　おまわりさんも知っておすやろ？　ほら、いつもこの辺、うろうろ歩いてる、あの浮浪者。河原町の、なんたら、いう……」

「河原町の、なんたらって？」

「知らんのどすか？　辛気臭いな、ここの交番のおまわりのくせして。あんた、モグリか」

「すみません、私、この交番に、まだ赴任してきたばっかりの、新米でして」

　おまわりさん、が、おまわり、になり、挙句にモグリ扱いされて、木戸はムッとしたが、無論表情には出さない。

　むしろ今朝から交番にやってくる人たちの用件が公衆便所はどこだとか本能寺へはどうやって行けばいいだとかの道案内が半分以上、あとはお金が足りないから電車賃を貸してくれだとか、猫が迷子になったから探してくれだとか、かなりうんざりしていたところに、ひったくり、と聞いて、ようやく事件らしい事件が飛び込んできて、よっしゃと心の中で握りこぶしを作っていた。

「そいつは、『河原町のジュリー』ですな」

　傍らに座る山崎巡査長が助け舟を出してくれた。山崎は木戸の直属の上司で、まだ「半人前」の木戸をサポートする。

　木戸は京都府警の警察学校を卒業し、この春から中京区下立売署地域部外勤課に配属になったばかりだ。京都随一の繁華街のど真ん中にある三条京極交番に勤務となり、今日がその「実戦」の初日なのだ。

「へえ！　へえ！　そうどす。河原町のジュリー！」

女が大きく首を縦に振る。

河原町のジュリー？　誰や、それは？

木戸は初めて聞く名前だ。

ジュリーといえば、沢田研二しか知らない。一昨年だったか、『勝手にしやがれ』でレコード大賞を獲ったとき、普段はあまりテレビを観ない木戸も生中継を観ていた。晴れやかな表情で歌っている沢田研二の顔は、男の木戸が観ても惚れ惚れするほど美しかった。

どうやら浮浪者であるらしい男の名前が、ジュリーとは。しかも山崎と女の間ではそれで話が通じている。このあたりでは有名らしい。

木戸は女の住所と氏名を聞いたのちに、質問を続けた。

「で、ひったくられたのは、ネックレスですか？」

「へえ。うちのつけてたネックレスどす」

「首につけてた？」

「へえ。そうどす。ちぎられたんどす」

「それはかなり乱暴ですね。どこで、ですか？」

「そこの、河原町三条の交差点、ほん、今しがた！」

「それやったらまだその辺、いてるかもしれませんね。見てきます。男の特徴は？」

「そやさかい『河原町のジュリー』やって、言うてますやん！」

女の金切り声がまた一オクターブ高くなった。

「あないに汚らしいのは他にいーひんさかい、間違えるはずおへん！」

「わかりました」

交番を飛び出そうとする木戸を山崎が呼び止めた。

「ちょっと待て。行かんでええ」

「なんでですか」

「ええから」

山崎の顔は極めて冷静だ。そして女に向かって言った。

「まあ、落ち着いてください。まずは、被害届、作りましょうか」

女が抱えていた髙島屋の紙袋を脇の椅子に無造作に置き、でんと座って身を乗り出した。

「さっきね、うち、三条のアーケードの下の交差点に立って、信号待ちしてたんどす。そないしたらね、ちょうどうちの横に、あの河原町のジュリーが立って、おんなじように信号待ちしてるやあらへんどすか。気色悪う〜と思てサブイボ出そうになったんどすけどな、そやさかいいうて、すぐに退くのも、気ィ悪いやおへんか。まあ、じきに信号変わるし、変わったら早足で歩いて離れたろ、と思とったんどす。そないしたら、信号が青になった途端、うちの首につけてたネックレス、ひっちぎって、走って逃げたんどす！」

山崎は相変わらず冷静だ。

「場所は河原町三条交差点。どの角ですか」

「商店街の入り口、下がったとこ。不二家の前どす」

「南西角ですね。時刻は、つい今しがた、とおっしゃってましたから、十一時四十五分頃でよろしいですか」

「そんなとこどすかな」

「ネックレスはどんなネックレスですか」

「白い貝殻を花びらにかたどって、ビーズで繋いでるんどす。海辺に咲く、ハマヒルガオみたいな花。花の首飾りどす。うち、手作りのアクセサリー作るの、趣味どすねん」

女の目が、そのときだけ乙女のように煌めいた。

「で、引きちぎられた、ということは、引きちぎった力で、チェーンが切れた、ということですね」

「そうどす」

「お怪我は？　首元に傷や擦れた痕はついてませんか」

「あ、いえ、そら、大丈夫どしてん」

「それは、奇妙ですね。力ずくで引っ張ったんなら、なんらかの痕はつくと思うんですが」

「あんた！」

女は立ち上がった。

「あんた、うちが嘘ついてる、言わはるんどすか！　あほくさ！　そんなんやったら、もうよろし！」

女は脇に置いた紙袋を摑(つか)んで出て行った。

ふう、と山崎は大きなため息をついてバインダーを閉じた。

「やっぱりちょっと、その浮浪者、まだその辺におらんか、今からでも見てきましょうか」

木戸の言葉を、山崎が制した。

「その必要はない。居場所はわかっとる。逃げも隠れもしようらんから、あとで見つけたら警らの時に職質したらええ。まあ、職質してもまともな言葉は返ってこんがな」

山崎はのんびりと構えている。

「それより、あの女の言うとることは、嘘や」

「嘘？」

「ああ、すぐにわかった」

「首の様子ですか」

「それ以前や。あの女、河原町のジュリーが、走って逃げたって言うたやろ」

「はい」

「河原町のジュリーはな。絶対に走らんのや」

「足が悪いんですか」

山崎は首を振った。

「そうやない。あいつはな、誰よりも悠然と歩くんや。いつ、どんなときも、何があっても」

「そしたら、ネックレスをひったくった、いうのも」

「女が途中で気まずうなって帰ってしもたから、真相はわからんけど、おそらくは、濡れ衣やろうなあ。女が、なんでそんな嘘をついたかはわからんけどな」

木戸は山崎の言葉を奇妙な思いで聞いた。

山崎は、あの女より、浮浪者の方を信用している。

普通、真っ先に疑いをかけられ、取り締まりの対象となるのが浮浪者ではないのか。

河原町のジュリーとは、いったいどんな浮浪者なのか。

ネックレスのことは別にして、木戸は今からでも交番を出てその男を見たくなった。

その時、奥の執務室の扉が開いて、宮田巡査長が出てきた。

執務室は交番の巡査たちが書類作りなど事務作業を行う場所で、グレーのスチール机が配置されている。傍らに階段があり、二階へ上がるとそこが休憩室だ。宮田はちょうど昼食休憩を終えて出てきたところのようだ。

「おお、新人、頑張っとるな。若いうちは、頭やのうて、体、使えよ」

角ばった顔についている太い眉が、からくり人形のようにへの字になった。

「はい。宮田巡査長先輩、頑張ります」

「その、長ったらしい言い方、やめ。わしのことは『ハコ長』で、ええ」

「はい、『ハコ長』！　頑張ります」

ハコとは、箱だ。警察官の間で使われる隠語で、交番のことを『ハコ』と呼ぶ。三条京極交番には六人の警官がいて、一番上が巡査部長、そして巡査長が二人。新人の木戸を含めたヒラの巡査が三人だ。肩書き上は巡査部長が一番上だが、現場の実務上のリーダーは、木戸の指導教官である山崎巡査長よりキャリアが上の宮田巡査長で、ハコ長と呼ばれている。ハコ長は温厚な山崎とは対照的に瞬間湯沸かし器の異名をもち、口より先に手が出るタイプで部下からはかなり恐れられている。ヒラ巡査が入れたお茶を「熱すぎるやないかい！」と怒鳴りつけて湯呑みを投げつけた、なんていうエピソードも、赴任前に先輩から耳にしている。木戸にとっては緊張する相手なのだ。

「よし、木戸巡査、我々も昼メシにしよか」

山崎が腰を上げた。

「定時に昼メシ食えるのはありがたいで。緊急事案が入ったらメシも食わんと働かなあかんのが我々警察官や。食える時に食うとこう」

「了解しました」

執務室から二階へと続く階段を上りながら、木戸の耳には、先ほどの山崎の言葉がずっと耳に残っていた。

「あいつはな、誰よりも悠然と歩くんや。いつ、どんなときも、何があっても」

2

「警察官になったこと、後悔してないか」

二階の洗面所で顔を洗い、タオルで顔を拭いていた木戸に、山崎が声をかけた。

「してません。なんでですか」

「まあ、俺も新人の頃はそやったから。いろいろ、思ってたんとちゃう、とギャップ感じてな」

「大丈夫です。ただ、交番に来る人のほとんどの用件が、道を教えてくれっていう人やというのには、ちょっとうんざりしました」

「正直な感想でなかなかよろしい」

「それと、電車賃ないとか、財布忘れたとか言うてお金を借りに来る人が、二人もおりました。あと、猫がおらんようになったから、どこにおるか見つけてくれ、言うてきた人」

「ああ、井上レコード店の奥さんな」

「みんな、交番を、なんやと思てるんですかね」

「交番やと思うから、腹が立つ。ここは、寺やと思え」

「寺?」

「そうや。交番は、困った人間の駆け込み寺や」

「寺やったら、交番の周りにいくらでもあります」

「その通りや。交番の前の通りは寺町通り、言うぐらいやからな」

「本能寺は、歩いて一分もかかりませんし、本能寺行くまでに、天性寺もありますし、何より、この交番のすぐ隣が、矢田地蔵尊です」

「寺は、意外に敷居が高いんやろなあ。悩みは聞いてくれるかもしれんけど、お金は貸してくれん。逆にお布施が必要や。どうしても、交番に頼んでみよか、となるんやろなあ。隣の矢田地蔵、なんと呼ばれてるか知ってるか。代受苦地蔵や。苦を代わりに受ける地蔵さん。さしずめここは、代受苦交番や」

代受苦交番。自分にそれだけの度量の広さがあるだろうか。

木戸はずっと気になっていたことを訊いてみた。

「あの、山崎先輩、午前中にお金借りに来た人に、お金貸してはりましたけど、あのお金は、もしかして、自腹ですか」

「もちろん自腹や。警察に金を貸す機能はないからな。個人的に貸してるわけや」

「みんな、返しに来るんですか」

「まあ、返しに来る方が、少ないな。お金渡した時点で、返ってこんと思て渡してるよ」

「午前中に来た、あの二人はどうですか。五百円借りて行った中年の男と、千円借りて行った、宇治から来た、言うてたおじいちゃん」

「返しには来んやろな。長いことやってると、それもわかるようになる」

「どうしてわかるんですか」

「必ず返しますって、丁寧に何べんも頭下げて、それこそ地蔵さんにするみたいに、拝んで帰って行ったやろ。ああいう人間は、返しに来ん。逆に、ああ、こいつは、返さんやろなあ、と思うような人間が、案外、返しに来る。過剰に人に感謝する人間ほど、いともあっさりと、人を裏切る。そういうことも、警官をやってると、見えてくる」

山崎はそう言うと、二階の休憩室のロッカーから風呂敷に包まれた弁当を取り出して、ちゃぶ台の上に広げた。

交番勤務での警官の昼食は、愛妻弁当か、出前と相場が決まっている。勤務中に外の飲食店で食べることはまずない。制服姿で店に入ると警察官の身分を利用した、という印象を第三者に与える可能性があり、職務の公平性に問題が出る、という理由からだ。執務室の脇には炊事場もあり、簡単なものなら自炊もできるが、いつ緊急事案が飛び込んでくるのかわからないので、結局は手間のかからない弁当か出前となる。

妻帯者の山崎は愛妻弁当派のようだ。木戸は風呂敷を広げて取り出した先輩の弁当箱の中身をちらと覗く。

アルマイトの楕円(だえん)形の弁当箱に梅干しが載(の)った白ご飯、もう一つの箱には赤いウインナーと卵焼き、紅鮭の切り身、佃煮(つくだに)。絵に描いたような愛妻弁当だ。

こういう弁当を作ってくれるのはどんな奥さんなんだろう。そもそも警察官はどうやって結婚相手と知り合うのだろう。公務員らしくお見合い？　それとも、交番勤務で知り合ったなんらかの事件の被害者と接するうちに恋仲になり、みたいな、ロマンのある展開？　気になったが、もちろん新米の分際でそんなことは聞けなかった。

木戸は自分のロッカーの中からカップヌードルを取り出して、ちゃぶ台の上に置いた。

「おまえ、昼メシ、そんなんで、足りるんか」

山崎がタコのウインナーを頰張りながら、呆れるように言う。

「まあ独身で弁当作ってくれるカアちゃんはおらんにしても、出前でも取って、精つけろよ、ええ若いもんが」

出前ならば交番の巡査たちが御用達にしている近くの店が何軒もあり、メニュー表が束になって置いてある。

「でも、出前は、高くつきますから」

警察官の勤務中の食事代は自腹なのだ。警察官の給料は、他の公務員に比べれば手当などがつく分いくらかは恵まれているが、木戸のような高卒の新米警官はまだまだ安月給だ。できるだけ切り詰めたい。

「店の人が気を利かせて、たいがい値引きしてくれるで。あと、大盛りにしてくれたり、おかず一品、多めにつけてくれたりな。今日は晴れの新任初日や。俺が奢ったろ。うなぎでも食うか。奮発して、『かねよ』のうなぎは、どうや」

「ありがとうございます。ぜひ今度、ご馳走になります。でも、僕、今日の昼メシは、カップヌードルにしたいんです」

そう言って、ポットのお湯をカップヌードルに注いだ。

「なんやそのこだわりは？　よっぽど好きなんか。なんかの験担ぎか」

「はい。その両方です」

蓋を閉じたその上に週刊誌を置いて答えた。

「そもそも、僕が警察官になろうと決めたんは、このカップヌードルがきっかけみたいなもんなんです」

　ほう、と山崎が弁当箱から顔を上げた。

「カップヌードルがきっかけで、警察官に？　どういうことや」

「話せば、ちょっと長なります」

「三分で話せ。そのカップヌードルが出来上がるまでに」

「三分では収まらんような気がします」

「三分で話せ。警察官には、必要な書類を要領ようまとめる能力も必要や」

　上司の命令には逆らえない。木戸はうまく話せるかどうか不安だったが、観念して話し出した。

「僕が中学一年の、三学期でした。今から七年前。昭和四十七年ですね。連合赤軍のあさま山荘事件というのがありました」

「おお、よう覚えてる。連日テレビで中継やってたな。俺はちょうど警官になって三年目やった。あの最後の突入の日は泊まり勤務明けの非番やったけど、朝から夜まで、ずっとテレビの前にかじりついて、中継観てたで」

「僕も、あのテレビ中継を、近所のタバコ屋のおばちゃんとずっと観てたんですよ」

「近所のタバコ屋のおばちゃんと？　自分の家と違うんか」

「その頃、うちの家にテレビ、なかったんですよ。ものすごう貧乏やったんです。父親が借金こしらえて蒸発してましたから」

「ほう、苦労したんやな」

「時間ないですし、そこは、端折らせてください。で、僕もあの中継を、固唾を呑んで観てたんですよ。なんか、作りもんのドラマを観てるみたいでした。連合赤軍が、バンバンライフルを機動隊に向かって撃ってくるんですもん。装甲車みたいなクレーンが出てきて巨大な鉄球で、建物の壁を壊したり。でも、ドラマやったら、視聴者を飽きさせんために次から次へといろんな展開があるでしょう？　あの中継は、なんにも起こらへんのにただただテレビ画面が建物を映してるだけっていう、膠着状態の時間というのが結構あって、それで逆に、ああ、やっぱり、これ、現実なんや、って思いました。で、僕は、正直言うと、最初、人質を取って立て籠ってた、連合赤軍の方を応援して観てたんです。人質の人はかわいそうやけど、あんな大勢の警察、機動隊に囲まれて攻められてる彼らの方が純粋で、この矛盾だらけの世の中を変えるために戦ってる。子供心に、そんなふうに見えたんです」

「まあ、当時、世の中の、ある一定数は、そう観てたやろうな。そやから警察も、あの時点では世論を考慮して一気に攻められへんかった、という側面もある」

「はい。でも、彼らに対する見方が変わった瞬間がありました。連合赤軍のメンバーの母親が、ヘリコプターで現場にやってきて、乗り換えた車からスピーカーで、『もう出てきて』って、泣きながら訴えたんですよ。そのとき、銃弾が飛んできたんです。その、母親が乗ってる車にですよ。それで、僕の気持ちは、一瞬で冷めました。泣いている自分の母親に銃の引き金を引く人間が、世界を変えられますか？　誰かを幸せにできますか？　それから、機動隊が、あさま山荘に突入した時、警官が撃たれて亡くなりました。担架で運ばれる姿が、テレビにもはっきり映りました。顔が血で真っ赤に染まって、もう死んでるのがわかりました」

「悲惨な事件やったな」

「で、結局、過激派たちは、全員逮捕されました。その生中継をずっと観てた時に、ものすごい印象に残ったシーンがあったんです。機動隊の人たちが、寒風吹きすさぶ中で、何かを食べてたんです。あの食べ物、何やろう、と、ずっと気になってて、その時は分からへんかったんですけど、それが、カップヌードルやって、あとから分かって。その夏に、近所のプールに行ったら、カップヌードルの自動販売機があって。お湯も出て、その場で食べられるやつです。なけなしの小遣いの百円入れて食べてみたら、ごっつう美味(おい)しいて。冷たいプールから上がってすぐやったから、よけいにものすごう温かく感じたんですね。ああ、これ食べながら、機動隊や警察はあそこで頑張ってたんか、って。その時、ふっと頭に浮かんだんです。そうや自分も警察官になろうって。なんでそんな考えが中学生の自分の頭に浮かんだんか、自分でも、今もようわからんのですけど。ただ言えるのは、僕が警察官になろうと思たんは、このカップヌードルがきっかけ、というわけです」

「よし。ちょうど三分。食べてよし」

山崎が腕時計を見て許可を出す。

「ありがとうございます」

木戸はカップの蓋を開け、箸を突っ込んでよくかき混ぜた。湯気とともに甘い香りが匂い立ち、腹の虫がぐうと鳴る。縮れた麺を一気に搔き込んだ。美味い。

山崎が言う。

「おまえの話は、一見、筋が通ってそうで、通ってないな。けど、人が仕事を決めるきっかけ、ちゅうもんは、案外、そんなもんかもしれん」

急に話を振られて答えたのだ。警察官の採用試験の面接ではこんなことは話していない。

今日も話すつもりもなかったのだが、気がつくと山崎の前でベラベラと喋っていた。

「こんなん、人前で話したん、初めてです」

「せっかくやから、言うといたろう。職務質問の心得や。まず基本は、相手の行動や言葉に違和感を持つことや。たとえばさっき、俺は、おまえがカップヌードルにこだわることに違和感を持った。それで質問する気になった。そういうことや。あと、もう一つ注意すべきことがある。罪を犯そうとするもんは、見つかったり捕まった時のための嘘の言い訳をあらかじめ考えてる時がある。そういう答えは、どこかツルツルなんや」

「ツルツル？」

「そう。逆に引っ掛かりがない。つまり、理路整然としている。筋が通り過ぎてる、というかな。たとえば、事件が起こったとする。犯人を目撃したと言う第一発見者が、実は犯人やった、というケースが少なからずある。その時、第一発見者を装う犯人は、架空の犯人の目撃情報を警察に話す。『犯人』の服装やとか顔の特徴を事細かに話すんや。理路整然とな。けど、一瞬見ただけの、事件を起こした現場の犯人を、そんなにはっきりと冷静に覚えられるもんやない。気も動転してるしな。それが言えるのは、あらかじめ、考えてたからや。警察官は、そこにも『違和感』のアンテナを張っとかなあかん。おまえのさっきの答えには、それがなかった」

なるほど、と木戸は感心した。感心したと同時に、自分はそこまでの洞察力が持てるのかと不安にもなった。

「あの、ひとつ、質問してもいいですか」

「なんでも訊けるのが新人の特権や」

「そういうのを察知する力をつけるんは、どうしたらええですか」

「まあ、一番は、経験を積むことや。と、言うてしまえば、身もふたもないな。もうちょっと突っ込んで言うとすれば、心をざらつかせとくことや」

「心をざらつかせとく？」

「そうや。こっちの心がツルツルやと、そういうのは、入ってけえへん。ツルツルのステンレスの板は、水を吸い込まんやろ。なんでもさっと流してしまう。表面がざらついた木の板は、水を吸い込む。常に心をそういう状態にしておくことや。木の板の心を持つことや」

心をざらつかせる……。木の板の心を持つ……。

その言葉で、すべてを理解したとは言い難かったが、山崎の言葉は、少なくとも木戸の心の隙間から体の中に染み込んできた。そして、そんな表現をする山崎という上司に興味を持った。同時に、これまで彼のことをただ温厚な人としてしか認識していなかった自分を恥じた。ざらついた心を持て。そう心に刻んだ。

「山崎先輩は、どんなきっかけで、警察官になりはったんですか」

「俺か？　俺は『デモシカ』やがな」

「デモシカ？」

「おう。警察官にでもなろか、警察官にしかなれん。そういうクチやな。公務員になろうと思て、いろいろ試験を受けた。で、警察官試験だけ引っかかったというわけや」

「なんで公務員になろうと思いはったんですか」

「そりゃあ、身分が安定しとるやないか。ほんまは、教師になりたかったんやけどな。こう見えても、一応教員免許、持っとるんや」

「へえ。そうなんですか。何の科目ですか」

「まあ、法学部やったんで、社会やな」

「大学出てはるんですね。実は、僕も、この春から、夜間大学、通うことにしたんです」

山崎が目を丸くした。

「警察官やりながら、か」

「はい。警官は三交替制勤務やから、泊まり勤務の夜はあきませんけど、翌日の非番の夜と、次の日の休みの日の夜は、大学に通えますから。三日に二日は通えます」

「高卒で夜間の大学に通う警官は、ごくたまにおるけど、簡単なことやないで。三日に二日、夜は空いてるっていうけど、緊急の事案が入ったらそんなん吹っ飛ぶし、第一、遊んだり息抜きする暇がないやないか」

「覚悟してます。ただ、大学卒業の肩書き、欲しいだけです。公務員は、高卒と大卒で、将来の給料が全然違うでしょ。初任給だけでも、二万円も違うんです。給料ぎょうさん欲しいですから」

「大学卒業してから、公務員になろう、とは思わんかったんか」

「いやあ、テレビを質に入れなあかんような家でしたから」

木戸はそう言うとカップヌードルの汁を飲み干した。

山崎が弁当箱の蓋を閉じて、訊いた。

「今、交番で食べた、カップヌードルの味は、どうや?」

「中学の時に、プールで食べた味とは、違いました」

「どう違うた?」

「山崎先輩との話に夢中になってしもたんで、麺が伸びきってしまいました」

「おう、それは悪いことしたなあ。ついでやから、もうひとつ、アドバイスしとこ。最初にも言うたが、若いうちは体が資本や。メシはちゃんと食え。これからは出前を取れ。それと、出前を取るときは、麺類は避けろ」

「なんでですか」

「いつなんどき緊急事案で呼び出されるかわからんのが巡査や。そうなったら、麺が伸びきる。そして、木戸、おまえの場合は、上司が話し好きや。麺が伸びきる」

木戸は笑った。山崎も笑った。

「よし。午後からは、一時間、『警ら』に回るぞ」

「了解しました」

「河原町のジュリーにも、警らの途中で、会えるやろう」

そうだった。河原町のジュリー。木戸にとっては気になる人物だ。三条京極交番に勤務になって、一番初めに覚えた「所管区」住人の名前だ。もっとも、浮浪者を住人と呼んでよければの話だ。

「河原町のジュリーって、有名なんですね」

「まあ、この界隈を歩いたことのある人間やったら、京都市長や知事の顔を知らんでも、河原町のジュリーの顔と名前はみんな知ってるで」

「ひったくり騒ぎがあったんで、もう遠くへ行ってしもたんと違いますか」

「大丈夫や。あいつの行動範囲は、決まっとる。『河原町のジュリー』の名の通り、四条河原町の交差点から河原町三条の交差点、そして三条通り、そこから寺町通り、あるいは新京極通り（しんきょうごく）を南下して再び四条通り。毎日毎日、そのブロックをぐるぐる歩いとるんや。そこから決して出ることはない。浮浪者のくせに、そのへんは律儀なんや。警らで見かけたら、その時に、ネックレスのことは確認してみよ。もっとも、あいつとは会話は、成立せんけどな」

会話が成立しない。どういうことだろう。何らかの言語障害があるのか。それともただの偏屈なのか。

木戸の疑問を察したように山崎が答える。

「ブツブツブツ、独り言は、よう言うとるけどな。しかし、何を言うとるか、ようわからん」

木戸は先ほどの、交番に駆け込んできた女より浮浪者の方を信用した山崎の態度を思い出した。

「浮浪者は、警察の取り締まりの対象にはならんのですか」

「なるよ」

山崎は、まるで寿司屋の板前が注文を受けたときみたいに軽く言った。

「昔はずいぶん荒っぽい時代があったらしいな。これは年配の先輩から聞いた話やけどな。太平洋戦争が終わった直後、つまり今から三十年ほど前の話やけどな。京都にはいろんな街から浮浪者が押し寄せたんや。京都は、空襲が無うて戦災に遭わなんだやろ。それで、東本願寺や京都駅のあたりに、浮浪者や戦災孤児が、五百人はおったそうや。旅行者のふところ目当ての物乞いや、食いもんをせびったりしてしのいでたんやが、それでも食いつなげん『行き倒れ』が、ひと月に何十人もおったらしい。昭和三十年代に入って世の中が落ち着いてからも、京都には浮浪者が駅周辺に二百人、鴨川や市内の橋の下に二百人はおったというんや。けど、京都は『観光』で食うとる街やろ。浮浪者は『観光』の街の、面汚しや、なんとかせい、という声が高まって、大規模な『浮浪者狩り』が、年に何回も行われたらしい」

「『浮浪者狩り』？」

物騒な言葉に木戸は思わず訊き返した。

「ああ。浮浪者に対する一斉取り締まりを、警察ではそう呼んどる。捕まえて保護所に送る。悪質な奴や常習者は逮捕してブタ箱に入れる」

「罪状は？」

「しょっぴく理由はいくらでもある。軽犯罪法第一条四号、浮浪の罪。『生計の途がないのに、働く能力がありながら職業に就く意思を有せず、且つ、一定の住所を持たない者で諸方をうろついたもの』。第一条三十二号。『入ることを禁じた場所または他人の田畑に正当な理由がなくて入った者』。鉄道営業法第三十七条。『停車場その他鉄道地内にみだりに立ち入りたる者』」

「狩られた浮浪者はその後、どうなるんですか」

「保護所の収容にも限界があるし、収容されても一週間ほどで出なあかん。そこから更生施設や養老施設に移されるのはごくわずかで、ほとんどは、電車賃渡して電車に乗せて、京都の外に追い出した。下り列車に乗せて九州に送り返す者が多かったらしい。あの頃は、閉山した炭鉱町からあぶれて京都に来た浮浪者が多かったんで、彼らを『故郷』に送り返したんやな。警察で一時保護した者は、一夜明けたら何がしかの金を与えて、こっそり京都駅の東のバラック集落に送り込むこともあったらしい。あそこ、今でも、やたらに広いやろ。戦争中に京都駅が空襲に遭う恐れがあると言うんで、延焼を防ぐために、建物を壊して空き地にした場所や」

「そうなんですね」

「建物疎開っていうてな。俺らの所管区にもあるで。あとで警らの時に教えたるけど、新京極の六角の広場と、蛸薬師（たこやくし）あたりがそうや。あそこが他の場所より不自然に広うなってるのは、戦争中に建物を壊して広げたんや」

「そんなん、学校でも習いませんでしたわ」

「で、そんな理由で京都駅の東にできた空き地には、戦争が終わって、いろんなとこから京都に流れてきた人間がリンゴ箱で家を建てて自然に住むようになった。バタ屋の親方がバラックを建てて、来た人間にほとんどタダで住まわしてたということもあったらしい。当時は、隠れた民間の保護施設みたいなもんやったんやろな。バラックは、鴨川の河川敷まで広がってたらしい。もっとも、そのバラック集落も、見た目が汚い、国際観光都市の玄関口にはふさわしゅうない、という理由で、東京オリンピック前の新幹線の敷設工事で撤去されてしもうたけどな」

バラック集落自体が、まるで浮浪者と同じ扱いだ、と木戸は思った。

「もともと保証人も住所もないような浮浪者や。送り返された土地でも、仕事があるわけもなく、結局は京都に戻ってくる者も多かったらしい」

「河原町のジュリーも、その一人ですかね」

「さあな」

山崎は首を傾げた。

「あの男は、ほんま捉（とら）えどころのない不思議な男や。河原町のジュリーは、京都の浮浪者の中でも、ちょっと別格の存在でな」

「別格？」

「ああ。浮浪者のエリート、というてもええな」

「ということは、東大出、とか、京大出、とか」

「そういう意味のエリートやない。だいたいな、京都の浮浪者の居どころというたら、今でも京都駅の八条口のあたりか、鴨川の橋の下あたりと相場が決まってる。八条口の界隈には下水のマンホールがぎょうさんあってな。その下には熱湯が流れてて、マンホールの上は冬でも、ものすごい温かいから、浮浪者には人気あるらしい。鴨川の橋の下は、雨露がしのげる。最近は、阪急電車の河原町駅と烏丸駅の間の地下道にも、結構浮浪者がおるな。けどな、河原町のジュリーの寝床は、マンホールの上でも橋の下でも地下道でもない。三条名店街のど真ん中、あの老舗の喫茶店、リプトンの前や。もちろん、他の場所でも寝よるけど、『定宿』は、リプトンの前や。京都の一等地や。そんなとこで寝られる浮浪者は、河原町のジュリーしかおらん」

そこで木戸は、やはり最初の疑問に立ち帰るのだ。

なんで、そんな京都の一等地で寝起きしていても、河原町のジュリーは、警察に「狩られる」ことはないのだろう。

木戸の心の中の疑問を見透かしたように、山崎が言った。

「あのな、最近、祇園と木屋町界隈で放火事件が続発してるのは、知ってるやろう」

「はい」

もちろん知っていた。

未明に雑居ビルなどに放火する事件が、先月から五件も起きている。所轄の白川署と四条署では特別警戒態勢が敷かれていた。

「閉店後に店が無人状態になって、人影がなくなった未明に必ず事件は起こってる。ところが、河原町通りをひとつ隔てただけの新京極界隈では、条件は同じはずやのに、放火事件は一件も起こっておらん。これはなんでやと思う?」

「なんでですか?」

「誰もおらんようになった深夜とか未明でも、河原町のジュリーだけは商店街を徘徊してるから、犯人が近寄らん」

「ほんまですか」

山崎が笑い飛ばした。

「もちろん噂話に過ぎん。河原町のジュリーも、まさか『火の用心』のために歩いとるわけやないやろう。けど、まんざらその憶測、デタラメでもないような気がする」

それが河原町のジュリーがこの街で「狩られない」理由、ということなのだろうか。

キョトンとする木戸を前に山崎は真顔に戻り、

「とはいえ、浮浪者であろうとなかろうと。人間、いつ犯罪者に豹変するかもわからん。妙な同情は、命取りになる。そこは油断するな」

そう言うと畳敷きの上にゴロンと寝転がった。

「ちょっと、喋りすぎたな。警らの時間までは、まだあと三十分ほどあるから、おまえも横になって寝とけ」

「いいえ、自分は大丈夫です。警らに備えて、執務室の壁に貼ってある指名手配犯の写真見て、頭に叩き込んどきます」

「まあ、心がけは褒めたるけど、『警ら』は思てる以上に疲れる。まして新人の初日ならなおさらや。それに、今日は泊まり勤務や。明日の朝九時までや。先は長いぞ。横になれる時になっとけ。それも巡査の技のひとつや」

はい、と返事をして、木戸は畳敷きの休憩室で横になって目を閉じた。

まぶたの裏に、一人の男の姿が映った。ボロボロの服を身にまとったその男の顔には、ぼんやりと白い靄がかかっている。男の首には、花の首飾りが、さわさわと揺れている。

汚いのか美しいのかよくわからないその光景を想像しながら、木戸の意識はまどろみの中に落ちていった。

第二話　坂の向こう

1

どんどんどんと、玄関の戸を拳で叩く音がする。

すぐに怒号が聞こえてきた。

「こらぁ！　居てんのはわかっとるんじゃ！　はよ開けんかい！　火、つけるぞ、こらぁ！」

木戸は誰もいない家の中の奥の部屋で布団をかぶって耳を閉じた。

怒号と扉を叩く音は鳴り止むどころか時間が経つほどにエスカレートする。五分、十分、十五分……。永遠に続きそうな気がして気が狂いそうになったとき、バキッと音がした。

安っぽい、ベニヤの戸を蹴破った音だ。どかどかと部屋の中を歩く音が聞こえ、木戸がかぶっていた布団がめくられた。土足のままの若い男が、木戸の前に立っていた。

「なんや、ガキか」

若い男は七三分けにぴっしりとアイパーをかけ、臙脂色のワイシャツを第一ボタンまで留めていた。布団から出ると玄関口にもう一人、男が座っていた。会社員と変わらないような地味な背広を着ている。年恰好からみて、前に立つ若い男の兄貴分に違いなかった。目が大きく、まだ家にテレビがあった頃に見た、アメリカのホームドラマに出ていたパパ役の俳優にどこか似ていると思った。人一人がやっと立てるほどの狭い玄関口に腰を下ろして、悠然と構えている。

「親父はどこや！」

臙脂色の男が声を張り上げた。

「わかりません」

「お母んは」

「仕事行ってます」

「調べろ」

背広の男が目線を向けずに短く言った。ずいぶん低い声だった。アメリカのホームドラマの俳優の声と全然似てなかった。当たり前だったが、今、目の前で起こっていることが紛れもない現実だと思い知らされて、木戸はぞっとした。

臙脂色の男が押入れの襖や便所の戸をかたっぱしから乱暴に開けた。

「どこにもおりません」

「そうか。ほな、帰ってくるまで、待たせてもらおか」

背広の男の言葉に、木戸はおそるおそる言った。

「お父ちゃん、もう何日も帰ってきてへんし、お母ちゃんも、今日は工場で遅番の仕事やし」

「隠したら、ためにならんぞ」

背広の男が静かな口調で言った。

「店も閉めたままやないか。家におらなんだら、どこにおんねん」

木戸はどう答えていいかわからず、うつむいた。

木戸の家族が住んでいる家は、古びた木造アパートの二階だった。父は家の近くの街道沿いの神社脇にあるわずか数坪の空き地を借りて、屋台に毛が生えたような中華そば屋をやっていた。父が、仕事に出ていない、というのはバレている。しかし父の行き先がわからない、という言葉に嘘はなかった。

木戸が父の姿を最後に見たのは、一週間前の日曜日だった。

「浩介、待っとけよ。稼いできたるさかい」

父はそう言って台所の水屋の一番左の引き出しを開けて手を突っ込んだ。

「あんた、そのお金は今月の電気代と……」

母が駆け寄る。

「心配すな。何倍にもして、持って来たるさかいに」

父はすがるような母の手を払い除ける。

「全部はやめて。せめて、半分は置いといて」

父は茶封筒から何枚かの札を抜き取って、家を出た。

その日の夕方、父は帰って来た。母や自分には何も言わず、父は冷蔵庫の残り物で母が作った夕食をとり、ビールを一本呷って寝た。そして翌日の午後、また水屋の引き出しを開け、今度は茶封筒を鷲掴みにして出て行った。

「あかんて！　浩介！　お父ちゃんを止めて！」

木戸は後を追ってアパートを飛び出し、朽ちかけた鉄の階段を下りていく父の後ろ姿に声をかけた。

「お父ちゃん。どこ行くの。また競輪場？」

破れたトタン屋根のついた階段の途中で父は立ち止まり、振り返って、にやっと笑った。

「行かんといて」

「家におれ。テレビでも観とけ」

「テレビなんか、質に入れて、ないやん！」

父は背中を向け、コツコツと音を鳴らして階段を下りた。

アパートの前は緩い坂道で、県道に繋がっている。その先の丘の上に競輪場がある。

父はゆっくりと坂道を上った。

小さな背中を丸め、頼りなげな、歩幅の狭い足取りだった。

すでに西に傾きかけている陽が父の長い影を坂道に映していた。

長い影に釘を刺して、父をその場に留めたかった。そして駆け寄りたかった。なのに、見送ることしかできなかった。小さい声でつぶやくのが精一杯だった。

「お父ちゃん」

父はもう振り返らなかった。

県道の角を左に曲がる。父の引きずる長い影が、木戸の目の前からスッと消えた。

それきり父は家に戻って来なかった。

あのとき、あの長い影に駆け寄って父の背中にすがれば、父は戻って来てくれただろうか。そうしなかった自分を、木戸は責めた。

玄関口に座る背広の男が胸ポケットからセブンスターを取り出して火をつけた。深く吸い込むと、煙を大きく吐き出した。男の額には、そら豆ほどの大きさの蜘蛛のようなものが張り付いている。しかしそれはよく見ると蜘蛛のような形をした痣なのだった。

「親父は、いつ帰ってくるんや」

背広の男が訊いた。それは木戸が訊きたかった。

「わかりません。連絡もありません」

「おまえらを捨てて、飛んだんか」

木戸は答えられなかった。

父はこれまでも、ふらっと出て行ったまま二日か三日は帰って来なかったことがあった。大方、地方の競輪か、賭博のゲーム機がある店に入り浸っているに違いなかった。しかし、一週間も帰って来ないのは初めてだった。

　商売で使うために仕入れた一週間分ほどの食材が台所に置かれたままだった。冷蔵庫にも食べ物がなくなり、空腹に耐えきれず置いてあった黄色い麺の塊をひと口かじってみたが、変な味がしたのでそのまま捨てた。

「おまえ、幾つや」

　背広の男が訊いた。

「十二歳です」

　背広の男はゆっくりと間を置いて白い煙を吐き出した。

　そして妙に優しい口調で言った。

「なんで、わしらがここに来たかは、わかってるやろ」

　黙ってうつむくしかなかった。

「こんな子供に、辛い思いをさせるとは、おまえの親父も、罪な奴やな。今頃、息子のことなんか忘れて、どこかで呑気に遊んどるんかのう。おまえの気持ちは、ようわかるで。わしの親父もわしが子供の頃、どうしょうもない博打打ちやってなあ、ちょうどおまえぐらいの年頃には、寂しい思いをしたもんや。それが今や、博打にはまった奴から借金取り立てる身や。因果なもんやなあ」

　そこから、背広の男の目つきが変わった。

「そやけどな、おまえの親父を、そうですか勘弁しときますわ、というわけにはいかんのや。期日はとっくに過ぎとるんや。利息だけでも払うてもらわんとな、わしらも、立つ瀬がないんや。つまりは、手ぶらでは、帰れんのや」

そう言って、顎を上げて臙脂色の男に合図した。

「金目のもんがあったら、なんでも持って帰れ」

臙脂色の男は部屋中のタンスや水屋の引き出しをかたっぱしから開けて調べだした。引き出しが乱雑に畳の上に投げだされるたびに、がしゃんという音が木戸の耳を衝いた。父と夏休みに作った小さな本棚が蹴り倒され、側板はいびつな形にひしゃげて中の本が飛び散った。大切にしていた『デロリンマン』のコミックの表紙を臙脂色の男が土足で踏みにじった。

「兄貴、一円もおませんわ。今どき、テレビもないがな。ほんま、すっからかんやな、この家は」

木戸の中の何かが弾けた。気がつくと、男たちに叫んでいた。

「お願いです！　うちの家、ほんまにお金ないんです！　そやから、勘弁してください！　もう帰ってください！　もう、来んといてください！」

背広の男が突然立ち上がってちゃぶ台を蹴り上げた。吹っ飛んだちゃぶ台は壁にぶつかり、脚が一本真ん中で折れて木戸の足元に転がった。折れた脚を拾い上げた背広の男は、ささくれ立った先端を木戸の喉元に突きつけ、狂ったように大声をあげた。

「あほんだら！　借りた金は返さなあかんのや。ガキやからって手加減されると思うなよ！　おのれら一家、殺すぐらい簡単にできんねんぞ！」

そう言ってまだ火のついているタバコを木戸に向かって投げつけた。

タバコは木戸の頬に当たって畳の上に落ちた。

もうすぐ、母親が帰ってくる。母親にこんな言葉を聞かせたくない。

木戸は正座して額を畳にこすりつけた。

「ごめんなさい！　ごめんなさい！　お父ちゃんを許してください！　お金は僕が一生懸命働いて返します。そやから今日は帰ってください！」

冷たいものが頬を伝って畳に落ちた。

しばらく、沈黙があった。

畳にこすりつけた木戸の頭に、何かが当たった。紙くずだった。しかしそれはよく見ると紙くずではなく、くしゃくしゃに丸められた千円札だった。頭上で背広の男の低い声がした。

「おまえ、くっさいのう」

意味が分からず顔を上げた。

「わしはな、臭い人間が、一番嫌いなんや。この千円はおまえに無利子で貸しといたる。銭湯行け。金がないんやったら、最後にこの金でうまいもんでも食うて、一家心中でも何でも勝手にさらせ。それが嫌なら、親父に言うとけ。どんな手段を使うてでも金を作って借りた金、耳を揃えて返せ。二つにひとつや。よう考えろ、となし」

焦げた臭いが鼻についた。先ほど背広の男が投げたタバコの吸い殻が畳を燃やしているのだった。焦げ目は木戸の目の前でみるみる大きくなっていく。そこから赤い炎が蛇の舌のようにチロチロと揺れたかと思うと、瞬く間に火が広がって部屋中が炎に包まれていた。いつの間に帰ってきたのか父親と母親が台所の傍の壊れたはずのちゃぶ台に座っている。

二人は木戸の顔を見て笑いながら炎に包まれている。

お父ちゃん、お母ちゃん、なんで笑てるの？

死んだらいやや！

自分も死ぬのはいやや！

うわあああ！

木戸は大声をあげた。

「どうしたんや。変な声あげて」

山崎の声が聞こえた。

気がつくと、そこは交番の二階の休憩室の畳の上だった。

「そろそろ起きろ。十分前や」

ああ、またあの夢か。木戸は体を起こした。

夢といっても、二人の男が家に押しかけてきて、タバコの吸い殻と千円札を畳に投げられたところまでは実際に経験した出来事だ。家が火事になるのは現実ではなくて木戸の夢の中の妄想なのだが、木戸にとっては、火が燃え上がって火事になり、炎に包まれる情景の方が、実際にあった出来事よりもはるかにリアルに感じられるのだ。この光景はたびたび夢に登場して、木戸を苦しめた。そのたびに木戸は脂汗(あぶらあせ)を流して飛び起きるのだ。しかし、まさか初勤務の日の、昼間のうたた寝で、あの夢を見るなんて。

結局、父と母は木戸が中学の時に離婚した。ある日届いた差出人のない封筒に父の判を押した離婚届だけが入っていた。その後の父の消息は知れなかった。父の借金から解放された母はその後、女手ひとつで木戸を育て、木戸はなんとか中学と高校を卒業できた。

息子を警察官にするのは、母の淡い夢でもあったらしい。テレビを買い戻した母は『太陽にほえろ！』に刑事役で出ていた萩原健一のファンで、ある日、テレビに映るショーケン扮するマカロニ刑事を見ながら、浩介もあんな刑事になって、弱い人を助ける人になってくれたらお母ちゃん嬉しいなあ、と冗談とも本気ともつかぬ顔でつぶやいたことがあった。それも木戸が警察官になろうと考えた密かな動機のひとつに違いなかったが、さっき山崎に問われた時には、その話は省いた。

あんなドラマの中の刑事は絵空事やと子供心にわかっていたが、母が喜ぶ顔を見たかった。警察官になることが母を守ることだと思っていた。今もそう思っている。あの、あさま山荘で、母に向けて銃を撃った人間たちと、自分は逆の道を行くのだ、と。

警察官に採用が決まった時、母に、あの日聞いた母のつぶやきのことを話したら、「え？　お母ちゃん、そんなこと、言うたかな」と目を丸くした。

とぼけたのか、本当に忘れたのかは、わからなかった。

木戸はロッカーから帽子を取り出して被り、拳銃と警棒、笛、警察手帳の携行を確認し、鏡の前に立った。警察官になった自分がそこに立っていた。

「おい、行くぞ」

階下から山崎の声が聞こえた。

木戸は大仰に両足を揃えて鏡の中の自分に敬礼し、階段を下りた。

2

「指導先輩の山崎巡査長と、午後の警らに行って参ります」

ハコ長の宮田巡査長に敬礼しながら報告した。

「よし。新人の君にひとつ、言うといたる。警らの原点は、銭形平次や。検挙に勝る防犯なし。気張ってこい」

銭形平次って。たとえの古さに心の中でカックンとなりながら、はいっと元気に返事をして木戸は山崎と一緒に交番を出た。

むわっと湿り気を含んだ強い風が頬に当たる。

昨日、テレビの天気予報が言っていた。明日の京都は西日本を通過する低気圧の影響で強くて暖かい南風が吹きこみます。突然の強い風にご注意ください。

木戸は空を見上げた。

交番の前は東西に延びる三条通りと、南北に延びる寺町通りの十字路だ。交番は十字路の北東の角にある。住所でいうと寺町通三条上ル。

頭上には三本のアーケードが延びている。

寺町四条から北に延びるアーケードは、今、木戸が立つ寺町三条の十字路でいったん途切れるが、ちょうど交番の前から再び北に続いている。

東の河原町通りから延びる三条名店街のアーケードは、寺町三条の十字路で途切れており、その西には春霞(はるがすみ)の空が広がっている。

銀鼠(ぎんねず)色にくすんだ空を、黒い影がさっと横切り、アーケード入り口の茶道具屋の軒下に飛び込んだ。仔ツバメに餌(えさ)を運ぶ親ツバメだった。あの仔ツバメが一人前になる頃には、自分も警官として一人前になりたい。木戸はそう思った。

「どうもご苦労さんです。春らしい、ええ陽気ですな」

中年の男が近づいてきて山崎に挨拶した。

「ほんまに。あ、ご主人、ちょっと紹介しときますわ。今日から、うちの交番に勤務することになった、木戸巡査です。よろしゅう頼んますわ」

木戸は反射的にぺこりと頭を下げた。

「今日から三条京極交番勤務になりました、木戸です。よろしくお願いいたします」

「ああ、キドはん？　王貞治がテレビで宣伝してる、あのキドカラーのキドやな」

「はい。ウッドの木に、江戸の戸で、木戸です。木戸孝允（たかよし）の木戸です」

「京都らしゅうてええ名前ですがな。まあ、おきばりやす」

「ありがとうございます」

それだけの会話だったが、肩の力がふっと抜けた。

「今の人はな、寺町通りの電器屋のご主人や」

「ああ、それで、キドカラー、と」

木戸の顔から笑みがこぼれた。しかし山崎は笑っていなかった。

「ひとつ、注意しといた方がええことがある」

「は。なんでしょうか」

「受け持ち区域の人たちに、親しみを持ってもらうことは、大事なことや。あと、顔を覚えてもらうこともな。けどな、自分の名前を、相手に覚えてもらう必要はない。もちろん、今みたいに、相手が自然に覚える分には、かまへんで。けど、こっちから、自分の名前をことさらアピールせんでええ。町の人にとっておまえが『木戸』であることが重要なんやない。おまえが『警察官』であることが重要なんや。おまえの名前はその『制服』なんや。『おまわりさん』として覚えてもろたらそれでええんや。町の人との『距離』を見誤るな。そこを見誤ると、ややこしいことになる」

おまえの名前は、その制服なんや……。

一旦は緩んだ木戸の心が、ぴんと張りつめた。

「それから、言うまでもないことやが、交番の巡査が最初に身につけるべきことは、町を覚えること。町を知ることや。おまえに町を覚えてもらうために、初日の今日は『定線警ら』で行こか」

　はい、と木戸は短く返事した。

　警らには、二種類ある。「定線警ら」と「乱線警ら」だ。「乱線警ら」は、コースを決めずに、その時その時の、勘にしたがって回る。「定線警ら」は、あらかじめ決めたコースを回る。

「まずは『定線警ら』でこの町の概略を体と足で覚えろ」

「了解しました」

　山崎は三条通りを東に折れ、アーケードの中を進んだ。木戸は並んで歩く。

　三条通りから四条通りまでのおよそ五百メートルの区域が、木戸が配属された下立売警察署三条京極交番の受け持ち区域だ。それより以南は四条警察署の管轄になる。

「この三条通りから四条通りへ下るには、三つの通りがある。交番の前の寺町通り。幹線道路の河原町通り。そして、その間にある新京極通り」

「はい。わかります」

「この三つの通りの中で、犯罪者にとって一番犯罪をしやすい通りは、どこやと思う」

「新京極通り、ですか」

「なんでそう思う？」

「映画館とかゲームセンターとかの遊興施設が多いですし、それから土産物屋なんかもあって京都の外からやってくる人間も多いですすし、狙う人も狙われる人も多いんやと思います」

中学と高校時代は生活費を稼ぐためにバイトに明け暮れ、京都市に隣接した市に住んでいながらこの界隈にはほとんど遊びに来た記憶がない。警察学校に入ってからの春休みに河原町のスカラ座という映画館で『未知との遭遇』という映画を観て、その夏に『スター・ウォーズ』を観に来たぐらいの思い出しかない。それでも新京極に対して、世間一般の人たちが漠然と抱く程度のイメージはあった。

「概ね正解やが、もうひとつ理由がある」

アーケードからいくつもの鐘がぶら下がった三条通りの途中で山崎が立ち止まった。

そこは新京極通りの、ちょうど北の端にあたる。

「答えは、今、おまえが見てる風景にある。新京極通りが、寺町通りや河原町通りと違う特徴は、何や」

山崎は矢継ぎ早に質問を浴びせてくる。

木戸はあらためて三条通りから南へ延びる新京極通りを凝視した。

頭をひねったが、さっき思いついた以上の答えは出なかった。

山崎がしっかり見ろ、というふうに顎を上げて言った。

「ほら、ここから見てみ。百メートルほどで、どん突きになっとるやろ」

たしかにその通りだった。

「あのどん突きは、六角の広場や。新京極通りは、まっすぐな通りやない。誓願寺の前の六角の広場で、道が一旦くっと西に折れてから南下しとるんや。つまり、寺町通りや河原町通りに比べたら、見通しが悪い。どん突きを東へ折れたら、人通りの少ない、路地が入り組んだ裏寺町通りに抜けられる。裏寺町には、六角の広場より南の蛸薬師通りからも、京都花月の裏の路地からも抜けられる」

なるほど、と木戸は思った。犯罪を行う者の心理として、新京極通りは、三条から四条までまっすぐに突き抜けた見通しの良い寺町通りと河原町通りに比べると、逃げるときに身を隠しやすい通りと映る。山崎はそう言いたいのだろう。

「まずはこの新京極通りを北から南へ定線警らや」

「はい」

「歩く前に、この通りで起こる事件を、あらかじめざっと教えといたろ。この区域の特殊事情で言うと、まずこれからどっと増えるのは修学旅行生同士の喧嘩や。札付きのワルがぎょうさんいてる学校が来た時は要注意や。それから春には家出少年も多い。中高生が多いが、小学生の家出もけっこうある。家出やいうても服装はきっちりしてるし、表情もあっけらかんとしてるから、外見だけではなかなか見分けがつかんけど、とにかく子供が一人で歩いてたら要注意や。あと、去年からの特殊事情で言うと、インベーダーゲームがらみの事件や。新京極のゲームセンターが、あんまり人気があるんでゲーム台を全部インベーダーに替えとる。喫茶店のテーブルも、今やほとんど全部インベーダーの台や。子供や若もんだけやない。大人までが夢中になっとる」

インベーダーゲームは木戸が警察学校にいた頃、去年の暮れに京都でも流行(はや)りだした。

木戸も休みの日にやったことがある。たしかに面白い。次々に飛来しながら攻めて来るインベーダーを避けながら、連射で撃ち落とす。その時のスリルは、かなりの快感だ。しばらくは夢中になった。

「インベーダーで遊ぶ金欲しさの非行や犯罪が京都では激増しとる。家から無断で金を持ち出したりするのは可愛いもんや。未成年がゲーム代欲しさに車上荒らしや店舗荒らしをしよる。五円硬貨を百円玉として使えるように細工したり、豪傑になると、夜中に店に侵入してゲーム台をドライバーでこじ開けて百円玉を大量に盗んだ奴もおる。で、盗んだ百円玉で何するかいうと、インベーダーゲームに使いよるんや。人間というのは、恐ろしいもんやなあ。たかがゲームやで。けどいっぺんはまってしまうと、そこまで突っ走ってしまうんや。まさに人間の心に侵入するインベーダーや。もしかしたら今、日本で一番インベーダーに侵略されとるのは、この新京極通りとちゃうか」

木戸は去年の夏、このすぐ近くの映画館で観た『スター・ウォーズ』を思い出した。

きっとインベーダーゲームの開発者もあの映画を観たに違いない。もしかしたら二年前に映画化されて大ヒットした『宇宙戦艦ヤマト』や、ピンク・レディーの『UFO』で思いついたのかもしれない。物語や歌の中の宇宙人が、今や現実の新京極を侵略している。

一時はインベーダーゲームにはまった木戸だったが、ある時、百円玉が百円玉でなくゲームセンターのコインのような感覚になっているのに気づいてから、インベーダーを撃つ手が止まった。

その時に思い出したのは、父のことだった。

父の場合は競輪と現金を賭ける賭博ゲーム機にはまって身を破滅させた。父は金が欲しかったに違いない。しかし、ある瞬間から、父の中ではお金がお金でなく、ゲームセンターのコインと同じになったのだ。だから金を失くしているという感覚が持てなかったのだ。そう気づいた時、木戸はインベーダーゲームから離れた。最初は快感だったピコピコピコキューンとインベーダーを迎撃する電子音すら、そんな父の嫌な思い出を想起させて木戸は苦手になった。

「人間、はまってしまうと怖いというのは他にもある。厄介（やっかい）なんは、未成年者のアンパン（シンナー、ボンド）吸引。この辺は寺が多いけど、人目につかん寺の境内とかは要注意や。あとは万引き。万引きは常習になりやすいんで早いうちの検挙が大事や。アクセサリーショップや洋服店での万引きが大半や。ほとんどが面白半分やから、タチが悪い。とにかく最近は、若い奴らの犯罪が激増してる」

それは木戸が高校にいた頃から言われていたことだった。中学も悪かったが、高校はさらに悪く、近くの団地に入っている暴力団の事務所に出入りしている、と噂される生徒もいた。少年院に送られた奴もいたし、喫煙、シンナー、万引きなんかで補導される奴はそれこそ数えきれないほどいた。

「少年犯罪は終戦直後、東京オリンピック前後に次いで、今は戦後第三のピークらしい。犯罪の低年齢化は全国的な傾向やが、特に京都は進み具合が著しい。この間も、新京極の映画館のレジ荒らしを捕まえてみたら小学生やった。子供やからって気を抜いたらあかん。心してかかれ」

戦後第三のピーク、という山崎の言葉が木戸の耳に残った。木戸は終戦直後はもちろん、東京オリンピックもあまり記憶にないが、きっとそれは時代の大きな大きな変わり目で、日本という国の激変とともに、街や社会や人の意識も大きく変わった時なのだろう。今、少年の犯罪が当時と同じぐらい増えているとしたら、また時代は、大きく変わろうとしているのだろうか。いったい、何が、どう変わろうとしているのだろうか。時代の只中にいる木戸にはよくわからなかった。

ただ、木戸が警察学校に通っていた去年頃から、明らかに新聞やテレビで頻繁に目にするようになったニュースが二つある。

ひとつは、銀行や郵便局など金融機関を狙った強盗事件だ。今年の一月に大阪で起こった三菱銀行北畠支店の、あの残忍な人質立てこもり事件は大きなセンセーションを巻き起こしたが、それ以外にも、銀行強盗事件は、全国各地で毎週のように起こっていた。

そしてもうひとつは、サラ金の借金を苦にした一家心中事件だ。

木戸はそんな新聞の見出しを目にするだけで心臓がバクバクした。ニュースを聞いたり記事を読んだりするのが辛かった。銀行強盗の事件の記事を読むたびに「どんな手段を使うてでも金を返せ」と自分に迫ったあの背広の男の声が蘇った。心中事件の記事では、家族たちがどのような手段で心中をしたのか詳細に伝えていた。堪えられなくなって途中で新聞をたたんだりチャンネルを替えた。今でもそうだ。

父が借金漬けになって家に帰って来なくなったある日、こんなことがあった。真夜中にふと目が覚めたら、母親が自分の枕元に座っているのだ。母親は暗闇の中で何も言わずに、木戸の顔をじっと見つめていた。母親は、わなわなと震えている。小さな声でごめんな、ごめんな、とつぶやいている。母親の手に、光るものが見えたような気がした。木戸は怖くなって布団をかぶった。きっと夢や、怖い夢を見てるんや……気がつくと、朝になっていた。

あれは、本当に夢だったのだろうか。自分と母親のことが新聞の三面記事にならなかったのは、ただの幸運としか思えなかった。そして自分の家が三面記事にならなかったのと同じように、警察官になった自分と、罪を犯す側になった自分との差も、紙一重だったと思う。

金で人生を狂わせていく大人たちと、面白半分の犯罪に惚ける子供たち。

子供たちの自殺も毎日のように新聞に載った。彼らは、いとも些細な理由で死を選ぶ、と新聞は書き立てる。

クラス替えで仲の良かった友達と別のクラスになったとか、好きなテレビ番組を観るのを親に叱られたとか、かっこいいスキーの板が欲しかったとか、そんな理由で。

そんな記事を読むたびに、木戸は思う。それは子供たちが死を選ぼうと決めた引き金であったかもしれない。ただその引き金を引くまでに、その子供に何があったのか。

中学の時、クラスの女の子が自殺した。遺書はなく、クラスのみんなや大人たちは、その理由をあれこれ詮索した。死ぬ前の日に、こんなことを言っていた、こんなことで悩んでいた。木戸もその理由を知りたいと思った。耐えられないのだ。理由もわからず、人が死ぬということに。

少なくとも木戸は死ぬのが怖かった。借金取りに脅された時や、母親が枕元に座っていた時の恐怖は今もトラウマだ。こんなことを考えたことがあった。もし自分と母親が死んだら、いつも自分が読んでいたような記事が新聞に載っていたのだろう。「借金苦の親子心中」と。でも、本当にそうなのだろうか。結局、誰にもわからないのだ。あの夜、母親が光るものを持って枕元に座っていた理由は……。

「少年の非行はもちろん要注意やが」と山崎は話を続けた。

「大人たちもおとなしいはしてないで。ことに春は酔っ払いの器物破損が多い。さすがに大人はシンナーはやらんが、大麻や覚せい剤の不法薬物所持。ひったくりも多い。ついこの間も新京極の宝飾店で、客を装うて陳列ケースの中の六百五十万円の高級腕時計を見せてくれ言うて、ひったくって逃げた事件があったばっかりや。犯人はまだ捕まってない。あと、頭の上も要注意や」

「頭の上？」

「商店街のアーケードはたいがい一階が店舗で、二階と三階は住居か事務所になってる。夕方とか店が客の応対で忙しい時間には、『上』が手薄になる。その時間を狙て、電柱や近くのビルの非常階段からアーケードの上のキャットウォークに飛び移って、窓から忍び込んで盗みを働きよる。いわゆる『高所荒らし』いうやつや。京都では去年から被害が八十件以上出てる。同一犯の犯行やと見られとる。去年の大文字焼きの夜には、屋根の上をスーツケースを持った犯人の姿が、夜空にくっきり浮かび上がったのを目撃されとる」

「大胆な奴ですね」

「このご時世に、まるで鼠小僧気取りやな。そしてこれからええ陽気になると、映画館での痴漢行為、露出狂をはじめとした性犯罪も増える。季節を問わず多いのは置き引き、スリ、自転車、ミニバイクの窃盗、それからラジオ」

「ラジオの窃盗が多いんですか」

「ラジオちゅうのは無銭飲食や。ムセン、つまり無線。昔は三条京極交番につけといてくれ言うて逮捕覚悟でやる常連もおったらしい。これも常習になりやすい犯罪や。シャバにおるより刑務所におる時期の方が長いような奴もおる」

「マルBはどうなんですか」

「暴力団か。そんな隠語は知っとるんやな。この一月に、新京極のサウナのロビーで暴力団の会長がピストルで撃たれた事件があったな。内輪揉めや。次の日にホシは捕まえたけど、機動隊と捜査員七十人を動員してのえらい騒ぎやった。去年の夏に隣の東山区のナイトクラブで山口組の組長が撃たれてから、かなりキナ臭うなっとる」

その事件は木戸の記憶にも新しかった。

「まあしかし、ここらは木屋町や祇園界隈と違って地の人らが土地や物件を持ってるからマルBがらみの事件はほとんど起こらんが、いつまた、同じような事件が起こっても不思議やない」

それにしても、観光客の道案内や修学旅行生同士の喧嘩から、日本最大の組織暴力団の抗争の警戒まで。この管内の交番勤務警察官の職務の振り幅は広すぎる、と木戸は思った。

「あとはまあその他諸々の軽犯罪。それが毎日、ひっきりなしや。正直、あんまりデカいヤマはそれほどない。けどな、街と人間を見る目を養うには、ええ場所や。京極とは、よう言うたもんや。ものが行き着くところ。極まるところ。人間の欲やら情やらが毎日渦を巻いとる。ここにおったら、一日で、田舎の交番の一年分ぐらいの経験ができる」

そうかもしれない。三条通りから四条通りまで、およそ五百メートル。その間を一度歩くだけで、千人以上の人間とすれ違い、出遭うだろう。

「歩くのは好きか」

「はい。大好きです。子供の頃から、お金ない分、なんぼでも歩きました」

「そうか。それはええことや。警らの基本は歩いて歩くこと。ただ、警らは散歩やないで。漫然と歩いてたってなんにも見えてこん。さっき休憩室で言うたやろ。大事なんは、違和感を持つことや。このぎょうさんの人の流れを、じっと見てみい。ほとんどは善良な市民やが、その中にホシが隠れとる。人の流れの中で不自然な動きをする者、挙動の不審な者を見極める目を持て。見つけたら、迷わず職質や。職質のやりとりの中で、相手の返答に何か違和感を持ったら、さらに突っ込め。どんな凶悪犯であれ、指名手配犯であれ、逮捕のきっかけは、ちょっとした違和感から発する地道な職務質問や。すべてはそこから始まるんや」

木戸はもう一度、新京極通りを見つめた。南から北へ、木戸たちが立っている方向に向かって歩いてくる人間たちが、大きな川の流れを遡行する魚の群れのように見えた。

この魚の群れの中に、意外なホシが隠れている……。

しかし、木戸が新京極の風景を見てまず気になったのは、山崎が言ったこととはまったく関係のないことだった。

「あの、この風景で、僕が持った違和感をひとつ、言うてもええですか」

「おお、もう見つけたか。ええ心がけや。頼もしいな。何や？　なんでも言うてみい」

「この新京極通りの入り口、なんでここ、こんな下り坂になってるんですか。十メートルほどの間に、一メートルか二メートルほども下がってるように見えます。並行して走る寺町通りは、坂なんか無いのに」

山崎は、拍子抜けしたような表情をして、苦笑いを浮かべた。

「人の流れを見んと、そんなとこ見とったんかいな。まあ、なんでも疑問を持つことは大事なことや。それはな、昔、この新京極通りのあたりは、鴨川の河原やったからや」

「この辺まで、河原やったんですか」

「そうや。平安時代の鴨川は、今よりずっと西側を流れとった。秀吉が京都のあちこちの寺を集めて今の寺町通りを作った頃は、寺町通りまでが人の住む場所、つまり京極、京の極みや。そこから東、つまり、この新京極通りのあたりは鴨川の河原で、人外境（じんがいきょう）やった。戦国時代は、ここは処刑場でもあった。石川五右衛門が釜茹（かまゆ）での刑にされたのも、淀君に秀頼が生まれたことで、秀吉が邪魔になった甥の秀次に切腹を命じて一族もろとも処刑したのも、石田三成を晒（さら）し首にしたのも、この辺りや」

「えげつない場所ですね」

「えげつない場所なんや。隣の寺町通りのもとになった通りは千年前からあるけどな、この新京極通りができたんはずっと後で、明治になってからや」

「けっこう新しいんですね」

「言うても百年以上は経っとるけどな。その頃この界隈は、昔、秀吉が集めた寺の境内になってな、見世物や芝居なんかを時々やるような場所やった。そこに目をつけたんが、当時の京都の政治家や。都が東京に移ってしもて、すっかり寂れそうになった京都をなんとか復興させようと、もともと河原やった寺の境内を整理して、道を通して繁華街にしたというわけや。まあ、繁華街にすることで、ここらの寺が持ってる力をおさえこもうという生臭い政治家の狙いも裏にはあったらしいけどな」

木戸は驚いた。戦国の世から明治の御一新まで、決して綺麗事でない様々な人間の思惑がこのかつては河原だった町に渦巻き、それが今、木戸の目の前にある坂になって痕跡をとどめている。それを知るだけで、今まで見えていた坂の向こうの風景が、ちょっと違って見えるような気がした。

「こんな話を聞いたことはないか。昔、墓場やった場所で飲食店をやったら、流行る、ちゅう話や。それはな、浮かばれん霊が寂しがって、人を呼んでくれるからやっていうんや。この新京極通りが、今、これだけ賑おうてるというのも、似たような理屈と違うか。この辺りには、都から追いやられて無念の思いで死んだ人間の霊がうようよしてるんや」

木戸は山崎の話に引き込まれた。

山崎巡査長は、きっと警官やなくて、学校の社会の先生になっても、いい先生になっただろう。

木戸は思ったが、口には出さなかった。

「もしかしたら、あの河原町のジュリーは、この辺りが人外境やった頃に、この河原をさまよい歩いてた、生き霊かもしれんなあ」

山崎はそう言って笑った。

「怖いこと、言わんといてくださいよ」

「噂をすれば、なんとかやな」

「え？」

「ほら、ちょっと先を見てみい。河原町のジュリーが、歩いとるで」

3

木戸は坂の向こうを凝視した。周囲の風景と人々から明らかに浮いた、黒い影。

「うわあっ」

木戸は思わず声をあげた。

木戸が河原町のジュリーを初めて見た瞬間だった。男との距離はまだかなりある。その風貌の詳細は見えない。それでも男の異形（いぎょう）ぶりは、日常の風景の中で際立っていた。

幼い頃、木戸が住んでいたアパートから自転車で行ける距離に、小さな橋があった。橋から川を眺めると、いつも小魚に交じって、一匹だけ、真っ黒な巨大な鯉（こい）が悠々と泳いでいた。近所の子供たちは「お化け鯉」と呼んでいた。その鯉の姿を思い出した。

「違和感といえば、あれほどの違和感はないですね」

「あの男が、この街を歩いとることは、違和感でもなんでもない」

山崎がつぶやいた。

「けど今日は、ネックレスの一件があるからな。ぼちぼちと後をつけて、タイミングをみて職質してみろ。行くで」

「はい」

木戸は山崎と一緒に、三条通りからたらたらと続く新京極の坂を、ゆっくりと下りた。

土産物屋や天ぷら屋や寿司屋など、間口の狭い店が並ぶ坂を下りた向こうに、その男の背中があった。

人影に隠れてときどき見えなくなるが、周囲の人間より足取りが遅いため、見逃すことはない。

男は一階に森永のケーキを売るレストラン、二階にティールームのビルの前を通り過ぎ、その南の京都ロキシー劇場という映画館の前で立ち止まり、看板をしばらく眺めたあと、また歩き出した。荷物は何も持っていない。

男との距離を、山崎と木戸は、ゆっくりと詰めた。

徐々に男の風貌が見えてきた。もはや何色だか判別できない煮しめたような背広。ベトベトに汚れた長い髪。その右半分は複雑にもつれ、左半分はまるでコールタールのように固まっている。

やや丈の短いズボンの裾(すそ)からは黒ずんだくるぶしが見え、素足をボロボロの革靴に突っ込んでいる。

木戸はその距離が狭まるにつれ、不思議な感覚を抱いた。

見覚えがあるのだ。その歩き方に。

歩幅が短く、靴の底を地面から離さず、自分の影を引きずるようにして、ゆっくり歩く。

父の歩き方と、まるで同じだった。

まさか。

そんなはずはない。木戸は心の中で頭(かぶり)を振った。

失踪した父は、当時四十歳だ。今、どこかで生きているとして、四十七歳。前を歩く背中は、もっと老けているように見える。

「あの」木戸は山崎に声をかける。

「どうした」

「あの男……河原町のジュリーは、いつから、この界隈にいるんですか」

「はっきりとはわからんのや。ずいぶん古うからいてる、という人もおれば、意外に最近や、という人もいててな。なんでや？」

「いえ、別に。ちょっと気になっただけで」

映画館の松竹座を過ぎると、六角の広場に出た。左手に誓願寺という大きな寺の正門がある。右手の角はスーパーストアで、その前に買い物客の自転車やスーパーに商品を納入する業者の運送車が停まっている。この建物にもピカデリー劇場という映画館が入っており、一階の入り口に洋モノのピンク映画の看板が掛かっている。その真向かいには看板に「福音の家」と記された建物があり、大きな文字で「人はパンのみにて生きる者ではない」と書かれている。まさにこの街のことを体現しているかのような混沌とした風景だ。

そして南の正面は、先ほど山崎が坂の上で言った「どん突き」で、新京極通りはそこからくっと右に折れ、再び南に延びている。

前を歩く黒い背中を凝視する。

一度は頭から振り払った父のことがまた頭をよぎった。

父は七年前に家を出た。七年で、京都の河原町界隈で誰もが知る浮浪者になるはずがない。もしそうだとしたら父の知人が必ず知らせてくるだろうし、そもそもあの借金の取り立て屋たちが放っておかない。そんなはずはないのだ。こいつは、ただの浮浪者だ。当たり前だ。しかし、と木戸の頭にはまた別の疑念が浮かんだ。

借金を抱え、何もかも捨てて家を出た父は、今、どこでどうしているのだろうか。

父も今、知人が誰もいないどこかの街で、こんなふうに、ボロボロの服を着て、自分の影を引きずるようにして、ゴミ箱を漁(あさ)り、ダンボールをまとって夜を明かしているのではないか。

木戸の胸がぎゅっと締め付けられた。

風が吹いた。

誓願寺の正門の前に一本だけ生えている桜の樹の枝が揺れ、花びらが舞った。

薄桃色の花片が、汚れで黒光りしている河原町のジュリーの肩に何枚も張り付いた。

男は、花びらが舞っているのに気づいたのか、ふと頭を上にあげた。

男の背中まで、もうあと、二、三メートルだ。

山崎が目で促した。

鼓動が速くなる。血が頭にのぼる。

なぜだろう、なぜ自分はこんなに緊張しているのだ。

木戸は大きく深呼吸した。これは、職務だ。職務として声をかけるのだ。それだけのことだ。

「ちょっと」

木戸はその背中に声をかけた。

声が背中に吸い込まれた。立ち止まる様子はない。

木戸は男の横に並んだ。

横顔が、はっきりと見えた。髭だらけの黒い顔。長い髪。口元はかすかに微笑んでいるように見える。腫れたまぶたの下の目の表情はよく見えない。

木戸はもう一度、声をかけた。

「こんにちは」

男は、全く無反応だった。顎を上げて空を見上げたままだ。

男の視線は動かず、黙っている。微笑みは消えていない。

木戸は、早口で男に話しかけた。

「あの、今日の午前中にですね。河原町三条の交差点で、女性があなたにネックレスをひったくられた、と言って、交番に届けがあったんですがね」

その時、河原町のジュリーの片頬が動いた。

そしてゆっくりと、視線をこちらに向けた。

こんな目をしていたのか。

鋭さもないが、温かみもない。目ヤニなのか脂なのか、眼球の表面は濁っている。ただ汚いという感じは不思議となかった。ラムネ瓶の中のビー玉のような目だと木戸は思った。

父親の目とは、まったく似ていなかった。

第三話　夜の猫たち

1

「お母ちゃん、幸せやわ。浩介にこんなご馳走（ちそう）、食べさせてもらえるやなんて」

母は目の前のうなぎの蒲焼（かばやき）に手を合わせた。

「上司の巡査長に教えてもろたんや。警察官の勤務について初めての給料で、お母ちゃんに何かご馳走したいけど、どこがええかって相談したら、ここ、教えてくれてな」

新京極六角通りに面した鰻屋（うなぎや）「かねよ」の店内には、炭火でじっくり焼かれたうなぎのいい香りが漂っている。ゴールデンウィークが明けたばかりだが店内は賑わっていた。

「こんなええ店で、ご飯食べるん、久しぶりやわ」

母は京町家らしい趣のある坪庭を眺めながら言った。

「冷めへんうちに、はよ食べえな」

母を促し、木戸も脂がたっぷり載った蒲焼に箸をつけ、口に運んだ。

身は口の中でとろけそうなほど柔らかい。なんとも言えぬ味が口の中に広がった。二十年ほどの人生の中でうなぎなどほとんど食べたことはないが、店の前に出ている『日本一の鰻』の看板に、偽りはないはずだ。母の顔にも幸せそうな表情が広がっている。

「ここの歴史は古いんやで。創業は大正時代やって。お母ちゃん、童謡に『七つの子』とか『赤い靴』とか『シャボン玉』とか、あるやろ」

母はうんうんとうなずいた。

「浩介が小さい頃に、よう歌うてあげたなあ。あんたは、ほんまによう泣く子でなあ。童謡歌うたら、嘘みたいにピタッと泣き止んでな」

「そんなん覚えてないけど……。それでな、今言うた童謡、作ったんは、野口雨情、いう人や。その野口雨情が京都に来た時、ここでうなぎを食うたらしいわ。その時にあんまり美味かったんで、日本一、と箸紙に書き記して帰ったそうや。その箸袋の字を、表の看板にしてんねん」

山崎から聞いた話の受け売りだった。

母はへえ、と感心した顔を見せ、

「新京極には、古うからの店が、ぎょうさんあるんやなあ」

とつぶやいた。

「お母ちゃんな、結婚する前、お父ちゃんと付き合うてる時、新京極に来たことあるで。一緒に映画観てな。帰りに、新京極で、きしめん、食べたわ。そこも、古い店やった」

「それ、『更科』やな。そこの六角の広場を、ちょっと下ったところや。今もある」

「覚えてないけど、あんた、ようわかるなあ」

「ここが仕事場やもん、毎日のように歩いてる。有名な店やで」

「お父ちゃん、中華そばやってたやろ。麺類にはうるさかってん。けど、そこのきしめんは美味いって、えらい褒めてたわ」

「そうなんや」

木戸は心のざわつきを隠しながら答えた。

心がざわついたのは、母の口から、いなくなった父の話が出たからだった。

母は、父との離婚が成立してから、父のことをほとんど話さなかった。

散々辛い思いをさせられた挙句にいなくなってしまった父のことを、母はどう思っているのか、木戸は聞いてみたい気がしたが、母が何も言わない以上、自分からは口にできなかった。

そんな母が、今日、父のことを口にした。

なぜだろう。特に意味はないのかもしれない。ただ新京極の話題が出たから、ふと思い出して口に出しただけかもしれない。おそらくそうだろう。ただその偶然が、木戸の背中を押した。木戸は思い切って訊いてみた。ただし、本当に聞きたい問いとは違う形で。

「なあ、お母ちゃん、ひとつ、訊いてええか」

「何？」

「お母ちゃんは、なんでお父ちゃんと、結婚したんや」

母は一瞬、キョトンとした表情を見せ、すぐに笑顔を作った。

「なんや、何を聞くんか、思たら、そんなことかいな」

母は箸を置いて、湯呑み茶碗に口をつけ、茶碗をテーブルにコトンと置いた。

そして言った。

「あの人はなあ、優しかったんや」

優しかった？　知っている。そんなことは知っている。父との思い出は、優しかった思い出しかない。休みの日はいつも一緒に近所の川に釣りに行った。市民プールに一緒に行って、背泳ぎを教えてくれた。たまには一緒に競輪場に行って、勝った帰りは必ず銭湯に寄って、父はビールを、自分にはコーヒー牛乳を買ってくれた。

「付き合うてる時にな、お父ちゃんの住んでるアパートに遊びに行ったらな、部屋に、ダンボールに入った小さな子猫が、三匹いてたんや。まだ目も開いてない、生まれたてや。どうしたん、って訊いたら、ガード下でぴいぴいぴいぴい鳴いてたから、連れて帰ってきたんや、そんなん、ほっとかれへんやろって。お母ちゃんな、それ聞いて、この人と、結婚しよって思ったんや。この人は、優しい人やなって、思ってな。けど、な」

「けど？」

「間違うてたわ。あの人はな、ただ、弱かっただけなんかもしれん」

「弱かった？」

「そうや。ガード下で鳴いてる子猫を見てな、通り過ぎて帰るだけの『強さ』がなかったんや。あの人は、そういう人やった」

あの人は、そういう人やった……。

置き去りにされた猫を見過ごすことのできなかった父は、結局、母と自分を捨ててどこかに消えた。木戸は、やはりそれを許すことができない。

母は、そんな父と結婚したことを、後悔したのだろうか。

それはやはり訊けなかった。

ただ、今日、母が、父の話をしたことが、ひとつの答えのような気がした。

母は、間違っていたのだろうか。

父は、どこで、間違ったのだろうか。

2

「うちのロッカ、見つかりましたか」

そう言いながら、三条京極交番に駆け込んできたのは、井上レコード店の奥さんだった。

「ああ、今のところ、まだ見つかったって届けは、ありませんなあ」

応対に出た山崎が答えた。

「届けがないって、そんなのんびりしたこと言わんと、おまわりさんも、探しとくれやす。もう一ヶ月も経ってるんやさかいに」

「いやあ、そう言われましてもね、交番としては、迷子になった猫は『遺失物届』として受理するまでが精一杯でして」

「遺失物って、うちのロッカを、物みたいに言わんといて！」

ほぼ一ヶ月前にここでやり取りされた会話が、また繰り返された。

あの日は木戸がこの交番に配属された初日だった。よく覚えている。

もう一ヶ月。見つかる可能性は低いだろうな、と思いながら、木戸は、井上レコード店の奥さんに言った。

「警らの時に、あらためてしっかり探してみます。念のため、もう一回、特徴、教えてもらえますか。えっと、名前は……」

「ロッカです」

「ああ、そうでした」

「ロッカ言うのは、六つの花で六花です。雪みたいに真っ白な猫でね。雪の結晶のことを、六花って言いますやろ」

「はあ、そうなんですか」

「雪の結晶って、六角形の花みたいですやろ。ほんで、うちの店が新京極の六角やし、ちょうどええわ、と思うて、ロッカって名前にしたんです」

「なるほど。素敵な名前ですね。で、真っ白、という以外に、何か特徴は……」

「左右で目の色が違います。左目が琥珀色で、右目が空色です。見たらすぐにわかります」

「左目が琥珀色で、右目が空色ですね。それはわかりやすい」

木戸は頭の中に叩き込んだ。

「見つけたら、お知らせしますよ」

よろしゅうに、ほな、おきばりやす、と、井上レコード店の奥さんは言い残して帰って行った。

「優しいのう、木戸巡査は」

山崎が半ば呆れ顔で言った。

「いえ、優しい、というのとは、ちょっと違うと思いますけど」

「まあ、せいぜい、おきばりやす」

と山崎は井上レコード店の奥さんの口真似をした。

3

カメラを持ったその女の存在には、以前から気づいていた。

まず、服装に特徴がある。いつも肌にぴったりと吸い付くようなセーターを着ている。

髪型はショートカットでブロンドに染め、横分けにした髪を頭に撫で付けていた。長身で、腕とスリムのブルージーンズに包まれた足はしなやかな動物のように細かった。小さい頃によくテレビのＣＭで観たイギリスのツイッギーというモデルにどことなく似ていた。

京都花月の裏手の公園のベンチの上で寝そべっている猫に、女はカメラを向けていた。

「こんにちは」

「なにか？」

女はあからさまに不審な眼差し（まなざし）を木戸に向けた。

アイメイクで強調された大きな目に吸い込まれそうになる。

力のある目だ。年齢は自分よりも十歳ほど上だろうか。

「いいお天気ですね」

「職務質問やったら、手短かにお願いね」

声をかけた相手からつっけんどんな返事が返ってくるのにはもう慣れている。

「猫、お好きなんですね」

女の返事はなかった。

「いつも、この界隈で、猫の写真、撮ってらっしゃるから」

「それが、何か警官から職務質問されなあかん理由になる？」

木戸は単刀直入に話すことにした。

「お気を悪くなさったのならすみません。あなたに何か疑いをかけているわけではありません。

実は、ちょっとある捜査にご協力していただきたいことがございまして」

「あー、ごめん」と女は大仰に手を横に振った。

「私、警察なんかに協力する気、全然ないから」

女は木戸に背を向けて大股に歩き出した。

「猫の捜査なんですよ」

女の足が止まった
「猫？」

「ええ。もしよろしければ、で結構なんですが、行方不明になった、猫の捜査に協力していただければ嬉しいんですが」

振り向いた女の目にはこれまでとは種類の違う光が灯った。

「近隣に、飼っていた猫がいなくなって困っておられる住民がおられましてね。僕も探しているんですが、いつもこの界隈の猫を写真に撮ってらっしゃるあなたでしたら、何か手がかりをお持ちではないかと思いまして」

女はしばらく木戸の顔を見つめていた。

そして言った。

「さっきも言うたやろ。私は、警察に協力する気なんか、ないねん」

引き下がるべきだ。木戸はそう直感した。

「すみません。お邪魔をしてしまいました」

深々と頭を下げた。

頭を上げる。もう女は立ち去っているだろう。しかし意外にもまだ女は木戸の目の前に立っていた。

「あんた、ちょっと変わってるね」

そう言って肩をすくめた。

「何回も言うて悪いけど、私、オマワリはキライやねん。けど、その制服を脱いだあんたやったら、話は聞かんでもないよ」

女が言おうとしている意味はわかった。

「どうすれば?」

「この公園の前の道、ちょっと行った裏寺町通りの角に、忍冬会館っていう雑居ビルがあるやろ。そこの三階。『OZ』っていう店」

4

四条河原町の交差点は人、人、人でごった返している。北西角のユーハイムのビルの前ではヒッピーたちが座って客たちの名前を針金細工で即興で作るアクセサリーを売っている。それを横目で見ながら、木戸は隣の富士銀行の脇の路地を北に入る。

路地に入って三十メートルも歩くと、突き当たりにぶち当たる。初めて足を踏み入れた人は、大抵、袋小路に入ったのかと錯覚し、引き返す。しかし突き当たりに見えるのは、大龍寺という寺の壁で、袋小路に見える路地は西に折れている。そこが裏寺町通りだ。

河原町通りと新京極通りに挟まれた南北に走る通りだ。

界隈は京都の人々の間で「裏寺町」と呼ばれている。

京都随一の繁華な交差点である四条河原町から歩いて一分とかからないのに、裏寺町は、街全体が、どこか薄暗い。

河原町通りと新京極通りを「明」の街とすれば、裏寺町通りは「暗」の街だ。夕暮れ時になるともう夜更けのような暗さになり、人通りもほとんどない。一番明るい通りと一番暗い通りが隣り合っている。このメリハリの利いた明暗のコントラストはずいぶん昔からずっとそうらしく、昭和の初めぐらいまで裏寺町通りには「曖昧（あいまい）茶屋」だとか「盆屋」だとか呼ばれる連れ込み宿がたくさんあったと山崎から聞いたことがある。今もどことなくその雰囲気が残っていた。

壁にぶち当たって西に曲がった先にあるのは古びた居酒屋だ。

ホルモンを焼く匂いが食欲をそそる。よく見ると居酒屋の建物は三階建てで、平屋の上に後から継ぎ足したような二階と三階には何軒かのバーの看板が出ている。

木戸はその階段を三階まで上がり、突き当たりの扉を開ける。

薄暗い店の中から「いらっしゃい」と声がした。昼間、京都花月裏の公園で声をかけた女性だった。

「昼間は、失礼しました」

木戸の声に、カウンターの中の女は微笑んだ。

「こちらこそ」

七人ほども座るといっぱいになるカウンターの、入り口から二番目の席に木戸は腰掛けた。カウンターの向こうに、酒のボトルが所狭しと並んでいる。後ろの壁には引き伸ばされたモノクロの写真や写真展のポスターが貼ってある。

モノクロの写真は、きっと彼女が撮った写真なのだろう。見覚えのある風景がいくつかあった。その風景の中に、猫が写っているものが何枚もあった。

「何、飲む？」

「ジンジャーエールをください」

「アルコールは？」

「アルコールは、ちょっとやめときます」

女が吹き出した。

「あんた、もしかして未成年？　ごめんね。未成年をこんな淫靡(いんび)なバーに誘ったりして」

「いや。お酒は飲める齢になったんですが、一応、所管区の店では酒は飲むなって上司から」

「でも、一杯ぐらい、いいでしょ」

「すみません、今日はジンジャーエールで」

オマワリさんはつらいねえ、と女はまた笑って冷蔵庫からジンジャーエールを取り出してグラスに注ぎ、シロップと氷を入れてマドラーで掻(か)き混ぜ、最後にレモンを一切れ入れた。

「はい。シャーリーテンプル。アルコールの入ってないカクテル。あんたにぴったり」

「僕に？」

「カクテルには、花言葉と同じように、カクテル言葉っていうのがあってね。シャーリーテンプルのカクテル言葉は、『用心深い』」

「ありがとうございます。ではお言葉に甘えて」

木戸はグラスに口をつけた。

「職務質問みたいなことはここでは、なしね。そやから先に言うとくね。私、ユキ」

「ああ、ユキさん」

「柚子(ゆず)の柚に樹木の木で、柚木ね」

「ああ、苗字ですか。ええ名前ですね。僕は、木戸です」

「木戸さんね」

「上司に、警官は自分の苗字は名乗らんでええと言われてますけど、今日は木戸浩介として来ましたから」

木戸は、昼間、公園で言おうとしたことを手短に説明した。

「左目が琥珀色で、右目が空色ねえ」

柚木は木戸の言葉を繰り返した。

「そんな特徴のある猫なら、一目見たら気づくけど、見たことは、ないなあ」

「もし見かけたら、でいいんです。ぜひ知らせてください」

「わかった。じゃ、用件は、これで終わりね」

「はい。でも、こういう店、初めて来たんで、もうちょっと居させてください」

「もちろん。私も飲むね」

柚木は冷蔵庫からビールの小瓶を取り出し、グラスに注がずにそのまま口をつけて飲んだ。その仕草がいかにも大人な感じがして木戸は見とれた。

「柚木さん、プロの写真家ですか？」

「全然。見ての通り、雑居ビルの三階のいかがわしいバーのバーテンよ」

「バーテンダー、ですね」

「あんた、若いくせに、変なこと知ってるんやね」

「ええ、僕も、ポリ公、と言われるのは、あんまりええ気分、しませんから」

「バーテンでええのよ。人によってはバーテンは差別的な言い方やからバーテンダーと呼ばなあかんとかむずかしいこと言う人おるけど、私なんか、毎日街をふらふらしてフーテンみたいなもんやし、バーのフーテンで、バーテンがぴったりくるわ」

柚木は笑った。

木戸は、あらためて、後ろの壁に貼られた写真を見た。

写真展のポスターに、柚木の名前が大きく載っていた。

「写真展もされてるんですね」

「写真はね、ほんま、たまたまね」

「たまたま？」

「そう」

　柚木はもう一口、ビールを流し込んだ。

「そこの柳小路を入ったところに、『蘇州』っていうダンスホールがあるでしょ」

　雑居ビルの前を西に行くと北に延びる路地がある。柳の木が一本生え、その先の細い路地が「柳小路」と呼ばれている。縄のれんの居酒屋、酒場、スタンドなどが並ぶが、その入り口にあるのが「蘇州」というダンスホールだ。

「私は、もともと、『蘇州』でダンサー、やってたんよ。四国の田舎から、十八で京都に出てきてね。楽しかったよ。ほんま、いろんなお客さんが来てね。いろんな人と出会えたからね。けど、ちょっと色恋がらみのいざこざがあって、二十歳の時に、店を辞めてね。それで、行くとこもないからふらふらしてたら、寺町の今出川に、『ほんやら洞』っていう、私みたいなイカれたフーテンとかが集まる喫茶店があってね。なんや水が合うて、入り浸ってたんよ。近くの女子大の子らは、その店のこと、不良と犯罪者の巣窟みたいな目で見て、店の前を小走りで通り過ぎるほど怖がってたけどね」

　柚木は愉快そうに笑って三口めのビールを口にした。

「そこの常連のお客さんが、ある日、私にカメラをくれたんよ。女の人でね、彼女は銀行員を辞めて京都の雑誌社に勤めながら、『ハーレム』を撮った吉田ルイ子のような写真が撮りたい、と言うてたんやけど、雑誌社が倒産して夢が叶わんようになってしもた、カメラいらんようになったから、柚木、あんたにあげる、と言うて私が座ってたテーブルにカメラを置いて行ったんよ。なんでカメラを譲る相手が私やったんか、今もわからんのやけど。で、見よう見まねでやってみると、結構面白うてね。で、今は、ここでバーテンしながら、昼間、気が向いたときに街をふらふらしながら撮ってるだけ。私がシャッター押すのは、犬が街のあちらこちらに片足上げてオシッコするのとおんなじよ」

木戸は笑った。

「何がおかしいの？」

「いや、なんか、男の人みたいなこと言うから」

「片足上げてオシッコする犬にちょっと憧れてるとこもあるかなあ」

「でも、猫が、好きなんですね」

「猫は、人に媚びへんからね。けど、猫が好きっていうより、猫がいてる風景が好きなんかな。私は猫を通して、この界隈の、街や人の写真を撮ってるつもり。もう、十年ぐらいになるかな」

街や、人の写真……。

そう聞いて、あの男の影が木戸の脳裏を横切った。

「柚木さん、河原町のジュリーって、ご存じですか」

「もちろん」

柚木はうなずいた。

「私より、ずっとずっと筋金の入ったフーテンや。フーテンの中のフーテン。河原町のジュリーが、どうかしたの？」

「彼とは、ちょっとした関わりがあって」

木戸は花の首飾りの一件を柚木に話した。もちろん、自分の父のことは伏せて。

「わかるわあ。私、あんたの上司が、その女より、河原町のジュリーの方を信用した気持ち」

「そうですか。僕は、まだ、いまひとつ、わからんことがいっぱいあって」

「どんなこと?」

河原町のジュリーに関して、わからないことは山ほどある。木戸は何から訊こうか戸惑った。

「えっと……たとえば、その……ジュリーって名前、本名ですか」

「本名なわけないやん」柚木が吹き出した。「垢(あか)だらけで真っ黒やけど、顔の造り見たら、どう見ても、ジス・イズ・日本人やし」

「そしたら、なんで、ジュリーって言うんですか?」

「髪の毛が、ジュリーみたいに、ロングヘアやからやろねえ」

「ロングヘアて」

今度は木戸が吹き出した。

「ええように言いますねえ。浮浪者やから、散髪屋に行く金無うて、ただ伸びてるだけですよね。長いこと洗うてないからベトベトに汚れて、右半分はボブ・マーリーみたいにもつれてるし、左半分はコールタールで固めたみたいに、コッテコテになって」

「ほんまやねえ。あの固まった髪の毛で、釘、打てそうやね」

「年齢も、ジュリーみたいに、若(わこ)うはないでしょ」

「年齢は、ようわからんね。五十……、六十は、いってるんかなあ。いや、浮浪者は老けて見えるって言うから、案外、四十代かもね」

そうだ、本当に聞きたいことを思い出した。

「で、河原町のジュリーは、もともとは何をしてて、浮浪者に落ちぶれたんですか」

「それもわからんねん。本人に聞いた者もいてへんし。まあ聞いたところで、本人は口を利かんけど。ただ、彼の経歴に関しては、いろんな説があってね。もともとは名うての相場師で、小豆相場の先物取引で失敗してああなった、って聞いたことある。ほんまは京都のええとこのボンで、ある日突然世の中の無常を知って、何もかも捨ててああして暮らすようになったとか、実は今も何十億と資産のある大金持ちで、趣味としてあんな格好して歩いてるんや、とか言う人もけっこういてる。夜になったら新京極の公衆便所で身繕いして、祇園の高級クラブで豪遊してから南禅寺あたりの邸宅に帰るって」

「世をしのぶ、仮の姿、いうことですか」

「すべてを手にした人間が、最後に手に入れたくなるのは、すべてのしがらみから離れた、究極の自由。それが、あの河原町のジュリーの生き方や、とか、訳知り顔でそんなこと言う人もおったなあ」

「水戸黄門の浮浪者版かな」

「太秦の東映撮影所の大部屋の役者やったって聞いたこともあるわ。古い東映の時代劇で、河原町のジュリーによう似た侍が映ってる映画があるらしいねん。あと、丸善の前で、一心不乱に紙に字を書いてるのを見かけた人もいてて、実は京都大学の哲学科をトップの成績で卒業したけど、めちゃくちゃ頭が良すぎて、おかしなった、って言う人もいてる。どれもそれらしいけど、ほんとのとこは、誰もわからんねん」

木戸は、そのどれが本当なのかということよりも、彼の過去に関していろんな人がいろんなことを言う、そのことが面白いと思った。

普通は浮浪者の元の仕事など、誰も関心を抱かない。人は穢らわしいものを本能的に避けたい。むしろそこから意識的に考えを遠のかせようとする。しかし「河原町のジュリー」は逆だった。彼の「これまでの人生」を、人に詮索させずにはおかない何かがあった。

警らの時に彼とすれ違うたびに、木戸のその思いは強くなった。伸ばし放題の髪と髭。ずっと洗っていないボロボロの服。ボロ靴の先は穴が開いている。しかし、その垢まみれの真っ黒な顔には、微塵も卑屈さがない。かすかに笑みを浮かべ、悠然としている。神々しく見える時さえある。そして、彼は誰とも、視線を合わさない。それは、虚ろ、というのではなく、何かを見ている。彼はいったい、何を見ているのか。そして彼は、足を地面に擦るようにして河原町界隈を歩く。何かを引きずるような足取りだ。いったい彼が引きずっているものは何なのか、彼の姿を見かけた者は、それを意識せずには彼の前を通り過ぎることはできない。しかし、その正体は、誰も知らないのだ。

「誰が、河原町のジュリーって名付けたんですか？」

「それが、誰が名付けたか、わからんねん。いつしか誰が言うともなく、あの人のことを、河原町のジュリーって、呼ぶようになったらしいね」

「いつしか、誰が言うともなく、ですか。不思議ですね」

「私はね、こう思うねん」

柚木が言った。

「正体の知れないものが、自分の視線の及ぶ範囲に在る。人は、その不安に耐えられへんねん。何か得体の知れないものを見つけた時、人はその不安から逃れるため、名前をつける。名付けることで、今、目の前にある得体の知れないものを、自分の理解の及ぶものにして、安心したいねん。そんな、みんなの無意識が、彼に『ジュリー』という名前を与えたんと違うかなって」

そうかもしれない、と木戸は思った。

それにしても、あの沢田研二の、艶（つや）に満ちた美しい顔とは似ても似つかない汚い顔の浮浪者が、ジュリーとは。しかし、この二人には、何か共通する部分があるに違いなかった。だからこそ誰が名付けたとも知れぬニックネームが、これほどまでに浸透している。その共通した部分が何か、木戸はうまく言葉にできないのだが、究極の美と究極の醜は、その希少価値において一致する、ということだろうか。

木戸の考えを見透かしたように、柚木が言った。

「『ジュリー』っていうのは、『まれびと』の異称なんかもしれんね」

「『まれびと』？」

「異界からやってきた人」

たしか山崎も、似たようなことを言っていた。

「柚木さん、河原町のジュリーの写真は、撮ったことないんですか」

「それがねえ、撮った記憶がないんよ」

「もう十年も、街や人の写真、撮ってるのに？」

「これまで撮ってきた膨大なネガフィルムをプリントして見たら、どこかに写っているのかもしれんけど。その程度の、曖昧な記憶なんよ」

「河原町のジュリーとは、しょっちゅう会うでしょ」

「うん。それこそ、毎日のように」

「ほな、どうして？　あれだけ絵になる被写体は、そうそうないと思うけどなあ」

柚木はその言葉にはうなずかず、丸めた紙をポンと投げ捨てるように言った。

「たまに、撮ろうという気になることもあるんやけどね。そういう時に限って、光線の具合が、あんまり良うなかったりしてね」

柚木の答えは、どうも歯切れが悪い。何かを隠しているような気もしたが、それ以上踏み込むのはやめてしばらく無言でカクテルを口に含んだ。

口を開いたのは柚木だった。

「あんた、さっきね、絵になる被写体って、言うたけど、絵になる被写体って、何？」

「あ、いや、いい写真、といううぐらいの意味ですけど……。言い方、悪かったかな」

柚木は静かな口調で言った。

「写真を撮るときにね、絶対に避けられへんことがあるねん。それは、カメラを向けた瞬間、写真を撮る側と、撮られる側に分かれる、ということ。でもね、撮る側にも気持ちがあるのと同じで、撮られる側にも気持ちがあるねん。私は人にカメラを向けるとき、いつもそれを思う。手軽に撮る写真のことを、スナップ写真って言うでしょ。スナップって、どういう意味か、知ってる?」

「……知りません」

「撃つ、っていう意味よ。カメラは、いとも簡単に人を撃つ機械でもあるんよ。さっき、私が写真を撮るのは犬があちこちに片足上げてオシッコするのと同じ、って言うたけど、それでも、所構わず、オシッコひっかけるようなことはことはしてへんつもり」

スナップは、撃つという意味……。その言葉が、今まで気づかなかった、木戸の心の中の何かを開いた。

木戸は柚木という女性に興味を持った。彼女に、もう少し河原町のジュリーのことについて訊いてみたかった。

山崎にした質問と同じ質問をぶつけてみた。

「ところで、河原町のジュリーは、いつから河原町にいてるんですか」

「それもはっきりせんのやけど、私が京都に来て『蘇州』で踊り子した時には、もういてたよ」

そして、しばらく黙ったのちに柚木は続けた。

「実は、私も、河原町のジュリーとは、一回だけ、忘れられへん思い出があるねん」

「どんな思い出ですか」

木戸はぐっと身を乗り出した。

「ちょうどダンスホールを辞めた日の夜明けのことやった。楽屋でみんなとお別れ会を夜通しやったあと、私は、まだ誰も歩いてない河原町通りで、あのジュリーと会うてるねん。一目で浮浪者とわかったけど、あの頃はまだ、今ほど汚うはなかった。靴も穴、開いてなかった。四条河原町の歩道の柵にもたれてね、ゴミ箱を漁って拾うたんやろう缶ジュースをじゅるじゅる吸いながら、東の空に顔向けて、朝日を眺めてた。その時の、眩しそうに目を細めた表情が、今も忘れられへん。私は、思わず、声をかけたんや。『おはよう』ってね。そしたら、『何しょんな』って、返事が返ってきたんや。私は、びっくりした。もちろん返事が返ってきたことにもびっくりしたけど、その『何しょんな』っていう言葉は、四国の人がよう使う言葉なんや。私は、思わず訊いた。『四国の人ですか』って。彼は、微笑を浮かべたまま、また朝日の方に向き直って、二度と返事は返ってこんかった。そんなことがあってん」

「その頃は、もう、河原町のジュリーと呼ばれてましたか」

「いいや。あの頃は、まだジュリーとは呼ばれてなかった。ずっと後になってから、友達と河原町を歩いてる時に、『ほら、あの人が、河原町のジュリーやで』って教えてもろたことがあったから。その時初めて、ああ、あの人、今はジュリーって呼ばれてるんや、と知ったんや」

「ジュリーが四国出身というのは、本当ですか」

「まあ、私も、絶対にそうか、と言われたら、それほど自信はないんやけど。なんせ、たった一回、言葉を交わしただけやから。あのとき、そう、普段はあれだけたくさんの人で溢れかえってる河原町通りに、たった独りで佇んでるあの人を見たとき、なんか、妙な仲間意識が生まれてね。私ら、一緒や、って。それで、私には、あの人の言葉が、四国訛り（なま）に聞こえただけかもしれへん」

それから、柚木は言った。

「今晩は、なんや、飲みたい気分やな。久しぶりに、河原町のジュリーの話をしたからかな。もうちょっとだけ、付きおうてくれる？」

木戸はテーブルに置かれた二杯目のシャーリーテンプルを飲み干した。

「いいですよ。では、もう一杯。それから、僕にもお酒を」

おそらくあと一杯だけで終わらないだろう、と予感しながら、空になったグラスを柚木に差し出した。

5

時計を見ると午前四時だった。

午前一時頃にあの木戸という若い警官が帰ってからも馴染（なじ）みの客が何人か来て、客が完全に引いたのは午前三時だ。その後も、一人で店で飲んだ。気がつくとこんな時間になった。頭の奥がかすかに疼（うず）く。厨房の蛇口をひねってコップで水を二杯飲むとスッキリと目が覚めた。

柚木はこれからの時間の使い方を思案した。

柚木のアパートは白川の古川橋商店街の近くで店から歩くと二十分ほどだ。

なぜだかまっすぐ帰る気分にはなれなかった。

あと一時間もすれば東の空が白み出すだろう。

夜明け前の猫の姿を求めて、鴨川べりを歩こうか。先斗町か木屋町あたりを歩こうか。

柚木の頭の中には京都の「猫地図」が完璧に入っている。そこに行けば、必ず猫の写真が撮れる、という場所だ。

四条河原町界隈という京都きっての繁華街は、猫たちの繁華街でもある。

柚木は「住人」たちの姿を思い浮かべた。

四条大橋の西詰、先斗町に行くと、クロと会えるかもしれない。クロはその辺りでは有名なボス猫で、朝から昼の間は鴨川右岸の先斗町あたりにいるのだが、夕暮れが迫って街が賑わいを見せるころになると、四条大橋を東に渡って祇園のちゃんこ鍋屋の前あたりをうろついている。クロは祇園界隈の人々にはゴンと呼ばれている。そして明け方前にはまた先斗町に帰っているのだ。猫のくせに二つの名前を操って毎晩祇園通いとは大した御仁(ごじん)だ。

しかしこのクロ＝ゴンのように街をクロスオーバーする猫はやはり少数派だ。だいたいは、住処とする「通り」が決まっている。

街を歩いていて、通りを一本越えるとその表情が変わるように、棲(す)んでいる「通り」によって、猫たちの個性も変わる。

先斗町、木屋町界隈は小さな飲食店がひしめいて街自体はごちゃごちゃしている印象があるが、高瀬川や鴨川の河岸など水辺も近く、戦争中に空襲による民家の延焼を防ぐために設けられた空き地もあったりして、それが余裕を生むのだろうか、猫たちの表情にもどこか風流然とした趣がある。人もあまり恐れず、カメラを向けると、ずっとついてくる猫がいたりする。

先斗町の猫たちは、朝ものんびりしている。先斗町は消防車も入れないほど道幅が狭いので、清掃局の車が回収に来るのも遅く、ゆっくりと朝飯にありつけるというわけだ。

とりわけ今の季節、五月、六月の、まだ夏の本格的なシーズンを迎える前の鴨川の納涼床では、人間たちに先んじて床を独占して、春先に生まれた子猫たちと一緒に腹を見せて寝ている猫たちが見られる。そんな猫たちの姿を撮りに行くのもいい。

一方河原町通りに棲む猫は、先斗町、木屋町界隈に棲む猫に比べると動きが素早く、警戒心がずいぶん強い。歩いている人の流れが速いし、せわしなく流れる時間の中で猫たちものんびりしてはいられないのだろう。

河原町通りのさらに西側を南北に走る寺町通り、新京極通りは、河原町通りに負けず劣らず人がひしめいている。特に新京極通りの昼間の人通りはすさまじい。この界隈の猫たちは、昼間、じっと寺の境内に身を潜めて姿を現さない。そして深夜、商店街がシャッターを完全に閉め、街が眠りについてから、寺の門の隙間や壁の上から這い出して街に出てくる。そうして人通りの途絶えた深夜の商店街は猫たちの楽園と化す。

例外は、六角通りに面したうなぎの「かねよ」の前だ。ここには新京極界隈の猫たちが昼間から集まって来る。備長炭(びんちょうたん)で焙(あぶ)る蒲焼の香りが、よほど猫たちの食欲をそそるのだろう、彼らの陶然とした顔は実に微笑ましい。思わずシャッターに指が伸びる。

「かねよ」の前を別格として、河原町通りよりも西で昼間から猫たちがのんびりとしているのは、裏寺町通りだ。バー「OZ」のある界隈だ。

通りの歴史は新京極通りよりずっと古く、秀吉の時代に遡るらしい。秀吉が京都の街を改造した際、洛中に散在していた寺院を強制的に移転させた。それがあの有名な寺町通りだが、裏寺町通りは、寺町通りと同時に、さらに東の鴨川の右岸沿いに作られた。当時はまだ河原町通りはなかったので、ここが京都の東の端、つまり「京極」だった。

裏寺町通りの西隣に通る新京極通りの歴史はずっと新しく、明治に作られた。やがて河原町通りも通され、この二つの通りは京都を代表する新興の盛り場となった。

その一方で二つの通りに挟まれた裏寺町通りは、文字どおりの「裏町」に追いやられ、忘れられた町になってしまった。

棲んでいる猫の表情も、どこかうらぶれている。木屋町界隈に棲む猫のような風流さも人懐こさもないし、河原町界隈の猫のような抜け目のなさもない。

しかし、柚木はこの界隈の、世の中からドロップアウトした、昼間からふらふら、うとうとしているフーテンのような猫たちが好きなのだ。柚木が特に好きなのは、裏寺町通りから新京極通りに向かう手前にある、成人映画館の八千代館の軒下でいつも昼寝している雌猫だ。名前はリリィという。いつも腹を見せて、どんと寝そべっている。シャッターを向けても、どうにでも好きにしろ、とでも言いたげに、気怠げな目でこちらを一瞥するだけで、あっけらかんと生きている。

夜明けのリリィに会いに行こうか。

その時、妙なことに気づいた。

柚木は、この裏寺町通りで、あの男を見たことがなかった。

さっき店で木戸という男と話した男。

河原町のジュリーだ。

彼とは、四条河原町の交差点から河原町三条の交差点、そして三条通り、そこから寺町通り、あるいは新京極通りを南下して再び四条通りに出るブロックのそこらじゅうで、ほとんど毎日のように遭遇した。しかし、彼の徘徊コースである河原町通りと新京極通りから、たった一本隔てただけの、この裏寺町通りでは、彼の姿を見かけたことが一度もないのだ。

これは不思議なことだった。

むしろこのうらぶれた、なんの虚飾もない、薄暗く猥雑（わいざつ）な裏寺町通りこそが、フーテンの猫たちのように、「世を捨てた」彼の居場所としてふさわしい場所だと、言えなくもなかった。

しかし彼は、常に人波の途絶えない、夜でも煌々（こうこう）と明かりの灯った、河原町通り、三条通り、新京極通り、寺町通り、四条通りという、いわば京都のメインストリートしか歩かなかった。無数の曲がり角には目もくれず、まっすぐ、大通りしか歩かなかった。いったいそれは、なぜだろう。

木戸という男の言葉が脳裏に蘇った。

「柚木さん、河原町のジュリーの写真は、撮ったことないんですか」

適当な理由をつけて言葉を濁した。

しかし、あらためて、その答えを考えてみる。

実際に新京極通りや河原町通りで、何度か彼にカメラを向けようとしたこともある。

そのとき、彼は微笑むでもなく怒るでもなく、あからさまに無視するでもなかった。

カメラの存在が、彼の意識に、なんの影響も及ぼしていないことがはっきりわかった。被写体が、カメラを向けているこちらの存在を認識していないのはよくあることだ。しかし彼の場合は、それとも別だった。

その虚ろな視線に気づいてから、柚木は彼と出遭ってもカメラを向けることはなくなった。しかしそこには、もう一つの理由があるのではないか。

自分は誰かに向けてシャッターを押すとき、いつもその人の、「影」を撮っているような気がする。「影」とは必ずしもネガティブな意味を指すのではない。むしろ、人を人たらしめているもの。そういった意味合いに近い。猫を撮る場合でも同じだ。猫は、いわば街の影だ。だから柚木は、いつも街にいる猫を追う。猫でなくとも、普段、人の目には意識されない「影」がその写真に焼きついていたとき、いい写真が撮れた、と思う。

しかし、あの男には「影」がないのだ。人生を捨てたようにしか見えない彼が、誰の視線を恐れることもなく、飄々(ひょうひょう)とした表情で、どんな真っ当な社会人よりも、日の当たる「表通り」しか歩かない。なんという皮肉な逆説だろうか。うまく言葉にできないのだが、その佇まいに、柚木にシャッターを押す指をためらわせる何かがある。彼自身が、強い光を放つ光源なのかもしれない。だから「影」が写らない。そういうことなのか。

あるいは、こうも言えるかもしれない。

彼には「影」がない。だからこそ人は彼を見て、自分自身の「影」を彼自身に仮託して、物語を作る。彼について語られている無数の「物語」が、彼という存在を縁取っている。

その中心にいる彼自身は、空虚なのだ。

そこまで考えて、柚木は立ち上がり、店の鍵を閉めて階段を下りた。

外はまだ暗い。

夜明けまでは、昼間はどこかにひっそりと身を隠している猫たちの時間だ。

新京極通りに行けば、昨日、木戸に頼まれた、ロッカという名の猫に、もしかしたら出会えるかもしれない。

そうして柚木はすべてのシャッターが下ろされた新京極通りを歩いてみた。

誰も歩いていない新京極通りには、道だけがあった。

いつもの馴染みの猫たちがいたが、ロッカの姿はなかった。

ゆきつもどりつ、小一時間ほども歩いただろうか。やがて蛸薬師通りから見える空が白み出した。

諦めて帰ろうと河原町通りに出た。

四条河原町の交差点に差し掛かった時だ。

柚木の足が止まった。

河原町のジュリーが、そこにいた。
あの日と同じように、道路脇の柵にもたれながら、ずっと東の空を眺めていた。

第四話　鳥の名前

一九七九年　夏

1

扇風機が突然カタカタカタカタと音を立てて首を振るのをやめた。

「調子悪いな、この扇風機」

山崎は扇風機の頭を乱暴にポンと叩いた。

扇風機はまるで叱られた子供がその後何ごともなかったかのように振る舞うみたいに、また静かに首を振りだした。

「そろそろ寿命やな。総務課に言うて、新しいのと替えてもらわんとな」

七月に入ってからの京都の暑さは殺人的だ。今日は昼頃に土砂降りのにわか雨があったものの、その後は気温がうなぎのぼりになり、交番の中は扉を開けていても扇風機なしではとても過ごせない。

「というか、エアコン、つけてくれんかのう」

山崎が嘆いた。

テレビでは「ビーバー」だとか「霧ヶ峰」だとか「白くま」だとかエアコンのCMが盛んに流れているが、それでも一般の家庭での普及率はせいぜい二割程度だろう。一台二十万円近くもするエアコンをポンと買えるのはかなり裕福な家に限られている。最近は市役所などでクーラーが入っているところを見かけるようになったが、何事においても経費節約を信条とする警察では、ようやく今年になって所轄署の冷房化が始まったばかりだ。ましてや交番にエアコンがつく日なんて、留置場にエアコンがつくよりも後に違いなかった。しばらくはこの扇風機で我慢せねばならないだろう。

「昨日の四条署の応援はご苦労さんやったな」

山崎は首を濡れたタオルで拭きながら木戸に言った。

「もう死ぬかと思いましたよ。あんなクソ忙しい夜は、警察官になって初めてです」

祇園祭の華である山鉾巡業は、あさって十七日から始まる。神輿(みこし)は十七日の夕方に八坂神社を出発し、河原町を通って新京極の御旅所(おたびしょ)に入るのだ。

昨日の宵々々山(よいよいよいやま)から、四条通りは夜七時になると八坂神社から東堀川(ひがしほりかわ)までの間が歩行者天国になる。屋台が立ち並び、通りは夕涼みを兼ねた浴衣姿の親子連れやカップルなどが繰り出し、大変な人出だ。四条通りは所轄でいうと四条署管内となり、三条京極交番が属する下立売署の管轄外ではあるのだが、猫の手も借りたいほどの忙しさのため下立売署からも若手中心に応援部隊が派遣される。昨日は木戸も駆り出された。

折しも土曜日と重なり、四条通りはまさに人の洪水となった。やれ子供が迷子になった財布を落とした抱きつきスリに遭った痴漢にお尻を触られた、と息つく暇もなかった。

木戸には小学校に上がる前だったか、上がった後だったか、一度だけ父親と母親と一緒に祇園祭の夜を歩いた記憶がある。両親に手を繋がれながら、コンチキチンの祇園囃子とともに灯の入った駒形提灯を見上げていたのをおぼろげながら覚えている。あの日、見上げたのと同じ風景が人波の中のどこかにあるはずだったが、そんな感傷に浸る隙は一瞬たりともなく勤務を終えた。

「ここから一ヶ月は、戦場やで。祇園祭も昨日からがいよいよシーズン本番や。それから八月には五山の送り火、大文字焼きが控えとる。この二つの祭りの時の新京極通りと河原町通りの人出は、まあえげつない。覚悟しとけよ」

「はい。昨日でようわかりました。覚悟してます。けど、祇園祭はこの辺りが人だらけになるのはわかるんですけど、大文字焼きは、左京区でしょう。ここからはちょっと離れてます。それでもやっぱり人は多いんですか」

山崎は何もわかってないな、とでも言いたげな顔で答えた。

「大文字焼きはな、山際から見るより、ちょっと離れた場所から見る方が綺麗なんや。京都の人らは、よう知ってはる。ちょうど、この辺りで見るのがええんやとな。この界隈のビルはみんな大文字焼き見物用に屋上を開放して、えらい騒ぎや。それだけやないで。この交番の隣の矢田地蔵尊に鐘があるやろ。あの鐘は『送りの鐘』というて、死者の霊を迷わず冥土に送るために撞く鐘や。大文字焼きの夜と大晦日の夜は、鐘を撞きに来る人でごった返す。この交番の前まで長い行列ができるんや。送り鐘はここだけにあるわけやないが、なんというても京都のお盆は、この矢田寺の鐘を撞いて終わる、というのが昔からの習わしや。来週からは夏休みも始まる。気合い入れて行こ」

木戸は、はい、と元気よく返事をした。

「よし、ええ返事や。ほたらそろそろ、警らに行こか」

木戸は立ち上がって準備をした。

今日一日は祇園祭で賑わう四条通りの応援勤務ではなく、三条京極交番での通常勤務だった。とはいえ、木戸たちの受け持つ区域にも、かなりの人が流れ込むはずだ。

「定線警らで行きますか？　乱線警らで行きますか」

「乱線警らで行こう。あ、そうや。警らの途中で、寺町通りの電器屋に寄ろか」

「なんでですか」

「扇風機の調子が悪い。総務課に言うて替えてもらうにしても、日数がかかるやろ。電器屋の主人に言うて、時間ある時に、直しに来てくれと頼むんや」

忙しくなるぞ、と言いながら、途中、電器屋に寄ろうなどとのんびりしたことを言う山崎の背中を追いかけて、木戸は交番を出た。

ムッとする空気が木戸の身体にまとわりついた。気温は昨日より高く、三十度は軽く超えているだろう。

空を見上げる。午後五時過ぎとはいえ、夏の太陽はまだ天高くにある。アーケードのない西の空にはまるで貼り絵のようにくっきりとした入道雲が青い空に浮かんでいた。

そうだ、あの日も空を見上げた、と木戸は思い出した。

山崎巡査長と初めて二人で警らに回った日だ。

もうあれから、三ヶ月と半月が過ぎたのだ。

あの日、茶道具屋の軒下にいた仔ツバメたちは無事に成長しただろうか。

自分は、といえば、すでに実習の期間は終えて形式上は一人前の警官、ということになっている。しかしなかなか警察官の仕事に慣れない、というのが実情だった。痴話喧嘩のもつれで男性が女性をナイフで刺すという殺人未遂事件の現場に急行したことがある。マンションの部屋の中で血を大量に流して倒れている女性を見て、卒倒しそうになった。その夜は一日、眠ることができなかった。

大学卒業の肩書きを得るために進学した夜間大学も、緊急事案の出勤で非番や休みの日が潰れることが多く、なかなか通うことができない。もう諦めて大学は断念しようかと迷っているところだった。いや、果たして自分は本当に警察官としてやっていけるのだろうか。むしろ、警察官を辞めて、別の道を探った方がいいのではないか。そんなことさえ頭をよぎることがあった。

木戸は山崎とともに寺町通りのアーケードをくぐる。

木戸がなんとか警察官と大学を続けていけているのは、山崎の存在が大きかった。山崎は木戸が非番の日にはよく飯に誘ってくれ、いつも木戸が通う大学のことを気にしてくれた。

「大学では、どんな勉強してるんや」

「それが、なかなか通えなくて……」

「そうか、まあ、大学の方は、ぼちぼちやったらええ。留年してでもなんとか卒業だけはすることや」

山崎はそうして何かにつけて木戸に目をかけてくれ、よく面倒を見てくれた。

寺町通りのアーケードをくぐると、暑さはいくらかましになった。

河原町通り、新京極通り、三条通りの混雑に比べれば、人出は落ち着いていた。

寺町通りはもともと秀吉が市内の寺を集めてその門前に作った通りで、数珠(じゅず)店や仏具屋などが今も何軒も軒を並べているし、古本屋も多い。新京極通りや河原町通りのような観光客相手の店もあるにはあるが、どちらかと言うと、地元の人が今も利用する通りだ。インベーダーゲームの喧騒も、この通りには聞こえてこない。

寺町三条の十字路の南東角にあるのは三嶋亭というすき焼き店だ。四階建ての木造の建物は明治六年からここにあるという。その南がサンボアという名のバーで、ここも五十年は続いているという。この向かいに、女学生時代の山本富士子(やまもとふじこ)が住んでたんや、と山崎巡査長から聞いたこともある。そこから少し南に下がると、公衆浴場の桜湯だ。木戸も当直明けの非番の午後にちょいちょい利用する。

その日の街にはいつもより女性の姿が目立った。たいていは浴衣姿か、タンクトップ姿だ。タンクトップは去年の夏に突如として大流行したファッションだ。

「今年は去年よりも、タンクトップの女性がものすごい多いですねえ」

「おいおい、どこ見てるんや」

「去年の夏、初めてタンクトップ見たときは、こんなん、下着とか水着と同じやん！　ってすごい違和感、ありましたけど、今年見ると、なんの違和感もなくて、街に溶け込んでますよね」

「若い子だけやのうて、おばちゃんまでが今年はタンクトップやな」

「そこは今でもちょっと違和感ありますけどね」

「それも、もうちょっとしたらじきに慣れる。人間というのはそんなもんや。けどな、警官にとっては、慣れは敵や。風景に慣れたらあかん。常に心をざらつかせておけよ」

山崎は初日に言ったことと同じことを言った。

あの日以来、肝に銘じてきたつもりだ。

しかし、交番巡査としての初勤務から四ヶ月近くが経ち、この街に「慣れて」きたのも確かだ。

もう一度、気を引き締めよう。

六角通りを過ぎ、一筋下がった蛸薬師通りと交差する南西角に、芝田電器店があった。

店の前には、そこだけ大勢の人だかりができていた。

街頭に置かれたテレビで、大相撲の中継をしているのだった。

七月十五日。今日は名古屋で行われている七月場所の千秋楽だ。

大勢の男たちの白い背中の輪の中に、ひとつだけ異様に黒光りした背中があった。

河原町のジュリーがそこにいた。

山崎も気づいたらしい。

「おお、河原町のジュリーが観に来とるがな。あのおっさん、相撲が好きでな。一月、三月、五月、七月、九月、十一月。大相撲の中継があるときは、必ずこの電器店の前で観とるんや」

木戸も五月の夏場所の時に、河原町のジュリーがこの電器店の前で大相撲中継を観ているのを見かけている。まだ午後四時ごろの十両の取組で、そのとき、店の前で観ているのは河原町のジュリーひとりだけだった。

「贔屓(ひいき)にしてる相撲取りでも、いてるんですかね」

「さあなあ」

テレビでは横綱輪島(わじま)十四勝、大関三重ノ海(みえのうみ)十三勝一敗で迎えた結びの大一番で三重ノ海が勝って一敗同士で並び、ちょうどこれから優勝決定戦が行われる、と実況のアナウンサーが伝えていた。

「そりゃあ、盛り上がるなあ」

勝った方が優勝するという大一番を見届けようと集まった大勢の通行人の輪の中に、河原町のジュリーがいる。足を止めた通行人は誰も彼のことは気にせず、見た目は異様そのものの浮浪者と一緒になってテレビの画面を注視している。

考えてみれば、それはものすごく不思議な風景だ。

しかし、誰も不思議と思わない。もう、みんなこの異形の存在に慣れてしまっているのだろうか。それは、最初は街で見かけて異様に思ったタンクトップをなんとも思わなくなる感覚とは、別の種類のもののように思えた。

浮浪者であって、浮浪者でない。河原町のジュリーは、やはり、この街の中で特別なのだ。いや、もしかしたら、それを受け入れている京都の人々が特別なのか。

木戸は小学生の時、京都の街で初めて舞妓（まいこ）さんを見た時のことを思い出した。現代の日本ではあり得ない出で立ちと、顔を真っ白に化粧した女の人が歩いているのを見て、心底ぎょっとした。なのに街ゆく京都の人たちはその姿に全然驚きもせず、振り返りもせず、平然と歩いていた。そのことに驚いた。河原町で見かけるジュリーは、祇園で見かける舞妓さんのようなものなのかもしれない、と木戸は思った。それは、愛情がある、というのとも違うし、無関心、というのとも違う。「見て見ぬふり」。それとも違う。うまく言葉では言えない。とにかく彼はそうして、この街に「受け入れられている」のだった。

木戸はまた、不意に父のことを思い出した。

父も、相撲が好きだった。

まだ家族と一緒に住んでいて家にテレビがあった頃、父は夕方になるとよく相撲中継を観ていた。三重県の志摩半島出身で、幕内上位を行ったり来たりしていた同郷の三重ノ海を応援していたのを覚えている。

父も、今、三重ノ海の優勝がかかったこの大一番を、どこかで観ているのだろうか。雑踏の中の街頭テレビで。たったひとりの部屋の中で。あるいは飯場（はんば）のタコ部屋で。

それがどこであれ、もし相撲を観て誰かを応援しようという心をまだ失っていなければいいのに、と木戸は思った。

いよいよ力水（ちからみず）で、立ち合い、というその時、山崎の無線が鳴った。

「はい、……了解です。向かいます」

「どうしました？」木戸が訊く。

「河原町六角の駸々堂（しんしんどう）書店で万引きや。捕まったんは、小学生らしい。子供の万引きやと普通は保護者か学校への通報止まりで警察が出向くこともないが、わざわざ来てくれと言う限りは、何か事情があるんやろう」

「それは僕が一人で行ってきますわ。二人で行くほどのこともないでしょう。済んだらすぐ戻ります」

「そうか。よし。任そう。その間に俺は」

「扇風機の修理、お願いします」

踵（きびす）を返した木戸の背後で歓声が沸き上がった。

三重ノ海、敗れました。輪島が寄り切りで十場所ぶりの優勝を果たしました、とアナウンサーが興奮気味に伝えていた。

木戸の脳裏に、父の悔しそうな顔が浮かんだ。

2

京都駸々堂は河原町界隈で最も大きな書店だ。

同じビルの二階と三階には京都スカラ座と京都宝塚劇場という二つの映画館が入っている。木戸が警察学校時代に『未知との遭遇』を、そして『スター・ウォーズ』を観た映画館だ。今上映中の看板には『エイリアン』と書いてあり、大変な行列ができていた。

たった一年前、去年の夏に映画館の観客としてここを訪れた自分が、一年後の今、所轄の交番の警官として同じ場所を訪れているのはなんだか不思議な気分だった。

六角通りに面した従業員専用の裏口から入ると、ダンボールが積まれた雑然とした事務室に通じ、その隅に置かれた机に店のエプロンをつけた書店員二人と、小学生の子供がいた。

「ああ、ご苦労さんです」

木戸の姿を認めて、書店員は立ち上がった。

「実は、この子が、この本をカバンに入れて、料金を払わんと店を出ようとしましたんでね」

机の上にその本が置かれていた。

白い表紙に精密な鳥の絵が三つ描かれている。『大図説　世界の鳥類』と書かれていた。

美しい本だ。真ん中に描かれた喉元を真っ赤に膨らませた鳥の絵がとりわけ木戸の目を引いた。

函(はこ)入りで、小学生が読むにしては専門的な感じがした。

「この子に、家か学校かに連絡することになるけど、どっちがええ？　と訊いたところ、警察に連絡してくれ、と言うんです。名前を聞いても、頑（がん）として言いません。未成年者の場合はよほど悪質でない限り最初に警察には連絡しません。けど、家にも学校にも連絡する手立てがない以上、何か別の事情も絡んでるかもしれんと思いまして、警察に連絡するしかなかったんです。お手間とらせて、えらいすみません」

「僕、幾つや」

木戸が腰をかがめ、目線を落として訊く。

少年は無言のままで顔をそらした。年恰好からして、おそらく小学校の五年か六年ぐらいだろうか。

「鳥が、好きなんか」

少年は表情を変えず、ただ目の前の白い壁を見つめている。

「名前を、教えてくれるかなあ」

やはり黙っている。

「学校は？」

「学校なんかどうでもええ」

「どうでもええ、とは、どういうことかな」

「学校の名前より、父親の名前を聞けよ」

少年が投げつけるように言った。

「父親の名前?」

木戸と書店員が顔を見合わせた。

「ほう、自分の名前は言えんでも、父親の名前は言えるんか」

木戸が続けた。

「ほな、教えてくれるかな。父親の名前」

「川喜田満一郎」

「カワキタミツイチロウ?」

再び木戸と書店員が顔を見合わせた。

「どんな字かな」

少年は微かに片方の口元を歪(ゆが)ませて言った。

「知ってるやろう。京都府警の警察官やったら」

腰をかがめていた木戸が、ゆっくりと背筋を伸ばした。

「あの、川喜田満一郎か」

少年は上の空だ。

川喜田満一郎。木戸もその名は聞いたことがあった。

京都の政界、財界、裏社会に通じているフィクサー。中央の政治家にもパイプを持ち、一晩で数十億の金を動かすだけの経済力と人脈があると噂される男だ。詳しい経歴は知らないし、新米警官の木戸が知る由もないが、おそらく府警の上層部とも繋がっているのだろう。

「それで、警察を呼べ、と言うたんか」

木戸が言った。

少年は黙っている。

「川喜田の名前を出したら、恐れ入って許されるやろうと」

少年はなおも上の空だ。

「君は、恐ろしい子供やな。十歳かそこらで、親の名前の威力を知っとるんやな」

「帰ってもええかな」

「まだ帰らせるわけにはいかん」

少年は木戸の顔を睨(にら)んだ。

「おまわりさんの名前は？」

「名前を聞いてどうする？　偉いお父さんに告げ口して、長時間拘束したけしからん下っ端警官を処分してくれと頼むか。ええぞ、そうしても。僕の名前は木戸浩介や。上司は巡査長の山崎広務(ひろむ)。所轄の警察署長は佐山正義(さやままさよし)。どこでも好きなとこに連絡したらええ」

木戸は机の上の図鑑を手に取り、函から中身を取り出してひっくり返し、裏表紙を見た。

「ほお、九千五百円か。結構な値段の本やな」

書店員が口を挟んだ。

「小学館から五月に発売されたばかりの本でしてね。外国の図鑑の翻訳本です」

「川喜田の息子やったら、親に言うたら、そう高い買いもんでもないやろ」

木戸はページをぱらぱらとめくった後、机の上に本を置いた。

「もちろん、問題は、値段やないんや。この本が、一万円であろうと、百円であろうと、君がお金を払わんとこの本を持って帰ろうとしたことが問題なんや。君はまだ未成年やから、裁かれることはないけどな、これは、社会では、窃盗という立派な犯罪や。たとえば千円の本を一冊売ったら、本屋さんにはいくら儲け(もう)が入ると思う？」

「知りません」

「知らんかったら、覚えとき。おおよそ二割。二百円や。ざっと八百円で仕入れて、千円で売ってる。ところがその本を万引きされたら、損害は八百円や。この損害を取り返すには、盗まれた千円の本を、何冊売らなあかん？　四冊売らなあかんねん。それでも、儲けは出ん。四冊売って、ようやく、チャラや。一つの店で同じ本を、四冊売るのは、大変なことやで。一冊の本を万引きすることが、どれだけ本屋さんを苦しめることになるか、君は考えなあかんで」

書店員が感激した顔で言った。

「おまわりさん、そこまで我々のことを代弁してくださってありがとうございます。それにしても、えらい詳しいですな」

木戸が言った。

「実家の近所に、小さな本屋がありましてね。いや、正確に言うと、ありました。子供の頃、その本屋が好きで、学校帰りに何時間おっても怒られへんので毎日のように通ってたんですけど、万引きの被害に克(か)てなくてね。僕が高校生の時に、潰(つぶ)れたんです。今言うた話は、店をやめる時に、そこのおばちゃんに聞いた話です」

そして木戸は少年に言った。

「万引きをする子供は、遊び半分かもしれん。未成年やから、罪にも問われん。けど、盗まれる方は、生活がかかってるんや。それで、これまでずっと続けてきた商売をやめなあかんのや」

少年は黙って聞いている。

「そして、僕が君をもっと許せんのはな、自分の名前を名乗らんかったことや。君の父親がほんまに川喜田かどうか、そんなことはどうでもええ。どうでもええけど、もしほんまやとしたら、君は、一生、親の名前の力で生きていくつもりか。そんなもん、君の人生やない。借り物の人生や。一人の人間やったら、自分の名前で生きてみろ。自分の名前を背負って生きてみろ。もう一回、教えたろか。僕の名前は、木戸浩介や。君にはただのオマワリにしか見えてないやろけどな。今、君に言うたことはな、本来は警察官が言うことやない。木戸浩介、として言うたことや」

「池島」

少年が口を開いた。

まるでつぶやくような小さな声だった。

木戸は目を細めた。そして静かに言った。

「イケジマくんか。どんな字や?」

「深泥池(みどろがいけ)の池に、島原(しまばら)の島」

「下の名前は?」

「修。修学院の修。川喜田は……」

少年は、そこで一瞬、言い淀んだ。

「お父さんの名前です。池島は、お母さんの名前」

事務室にしばらく沈黙が流れた。それを破ったのは木戸だった。

「池島修くんやな。よう名前を言うてくれた。店員さん、この子、どうしましょう」

「まあ、ウチとしては、十分に反省してもろたら、今回は」

「修くん。この本はどうする？　お父さん……いや、お母さんに来てもろうて、買うてもらうか。店に返すか」

「また買いに来ます」

少年がぽつりと言った。

「そうか。それやったら、いつでも、待ってるで」

書店員が答えた。

「もう帰っていいですか」

書店員と木戸が顔を見合わせた。書店員が頷いた。

少年は立ち上がった。帰ろうとする少年の背中に、木戸が声をかけた。

「池島修くん。ひとつ、教えてくれよ」

少年が怪訝な顔をして振り返った。

「この図鑑の表紙の真ん中に描かれてる、赤い喉元を風船みたいに膨らました鳥は、おもしろい鳥やな。それは、自分を大きい見せようと、相手を威嚇(いかく)してるんか」

「威嚇してるんと違います。メスへの求愛行動です」

「ほう。そうか。名前は？」

「ガラパゴスアメリカグンカンドリ」

少年はそう答えると、事務室のドアを開いて出て行った。

3

少年はウォークマンのＰＬＡＹボタンを押した。

ヘッドフォンから軽快な音楽が聞こえてきた。

「ラララーラララ、ラーラーラー、ラララーラララ、ラーラーラー、ラララーラララ、ラーラーラー」

気分が一気に上がる。駆け出したい気分になる。いつもの、あの最高の気分になる。

川の色が、山の緑が、空の青が、いつもと違って見えてくる。

夏の朝の空気が、その日もキラキラと輝いて見えた。

はっきり覚えている。少年が初めてこの曲を聞いたのは、今からちょうど一年前の夏休み最後の日だった。

『ザ・ベストテン』という番組を家で一人で観ていたら、『今週のスポットライト』というコーナーに上半身裸の若い男がジョギングパンツを穿いたバンドを引き連れて出てきて、どんちゃん騒ぎの中で歌いだした。

一気に心を摑まれた。テレビの中で今まで聞いたこともない言葉と今まで聴いたこともない音楽が弾けていた。身体中に電気が走った。何かとてつもなく新しいものに出会った。そんな気がした。

バンドの名前を覚え、それからすぐに三条新京極の十字屋に行って、シングルレコードを買った。

『勝手にシンドバッド』という曲だ。『熱い胸さわぎ』というアルバムも出ていることを知り、それも買った。

初めて自分の小遣いで買ったレコードだった。

家にはオーディオ・ルームがあった。父親が趣味で作った部屋だ。ふかふかの赤い絨毯が敷かれた床に巨大なスピーカーとアンプ、プレイヤーがそれぞれ別に置かれていた。機器には英語だか何語だかもわからない外国のメーカーのプレートがついている。壁際の二段のラックには父のコレクションのアルバムがぎっしりと詰まっていた。反対側の壁には洋酒の瓶が並んでいた。もっとも父がこの家に来ることは滅多になかった。そこは主人のいない家の、主人のいない部屋だった。

シングルレコードとアルバムを買ってから、少年はその部屋に籠って一日でレコード盤が擦り切れるんじゃないかと思うぐらい何度も繰り返し聞いた。A面からB面へひっくり返す時間ももどかしかった。

最上階にあるマンションの西向きの部屋の窓を開け放ち、ボリュームのダイヤルをぐっと右に回して大音量で聴いていたら、翌日、母親がヘッドフォンを買ってきた。

「修。これつけて聴いて。近所から苦情来るし」

少年は言い返した。

「あいつが来た時かて、ヘッドフォンなしでレコード、大音量で聴いてたやないか。あいつは良うて、なんで僕はあかんねん」

「パパのこと、あいつって言うのはやめなさい」

お決まりの言葉で叱った後に母親は言った。

「パパが聴くのは、クラシックやろ。クラシックはええねん。耳障りやないから。それに、あんたが聴いてるようなそんなおちゃらけた音楽、近所に聞こえたら恥ずかしいやないの。アホの子やと思われるからやめて」

少年は絶対にヘッドフォンをつけなかった。そしてさらにボリュームを上げた。

「パパに、言いつけるよ」

何がパパや。あのひとは、ただのあんたの、愛人やないか。

少年はダイヤルを最大限まで右にひねった。

母親は、ほとんど家にいなかった。夕方、祇園の店に出かけるともうその日は帰ってこないことが多かった。このマンションだって祇園の花見小路にある。どんなに遅くなったって、歩いてでも帰って来られるはずなのに。

朝、一人で学校に行く準備をして玄関を出ると、ドアの外で母親が壁にもたれて寝ていることもあった。傍らには吐いた跡があった。少年はその後始末をして母親を家に入れ、水を飲ませてベッドまで運んでから学校に行くのだった。

学校から帰ってくると、母親は化粧の準備に忙しかった。夕食は用意したものを入れてボタンを押すだけでいい電子レンジが作ってくれた。ある日母親は言った。

「修。いつもごめんな。来年になったらな、チンするだけで、百種類以上の料理ができる電子レンジができるんやって。きっとパパが買うてくれるわ。そうなったら、修にも、もっといろんな料理食べさせてあげられるようになるから、もうちょっと我慢してね。でも、毎日電子レンジでも味気ないやろ。そんな時は、遠慮せんと、なんでも出前取ってね」

無頓着なようでいて、母は服装や言葉遣いや友達関係には異常なほど厳格だった。

「そんな貧乏くさい服の着方はやめなさい」

「そんな不良みたいな口の利き方はやめなさい」

「あんな友達と付き合うのはやめなさい」

反抗すると、返ってくる言葉は決まっていた。

「パパに、言いつけるよ」

きっと父から言われているに違いない。ほとんど息子の前には姿を現さないような男の言うことを、母はなんでそんなに忠実に聞くんだ。息が詰まりそうだった。

サザンオールスターズの音楽を聴いている時だけが幸せだった。

母親は、そのうち少年が大音量でレコードを聴いていても何も言わなくなった。

それは少年に理解を示したというよりは、大音量で聴いていても近隣から苦情が来ない、ということがわかったからだった。なぜ苦情が来ないかはわからなかったが、父親の名前が影響しているからかもしれないと少年は思っていた。そう思うと大音量で聴くという行為を許されていること自体が父親の支配下にあることを思い知らされるようで、少年には面白くなかった。

やがて重厚なアンプやスピーカーやオープンリールデッキのあるオーディオ・ルームが、父が自分を閉じ込めるために作り上げた檻のように見えてきた。

少年はゾッとした。早く家を飛び出したかった。

サザンオールスターズの音楽だけをカバンに詰めて、この家を出ることができたらどんなに幸せだろう。

そんな夢想に浸りながら鬱々とした思いを抱える日々が一年間続いた。

そして、そう、ちょうど三週間前の、七月一日だ。

SONYからウォークマンが発売されたのだ。

少年は、絶対に、この外に持ち歩ける携帯用の音楽プレイヤーが欲しかった。

そうすれば、サザンオールスターズと一緒に、家を飛び出せる。

あの檻のようなオーディオ・ルームではなく、外を歩きながらサザンが聴ける。自由にどこへでも歩いて行って、サザンが聴ける。

「これからは、もう、音、出さんと聴くから」

定価三万三千円の新製品を、少年は母親を説得して寺町通りにある電器店に買いに行った。店の前にはきっと大変な行列ができてるぞ、と覚悟して開店前に行ったら、並んでいる客なんて一人もいなくてあっさり買えたので、少年は拍子抜けした。しかし世間の売れ行きなんてどうでもよかった。

少年はついに「神の機械」を手にしたのだ。

鴨川の三条河原のベンチに腰掛け、箱からカセットケースサイズの本体を取り出した。

蓋を開けてカセットを入れる手が震えた。

家にあるステレオにコードを繋いでラジカセで録音したサザンのファーストアルバム『熱い胸さわぎ』だ。一曲目はあの『勝手にシンドバッド』だ。

サザンオールスターズは今年の三月に『いとしのエリー』というニューシングルを発表して、世間の評価は「おちゃらけたコミックバンド」から「ちゃんとしたバンド」に急速に変わりつつあった。しかし少年にとってはどうでもいいことだった。『勝手にシンドバッド』のサザンこそが、少年にとっての神だった。

ヘッドフォンを耳に当てる。

プラグを本体に差す。

大きく深呼吸をひとつして、ＰＬＡＹボタンを押した。

「ラララーラララ、ラーラーラー、ラララーラララ、ラーラーラー、ラララーラララ、ラーラーラー」

　その瞬間、「世界」が音を立てて変わった。

　涙が溢れて止まらなかった。

　A面とB面の十曲を二回聴き終え、三度目のA面を聴き終えると、高揚した心がようやく落ち着いた。

　サザンを聴きながら、街を歩いてみたくなった。

　少年は河原から三条大橋につながる階段を上り、三条通りに出た。

　お昼を少し過ぎた時間だったが、今日から夏休みに入り、自分と同年齢ぐらいの小学生たちの姿が見えた。ウルトラマンだとか夏休み東映まんがまつりだとか、この近くの映画館でやっている子供向けの映画を観に来ているのだろう。

　しかし少年には興味がなかった。自分と同じ年齢の子供たちが、ずっと幼く見えた。

　早く大人になりたかった。

　サザンオールスターズの歌は、十一歳の少年の目に大人の世界を垣間見せてくれるかのようだった。河原町三条の交差点に出た時にウォークマンから聞こえてきたのは『女呼んでブギ』という曲だった。

　無茶苦茶な歌詞だが、少年はこの曲が好きだった。

　百メートルほど南にスカラ座と京都宝塚の映画館の看板が見えた。その下に駸々堂がある。

一週間ほど前に、駸々堂で万引きしようとした本のことを思い出した。『大図説　世界の鳥類』だ。それまで、万引きは一度もしたことがなかったし、しようと思ったこともなかった。手に取ったその本の値段を見て高い、とは思ったが、母親に言えば出してもらえるだろう金額だった。万引きした理由は、その表紙がとびきり美しく、自分のものにしたい。このまま家に持って帰りたい。ただそれだけだったと思う。もともと、鳥は好きだった。

家には母親に買ってもらった鳥の図鑑が何冊かある。しかしそれらは全部子供向けだった。あの日、書店で見つけた本は、大人向けだったし、何より、今まで見たどんな鳥の図鑑よりも、表紙が美しかった。捕まる、なんて想像もしていなかった。書店の店員に「君、ちょっと」と呼び止められた時に、初めて現実に戻った。

事務室で父親の名前を言ったのも、ただ単純に、そうすれば許してもらえるだろう、とその時思いついただけのことだった。

警官に名前のことで説教されたが、少年にとってはどうということもなかった。

ただ、帰り際に、警官が、あの本の表紙のことを訊いてきたのは意外だった。

ガラパゴスアメリカグンカンドリの、風船のように膨らんだ赤い喉元のことを訊いてきたのだ。

「それは、自分を大きい見せようと、相手を威嚇してるんか」

あれは自分に対する皮肉だったのだろうか。きっとそうだろう。そうじゃないとすればあの警官は、鳥の知識がなさすぎる。ガラパゴスアメリカグンカンドリに限らず、オスの鳥たちが自分を派手に見せたりするのは、メスの気を惹くため。そんなの常識じゃないか。クジャクが美しいのも、フラミンゴが美しいのも、みんなそうだ。オーストラリアにいるアオアズマヤドリは、メスの気を惹くために、やたらと青いものを集めまくって巣を飾り立てる。自然界には、青いものというのがあまりなくて貴重なものだからだ。「僕のうちにおいでよ。珍しいものがいっぱいあるよ。僕はそれをこれだけたくさん集められる能力があるんだよ」といってメスをおびきよせようという作戦だ。うちの母親だって、そうやってあの父親におびき寄せられたに違いない。そうして僕が生まれた。別にそれが悪いとも思わない。

ウォークマンの中で、桑田佳祐（くわたけいすけ）がこう歌っていた。

女　呼んで　もんで　抱いて　いい気持ち
夢にまで見たRug and Roll女なんてそんなもんさ

そう歌う桑田佳祐が好きだった。人間だって、鳥だって、うちの母親だって、そんなもんさ。鳥たちの、あの美しい鳴き声は、みんな鳥たちの『女呼んでブギ』なんだ。

突然、鳥が見たくなった。

少年は河原町通りから駸々堂の角を右に曲がり、六角通りに入った。

昼サロ「マンゴー」といういかがわしい店の前を通り、鰻屋の「かねよ」を通り過ぎると、新京極通りだ。南に下ると、誓願寺がある。

少年がウォークマンのＳＴＯＰボタンを押すと、一斉にセミの鳴き声が耳に飛び込んできた。

誓願寺の前の桜の木から聞こえてくる。アブラゼミのシャーシャーという鳴き声だ。

鳴いているのは一匹ではない。あのセミたちもまた、メスの気を惹くために、ブギを歌っているのだ。

誓願寺の隣には赤と青と白のサインポールが回っている。そこは散髪屋だった。

ちょうど散髪屋のドアが開き、革ジャン姿でサングラスをかけた矢沢永吉風の男が出てきた。男の頭はリーゼントでバキバキに固まっていた。きっといかついミュージシャン御用達の散髪屋に違いなかった。

そしてその隣の南の角に、「六角鳥獣店」という名のペットショップがある。

店の前に立つと、いきなりギュインギュイン、という強烈な鳴き声が聞こえた。

アカミミコンゴウインコの鳴き声だ。

そこはかなり変わった店だった。

鳥が主だったが、獣の方も、犬や猫、リスやハツカネズミなんかに交じってヤギやサルなんかを売っているのだ。サルも、日本にはいないような目玉がグリッと大きいキツネザルなんかを売っていた。

鳥の方はもっと変わっていた。文鳥やセキセイインコ、ジュウシマツとかの小鳥や、キュウカンチョウやオウムとか、どこのペットショップでも見かける鳥たちもいるのだが、他のペットショップにはいない珍しい鳥たちがケージの中に入れられてショウウインドウに飾られていた。

今目の前で鳴いている全身が緑で頭と肩が赤いアカミミコンゴウインコは、たしかボリビアにしかいない鳥だ。その隣にはアマゾンにいる全身が真っ黄色の珍しいニョオウインコがいた。その隣の真っ黒なテリクロオウムは、オーストラリアにいる鳥だ。少年は図鑑でしか見ることのできないそんな珍しい南国の鳥たちが、どうしてこんな新京極のペットショップにたくさんいるのか不思議だった。店のおっちゃんは、優しそうな人だった。少年は、その疑問を、店のおっちゃんに訊いてみたことがあった。

「おっちゃんはなあ、美しい鳥が好きやねん」

おっちゃんはそれだけ言って笑った。

少年はこの店が好きだった。気がむしゃくしゃした時、このペットショップの前に立つと、不思議と気が落ち着くのだった。

ショウウインドウの中に、特に少年の目を引く鳥がいた。

ケージのプレートには、極楽鳥と書かれていた。

オーストラリアとニューギニアと、その周りの熱帯の島にしかいない鳥だ。

少年は極楽鳥のことを、家にある鳥類図鑑で知っていた。精密画で描かれた極楽鳥は電話帳ほどもある分厚い図鑑の中でも飾り羽がひときわ美しく、まるで空想上の生き物みたいだった。

図鑑にはこんなことが書かれていた。

極楽鳥が棲んでいるニューギニアには彼らの天敵となる猫だとかイタチだとか肉食の哺乳類がいない。食べ物もふんだんにある。サルもいないから、サルに主食の木の実を奪われる心配もない。彼らに命を狙われる心配も食料の心配もないから、鳥のオスたちは心置きなくメスを惹きつけるためのオシャレを極めることができる。そのオシャレが究極に進化した形が、極楽鳥だ、と。

初めてこの店先で極楽鳥を見つけた時、図鑑で見た時とは比べ物にならないほど強く惹きつけられた。体長は鳩ぐらいの大きさだが、胸の上の両脇からまるでレースのようにふさふさとした黄金色の飾り羽が、体と羽からはみ出して背中と尾を覆って五十センチほども伸びている。中央の二本の羽は先端が針金のようになってさらに長く伸びている。

藤色の嘴は鋭く、金属でできているかのようだ。体に比べて小さな頭の上部は黄色、喉元が緑のツートンカラーは、はっとするほど鮮やかだ。

まるで機械細工のように精巧だった。

いつまでも見ていても飽きなかった。

最初に店のショウウインドウの中のこの鳥を見たとき、剥製(はくせい)だと思った。

じっと動かなかったからだ。

しかし突然その鳥は首を回して少年を睨み、ギャーと鳴いた。

少年は腰を抜かすほど驚いた。

生きていたのだ。

その日もいつものように、少年はショウウインドウに額をつけて極楽鳥に見とれていた。

極楽鳥の故郷の、はるか南洋のジャングルを想像した。

そして、家にあった図鑑に、こんなことが書いてあるのを思い出した。

極楽鳥という名前は通称で、この鳥の本当の名前は、フウチョウという。

フウチョウは風鳥。つまり「風の鳥」だ。

昔、ヨーロッパからやってきた商人たちが、美しいこの鳥を乱獲した。鳥は標本にして箱に詰めた。その時、体が大きいので箱に入りきらず、足を切り落として詰めた。

南の島から船で送られてきた標本を見たヨーロッパの人々は驚いた。この鳥には、足がない。この鳥は樹の上に止まることを知らず、永久に空を飛び続けるのだ。風のように。

それで、フウチョウ。

なんという身勝手で残酷な名前だろうか。

その時、突然、少年は背後に人の気配を感じた。

振り返って、ぎょっとした。

浮浪者だ。

浮浪者は、どこかのゴミ箱から拾ってきたに違いない缶ジュースを片手に持って、六角鳥獣店の店の前に佇んでいた。

少年はその浮浪者を見かけたことがあった。

この商店街の中を歩いていると、時折見かける浮浪者だった。

あれは去年の大晦日の夜だった。

母親と二人で、矢田地蔵尊の鐘を撞きに行った帰りのことだ。

三条名店街のリプトンの前に、うごめく人影があった。

ダンボールにくるまって、男が寝ているのだった。

少年にはその集めたダンボールが、鳥の巣のように見えた。

「見たらあかん。気色悪い」

母親が少年の手を引っ張った。

だいたいこの母親は、なんでも気色悪いと言う。

一度少年が、鳥を飼いたい、と母親に頼んだことがあった。

母親は言った。

「鳥？　鳥はお母さん、嫌い。気色悪いやん。感情ないしね。何考えてるかわからんやん。犬とか猫やったら、あかんの」

あのとき、母親が気色悪いと言った男が、今、目の前にいる。

母が鳥を気色悪いと言ったのには腹が立ったが、この男を気色悪いと言ったのは、その通りだと思った。

よく見れば、本当になんて汚い格好をしてるんだろう。極楽鳥とは大違いだ。

男は垢で真っ黒になった顔に微笑みを浮かべ、手に持った缶ジュースを口元に運び、ジュルジュルと音を立てて飲んだ。

少年は無視して店の中に入った。

店の中にもケージが所狭しと並んでいた。独特の臭いが鼻をつく。獣たちの体臭と、フンや尿の匂いだ。

店主のおっちゃんがケージの向こうからひょいと顔を出した。

痩せぎすで目と目の間が狭く、鼻が尖っている。おっちゃんは、どこか鳥に似ていた。

「おお、僕、また来たんか。ゆっくり見て行きや」

おっちゃんは相好を崩した。

「おっちゃん。教えて」

「なんや。なんでも聞いてみ。おっちゃんが知ってることやったら、なんでも答えるで」

「おっちゃん、鳥、好きなん」

「ああ、好きやで。前にも言うたやろ。おっちゃんは美しい鳥が好きなんや」

「なんで好きになったん？」

「子供の頃からずっと好きでなあ。たまたま学校の図書館で『ドリトル先生航海記』を読んだんが、きっかけやなあ」

ドリトル先生航海記。少年も読んだことがある。小学校二年か三年の頃だったと思う。その頃は病弱で運動ができず、本やマンガばかり読んでいた。『ドリトル先生航海記』は病院の待合室にあったのでたまたま読んだ。その不思議な物語は少年の想像力を大いに刺激した。いつか船に乗って、ドリトル先生のように南の島を旅したい。そう思った。あの本の中に、珍しい南国の鳥たちが出てきたのを覚えている。オウムだとかカナリアだとか、そう、たしか、極楽鳥も出てきた。少年がいつの間にか鳥好きになったのも、あの本がきっかけだったのかもしれない。

店のおっちゃんも、同じ本を読んで鳥好きになったと聞いて、少年は余計にこの店が好きになった。

「おっちゃんはな、あの本読んでな、鳥が飼いとうて飼いとうてな、それで小学生の頃からな、自分で金網を張って鳥小屋作って、鳥を飼うてたんや」

「鳥は、どうしたん？」

「鳥は、自分で捕まえてな」

「自分で捕まえて？」

「そうや」

おっちゃんはこともなげに答えた。

「コツがあるんや」

どんなコツだろう。おっちゃんは鳥を捕まえる何か特別な能力を持っているのだろうか。たとえば、あのドリトル先生みたいに鳥の言葉がわかるとか、鳥をおびき寄せる特別な歌が歌えるとか。おっちゃんが鳥に似ているのはきっとそのせいだ。少年はそのコツを聞きたかったが、それを察したかのようにおっちゃんは答えた。

「まあ、そのコツは、誰にも教えられんけどな。それが高じて、今はこの店の主人や」

「極楽鳥も、自分で捕まえたん？」

「まさか」

おっちゃんが笑った。

「極楽鳥がおるところは、ジャングルの中の、人食い人種とかがおるとこやで。歩いとったら弓矢で打たれるようなとこや。自分で捕まえることなんかできるかいな。それはな、特別なルートを通じてな」

「なんで極楽鳥なん？」

「よう聞いてくれたな。それはなあ。この場所が、新京極やろ。京の極みや。この鳥は、鳥の極みや。そやから極楽鳥や。極みの街で、極みの鳥が居てるのは、なかなか洒落て、ええやないか」

新京極の極楽鳥か。なるほど。けど、と少年は思った。

極楽鳥にとって、きっと新京極は極楽じゃない。

「この極楽鳥には、足があるね」

「僕、そんなことまで知ってるんか。物知りやな」

おっちゃんが目を細めた。

「そう、この極楽鳥には、足がある。そやからこうして木に止まることができるんや」

「空は、飛べるの」

「もちろん、飛べるよ」

だったら風の鳥が、どうしてケージの中でおとなしくしているのだろうか。

ケージの中に入れられて、もう飛ぶ気も失くしてしまったのだろうか。

「僕、この極楽鳥、飼いたいんか」

少年は首を横に振った。

極楽鳥の値段は他の鳥たちとは一桁違っていた。

いや、値段の問題じゃない。

飼いたい、と言ったところで鳥嫌いの母親がいる限りそれは無理だ。

「そうか」おっちゃんは頷いた。

「見とうなったら、いつでもおいで」

そのとき、極楽鳥の黄色い瞳が少年を捉え、目が合った。

少年はどぎまぎした。

そっと目をそらして、おっちゃんにありがとう、と言って店を出た。

浮浪者は、まだそこにいた。

少年は目を合わせないように駆け足で新京極通りを南に下った。

第五話　熱い胸さわぎ

1

少年は、高い城の上から地上を見下ろした。

これまで何の興味もなかった城が、今は自分を護ってくれる最強の砦(とりで)に見えた。

おとといの午後のことだった。地元新聞のローカル面の広告欄を何気なく見ていたら、観光農園のメロン狩りや、しいたけ狩りの広告に交じって、その広告はあった。

輝く太陽！　青い空！　緑の森！

79年最大のビッグイベント！

あのウッドストックの感動がこの夏甦(よみがえ)る！
真夏の一日、君もロックミュージックに
酔ってみないか？

広告によるとそのコンサートは『ジャパン・ジャム』と銘打たれている。どこかのジャム会社の宣伝のためのコンサートだろうか。ウッドストックというのも、聞いたことのない言葉だったが、想像するに、きっとどこかでやって感動を呼んだ大きなロックコンサートなんだろう。

少年の目を釘付けにしたのは「出演」の欄だった。

何組かのバンドの名前に続いて、最後に（特別ゲスト）として、なんとサザンオールスターズの名前があるではないか。

日付を見る。八月七日。一週間後だ。

一週間後に、サザンオールスターズが京都に来る！

急いで場所を確認する。

伏見(ふしみ)桃山城特設ステージ。

伏見桃山城？

一瞬、なんで？　と思った。

伏見桃山城というのはその名前の通り、京都の南の伏見区にあって、伏見桃山城キャッスルランドという遊園地の中にある。いや、伏見桃山城の敷地の中に、遊園地がある、と言うべきか。

とにかくそこはお城のある遊園地で、京都の小学生が遠足で行くところだ。

少年も小学校三年の時に遠足で行ったことがある。時々新聞に広告が出ていて、春休みや夏休みなんかにはハワイのダンスショーやウルトラマンショーや世界の昆虫展みたいなイベントをやっている。

そこに、サザンが来る。

少年は信じられない気持ちで、何度も新聞の広告を見た。

ウルトラマンの着ぐるみ、アマゾンのヘラクレスオオカブトなんかよりずっとずっとすごい、本物のサザンオールスターズが来るのだ。

サザンは（特別ゲスト）と書いてあったが、彼らの名前の字は小さくて、特別ゲストとは言っても、扱いとしては前座みたいな感じがした。海外から来るバンドの名前がその前に四つ載っていた。少年が名前を知っているのは一番大きな文字で最初に載っていたビーチ・ボーイズだけだった。それもなんとなく名前を聞いたことがある程度で、どんなバンドかよくわからない。でもビーチ・ボーイズというぐらいだから、湘南出身のサザンオールスターズも、きっと尊敬しているバンドに違いない。しかしそんなことは、どうでもよかった。なんであろうとサザンが来ることが何よりも大事なのだ。

なんでこんなコンサートを京都でやるのかはよくわからなかったが、もちろんそれもどうでもよかった。少年が住む祇園花見小路のマンションから伏見桃山城までは、京阪四条駅から特急に乗って十分。丹波橋駅という駅で降り、そこからバス、十分。三十分もあれば行ける距離だ。そう思うとあらためて身震いするほど興奮した。

少年は何がなんでも行くつもりだった。サザンの音楽をウォークマンを使って街で聴いて、少年は震えるほど感動した。しかし、彼らの歌を自分の目の前で聴けるなら、それが一番いいに決まっている。しかも、自分の住んでいる、京都でだ。

しかし、またしても母親が壁として立ちはだかった。

少年が差し出した新聞広告を見た母親はひと言。

「ロックコンサート？　不良の行くもんやないの。ましてあんたまだ小学生や。あかん」

そう言って少年が見せた新聞を突き返した。そして言った。

「その隣に載ってる、メロン狩りやったらあかんの？」

良いわけがない。

どうしてうちの母親は、こんなにまで僕の好きなものに冷たいんだ。サザンは今年の三月に三枚目のシングル『いとしのエリー』を出して大ヒット。この人ら、ちゃんとした歌も歌えるんや、とある日母がテレビを観ながらつぶやいていたことがある。おちゃらけだけのバンドじゃないという認識が母にも芽生えていたはずだが、それでもダメだった。

少年は自分の部屋に戻って、もう一度、広告を見た。

チケットは三千円。自分の小遣いでも買える。京阪神各プレイガイドにて好評発売中！　とあった。プレイガイドというのも聞いたことはあるが少年にはどんなところかよくわからず、なんとなくエッチな店かなと思っていたが、好評発売中！　とあるからには、きっとチケットも売っているのだろう。少年はその足で三条新京極のレコード店、十字屋に行った。そこでコンサートのチケットを販売しているはずだった。

「八月七日に伏見桃山城であるコンサートのチケット、一枚ください」

エプロン姿の若い男性店員が言った。

「あのチケットね、今日、新聞に広告が載ったでしょ。それで、前売りはもう売り切れになってしもたんよ。当日券もいくらか出るはずやけど……」

店員は説明した後で、怪訝な顔をした。

「ボク、一人で行くつもり？　残念ながら、子供一人ではここにチケットがあっても売られへんし、当日券も、多分売ってくれへんと思うよ」

どうやらロックコンサートの会場に小学生が一人で入るのは難しそうだった。新聞に載っていた主催のイベント会社の住所を見ると中京区河原町三条通上ルとある。ここから歩いてすぐだ。事務所に直接行けばまだチケットがあるかもしれない。

事務所はビルの三階にあった。階段を上がって扉を開けると、女の人が出てきた。

「すみません。この広告の、ジャパン・ジャムのチケットありますか」

そこで少年は嘘をついた。

「できたら二枚。お母さんと行くんで。もしなかったら、一枚。お母さんが行きます」

女の人は申し訳なさそうに言った。

「ああ、前売りチケットは、売り切れたんよ」

嘘が見抜かれたのかどうかはわからなかったが、彼女は続けてこう言った。

「当日は、開場が朝九時で、開演は朝十一時。当日券は、朝八時半から会場で発売されるけど、だいぶ、早うから行かんとあかんかも。徹夜で並ぶって言う人もいてるから」

前日から徹夜で並ぶことは少年には無理だった。親代わりに一緒に行ってくれそうな大人にも心当たりがなかった。そんなに人気があるんなら、なんで広告を出すんだ、と少年は文句を言いたくなったが、この人に文句を言っても仕方ない。

ふと父親の顔が頭に浮かんだ。

父親に言えば、チケットは、なんとかなるかもしれない。いや、必ず、なんとかなるだろう。小学生が見られる手立ても整えてくれる、きっと。

その時、もう一人、別の顔が浮かんだ。

駿々堂書店にやってきた、警官の顔だった。

少年は父親の名前を呑み込んだ。

そして別のことを訊いてみた。

「他に、サザンのコンサートはないんですか」

「この京都の前に、八月四日と五日、湘南の江ノ島ヨットハーバーというところで二日間やるよ。そのあとに京都に来るんよ」

そうか。湘南で二日やったあとに来るのか。湘南はサザンのホームグラウンドだ。どんなに盛り上がるだろうか。しかし湘南に行くのは伏見桃山城に行くよりはるかに不可能だった。

「ありがとうございます」

少年は事務所を出た。

しかし少年は諦めることができなかった。

そして、八月最初の日の今日、六日後にサザンが来るはずの場所にやってきた。

なんとかチケットなしでコンサートを観る手立てはないか、探りに来たのだ。

伏見桃山城キャッスルランドには、今まで二度来たことがある。一度目は幼稚園の頃、父と母と三人で来た。しかしその時の記憶が少年にはまったくなかった。いつだったか、城の前で三人で写っている写真を母親に見せられた。最高につまらなさそうな顔をしている自分の両脇で、父と母が最高に楽しそうな顔で写っていた。二度目は小学校三年の時の遠足だが、これも大した記憶がなかった。ただ城がずいぶんと大きくて、しばらくぼうっと見上げていたことだけを覚えている。

少年の額から汗がしたたり落ちた。

もう三十五度は軽く超えているはずだ。昨日のテレビの天気予報では、京都は十一日連続で真夏日だと言っていた。つまり、夏休みに入ってからずっとだ。今日はその中でも一番暑い。

少年は城門のようなキャッスルランド入り口のチケット売り場で言った。

「小学生一枚」

窓口のお姉さんは少年の顔を覗き込んで言った。

「ボク、お父さんかお母さんは？　子供一人だけやったら、遊園地に入られへんよ」

小学生一人では特設のコンサート会場どころか、キャッスルランド自体にも入れないのだ。しかしそれは想定内だった。

忍びこむ場所は意外に簡単に見つかった。入り口はまるで本当の城の門みたいな立派な造りだったが、張り巡らされた柵の前を伝ってしばらく歩くと木の植え込みがあり、柵と地面の間にわずかな隙間の空いている場所があった。少年は周囲を見渡し、そこに身体を滑りこませた。

目の前に手入れの行き届いた庭園があり、そこはもうキャッスルランドの敷地内だった。庭園の緑のすぐ向こうには、白い石垣の上に赤と黒のコントラストがきわだった高い城がそびえていた。

夏休みとあって、キャッスルランドは人でいっぱいだった。

恐竜の背骨のようなジェットコースターが城のすぐそばまで迫っていた。遠くには観覧車も見える。ゴーカートだとか急流滑(すべ)りの水路とかも見える。敷地の中にはそんな乗り物や遊具が所狭しと詰め込まれていた。城の北側に広いグラウンドがあった。

キャッスルランドの中で野外コンサートをするとすれば、この広いグラウンドが特設会場になるはずだった。

だとすれば、あの高い城に登れば、そこからコンサート会場が見えるのではないか。

城へ入る入場料は無料だった。

六階まで登ると、そこが天守閣の展望階だった。展望台は回廊になっていて、東西南北すべて見渡せる。

少年は京都の山々の稜線を頼りに北に面した展望台に回り、そこから身を乗り出して下を見た。遊園地がおもちゃのように見えた。そして、思った通りあの広いグラウンドも見える。ここに登れば、ここからサザンの演奏が見えるのではないだろうか。

淡い期待だった。

コンサート当日、この城が開放されているかわからなかったし、運よくここまで登れたとして、本当にコンサートの様子が見えるのかもわからなかった。野外とはいえ、日差しや雨を防ぐためのシートなんかが天井に張られたら、もう見えなくなるだろう。

それでも、と少年は考えた。音は、聞こえるはずだ。

初めて聴いた時に全身に電気が走るほどの衝撃を覚えた、あの『勝手にシンドバッド』の音は。しかもその音は、あのサザンオールスターズが、生で演奏している音だ。

それでもいい、と少年は思った。

サザンの姿は見えなくても、彼らが演奏する音に耳を澄ますんだ。

それだけでいい。それだけで十分だ。

少年はポケットからウォークマンを取り出し、ＰＬＡＹボタンを押した。

ヘッドフォンから軽快な音楽が聞こえてきた。

「ラララーラララ、ラーラーラー、ラララーラララ、ラーラーラー、ラララーラララ、ラーラーラー」

白い夏の中で半パン姿の六人が演奏している姿を、少年は城の上から幻視した。

2

少年の目の前には、あの男がいた。

いつも新京極通りを歩くと見かける、あの汚い浮浪者だ。

伏見桃山城キャッスルランドの下見はまずまずうまくいった。六日後にサザンが来る場所を城の上から見た、というだけだったが、満ち足りた気分になってちょっと安心すると、なぜかまた鳥を見たくなって、京阪四条駅に降り立つと足はあの「六角鳥獣店」に向いたのだった。

浮浪者は河原町通りから蛸薬師通りを西に歩いていた。少年は後をつけた。

浮浪者はかなりゆっくりと歩いている。後をつけて初めて気づいたが、河原町通りから新京極通りにかけては、緩やかな上り坂になっているのだ。今までこの辺りは平らだとばかり思っていた。なぜかいつもの街が違って見えた。少年はそれが楽しかった。

浮浪者は蛸薬師通りから歩くと突き当たりにあるゲームセンターの前で立ち止まった。

そこにはゴミ箱があり、中に手を突っ込んで食べ物を漁っているようだった。少年は気づかれないようにその様子を離れたところから見ていた。

やがて浮浪者が手にしたのは、オレンジジュースの缶だった。

缶の中身を覗き込み、まだ残っているのを確認してその場で一口飲み、缶を持ったまま北へ歩き出した。少年はまた後をつけた。

「おい、見てみ。あれ、河原町のジュリーやで」

「お！　ラッキー！　今日はなんかええことあるかもな」

浮浪者とすれ違った高校生が、振り返りながら話していたのが聞こえた。

あの浮浪者、河原町のジュリーっていう名前なんか。

少年は初めて彼がこの街でそう呼ばれていることを知った。それと、彼を見かけたらいいことがある、なんてジンクスがあることも。彼はこの街では有名人なのだ。ジンクスの方はどうでもよかったが、少年は「ジュリー」という浮浪者の名前に興味を持った。

ジュリーとは、沢田研二のことだ。沢田研二は去年の紅白歌合戦でトリを取ったほどの大スターだ。そして、あれはおととしの紅白だった。ジュリーは『勝手にしやがれ』を歌って、その年のレコード大賞も獲ったのだ。

その次の年、つまり去年にサザンオールスターズはデビューしたのだが、デビュー曲のタイトルの『勝手にシンドバッド』というのは、前の年に大ヒットしたジュリーの『勝手にしやがれ』とピンク・レディーの『渚のシンドバッド』を足したものだ。

いわばジュリーはサザンオールスターズの華々しいデビューに一役買っているのだ。デビュー曲のタイトルにジュリーの歌のタイトルをもじってつけるぐらいだから、桑田佳祐はきっとジュリーのファンに違いなかった（そして多分ピンク・レディーも）。そしてこれは多分偶然だろうけど、サザンのデビューは去年の六月二十五日。この日はジュリーの三十歳の誕生日だ、と、少し前に読んだ雑誌の『明星（みょうじょう）』に書いてあった。とにかく少年は、目の前の浮浪者の名前が「河原町のジュリー」と知って、にわかに親近感を覚えた。

河原町のジュリーは缶ジュースを持ったまま新京極通りを北に歩いた。少年はずっと後をつけた。

トボトボと歩くので、歩みは遅い。小学生の足でもすぐに追いつけそうなほどだった。

少年はじれったく思ったが、ちょっと探偵気分でワクワクしている自分もいた。河原町のジュリーは、いったいどこに行くのだろう。もしかしたら、路地の奥あたりに誰も知らない秘密の場所があって、そこには秘密の扉もあって、扉の向こうの世界で彼は王として君臨しているのかもしれない。少年は、ウサギの後をこっそり追いかけるあの不思議の国のアリスのような気分になった。

しかし少年の期待は拍子抜けで終わった。

河原町のジュリーは、六角の広場にやって来ると、しばらくそこに佇み、桜の木の下の縁石に腰かけたのだ。

なんだ、いつもの場所じゃないか。

河原町のジュリーは先週もここにいた。きっと彼のお気に入りの場所なのだろう。

あの日と同じように、じっと前を向いている。

その視線の先には、六角鳥獣店がある。

河原町のジュリーは、ショウウインドウの中の鳥を見ているようにも見えた。

あの極楽鳥を見ているのだろうか。

少年は、話しかけてみたくなった。

しかし、いったい、何を話したらいいのか。

しばらく考えて、口をついて出たのは、ありきたりな言葉だった。

「おっちゃん、名前は？」

別に名前が知りたかったわけでもなかった。少年にとって浮浪者は「河原町のジュリー」で十分だった。

河原町のジュリーは黙っている。少年と視線さえ合わさない。ただ微笑みだけを浮かべていた。

聞こえていないのだろうか。耳が悪いのだろうか。

少年は、葉を茂らせた目の前の桜の木の枝を折り、河原町のジュリーの横に座った。

そして地面に字を書いた。

「なまえは？」

河原町のジュリーは、少年が字を書く枝の先に視線を向けた。

じっと地面を見ている。

しかし言葉はなかった。

耳が悪いだけじゃなく、話せないのかもしれない。もしかしたら字も読めないのかもしれない。

少年は、どうコミュニケーションをとっていいかわからず、ため息をついた。

そしてその文字を、枝の先で消した。

それから思いついて、地面に鳥の絵を描いた。

極楽鳥の絵だ。少年は極楽鳥の絵が得意だった。極楽鳥はシルエットが特徴的な鳥なので線だけでもそれとわかりやすい。図鑑でも見ていたし、何より目の前の六角鳥獣店にはケージに入れられているとはいえ、本物がいる。少年の教科書やノートは少年が描いた極楽鳥の落書きでいっぱいだった。

地面に描いた極楽鳥も、我ながら、なかなか上出来だ。

河原町のジュリーは、少年が描いた絵をしばらくじっと見ていた。

やがて右手に持っていた缶ジュースを地面に置き、空いた右手を少年に差し出した。

最初はそれが何のことかわからなかったが、どうやら、少年が手に持っていた木の枝を貸せ、と要求しているらしいと気付いた。

少年は木の枝を河原町のジュリーに渡した。

河原町のジュリーは木の枝の先を地面に当てて、少年が描いた鳥の横に線を引いた。

いくつかの曲線が描かれ、それはやがて鳥の形になった。

少年は驚いた。

それは少年が図鑑で見たことのある、メスの極楽鳥だった。

極楽鳥のオスとメスでは、見た目が大きく違う。

絵は極めて正確に、極楽鳥のメスの形をよく捉えていた。

なぜ河原町のジュリーはこの鳥を知っているのだろうか。

それとも極楽鳥のメスに似たのは偶然で、ただ単に鳥の絵を描いて見せただけだろうか。

少年は、思いついて、自分が描いた極楽鳥のオスの足の部分を運動靴で踏みつけ、黒板消しで黒板の文字を消すように、極楽鳥の足を消した。

河原町のジュリーは足のなくなった極楽鳥の絵を表情ひとつ変えず、じっと見ていた。

やがて再び木の枝を地面に刺して、少年が描いた右斜め上方に大きく線を引いた。

そこにもう一羽、極楽鳥が現れた。

それは木に留まっている極楽鳥ではなく、大きく羽を広げて、空を飛んでいる極楽鳥だった。

少年はまた驚いた。

まさしく図鑑で見た、大きく羽を広げて大空を飛ぶ極楽鳥の姿だった。

河原町のジュリーは、空を飛んでいる極楽鳥を見たことがあるのだろうか。

少年は、ハッとした。

「ジュリー、もしかして、船乗り？」

河原町のジュリーは、少年の顔を見ず、ただ正面を向いて笑っているのだった。

そうだ、河原町のジュリーは、船乗りに違いない。それでニューギニアや、いろんな南の島に行ったことがあって、南の島のいろんな鳥や、極楽鳥が飛んでるところも見たことがあるんだ。

あのドリトル先生のように。

そんなジュリーが、どうして今、京都で浮浪者をしているのだろう？

少年は想像を巡らせた。

きっとジュリーはどこか遠い外国で、悪い病気にかかったか大怪我をしたかお酒を飲みすぎたかして身体を壊して、船を下りることになって、流れ流れて今、京都で浮浪者をしている。きっとそうに違いない。

だからいつもここに座って、南国の鳥たちを眺めているんだ。

ああ、河原町のジュリーは、本当に言葉を喋れないのだろうか。もし喋れたら、いろんな話を聞けるのに。海賊に襲われた話とか、サメの海で危険な目に遭った話だとか、南の島で原住民の娘と恋に落ちた話とか。そして、アフリカだとか南米だとか世界中で見た、たくさんの珍しい鳥の話だとか。

「おっちゃん、もっといっぱい鳥の絵を描いてよ。おっちゃんが世界中で見てきた、珍しい鳥の絵を」

河原町のジュリーは微笑んだ。

そして木の枝を少年に返した。

地面に置いていたオレンジの缶ジュースを再び手に取り、ジュルジュルと音を立てておいしそうに飲み干した。

そして空っぽになった缶を桜の木の傍に置いて腰を上げ、のろのろと三条通りに向かって去っていった。

3

八月四日は、サザンオールスターズが湘南の江ノ島ヨットハーバーで歌っているはずだった。時間は、京都のコンサートと同じとするなら、朝十一時から始まっているはずだ。

少年は、どこかの番組がこのコンサートのことを取り上げていないか、とその日の朝からテレビのチャンネルを回してみた。

昨日の新聞には、ビーチ・ボーイズが来日したという記事が、わりと大きく出ていた。なにかよく知らないがビーチ・ボーイズが日本に来てコンサートをするのだ。それはウッドストックの感動の再来なのだ。それにサザンが出るのだ。大きなニュースに違いなかった。

しかし朝から夕方まで、どこも取り上げていなかった。

代わりにどこの放送局でも取り上げているニュースがあった。

・

「おととい八月二日の夜に、千葉県君津市の鹿野山、神野寺の私設動物園から脱走した二頭のベンガルトラのうち、メスの一頭は、今日午前十一時頃、寺近くにいたところを捜索にあたっていた地元の猟友会に発見され、射殺されました。昨日夜まで行方のわからなかった二頭のトラのうちのメスが、今朝、檻に戻ろうと寺に帰ってきたところを撃たれた模様です。千葉県警木更津署が設けた対策本部では、『トラを発見次第射殺する』という方針を決めており、ライフルや散弾銃で武装した機動隊員や猟友会員、消防署員およそ八百五十人を鹿野山腹に展開させていました。なお、もう一頭のオスは姿を見せず、依然として逃走中で、付近の住民は不安をつのらせています」

私設動物園として、住職が珍しい動物を飼っていた寺から二頭のトラが脱走した、というニュースは、昨日から盛んにテレビが報じていた。普段はニュースなんか観ない母親も出勤前の化粧をしながらテレビに釘付けになっていた。

テレビ画面は、騒然となっている地元の街の様子や住民の声を伝えていた。

「射殺ですか。できることなら、殺さずに、生け捕りにしてほしかったですけど、被害が出てからでは、遅いですし……」

「まだ一頭、どこかにいると思うと怖くて外に出られないし、夜も眠れません」

「子供たちが心配で……ずっと家にいるように言ってます。早く、なんとかしてほしいです」

ニュースのアナウンサーは言った。

「捜索陣は今後も警戒を緩めず、もう一頭の発見に全力を傾ける、と決意を語りました。なお、今日、午後から神野寺に隣接するマザー牧場で行われる予定だったロックコンサートは、事件により、中止となりました」

サザンが湘南でコンサートをやるその日、トラが逃げ出した寺の隣でもロックコンサートが行われる予定だったというのだ。いったい誰が出る予定だったのだろう。それがサザンでなくてよかった、と少年は思った。

トラ射殺のニュースで一番印象に残ったのは、射止めた猟友会のメンバーたちが、笑顔でテレビ画面に映っていたことだ。

笹ヤブの中に身を隠していたトラを見つけ、ライフル銃で二発を発射。タマを受け、三十メートルほどよろけながら逃げるトラに三発目を発射。さらに逃げようとするところを五メートルの至近距離からトラのこめかみにトドメの四発目を撃ったという。トラはさらに逃げようと懸命にもがいたけれども、十分後に死んだという。

アナウンサーは最後にこう言った。

「地元住人たちの眠れない夜は、まだまだ続きそうです」

もう一頭の残されたオスのトラだって、悲しくて眠れない夜がまだ続くだろう、と少年は思った。

少年は岡崎の動物園でベンガルトラを見たことがあった。二年前の夏だ。トラは二頭のつがいで、噴水池の近くの園舎の奥で気だるそうに寝そべっていた。オスはゴンタでメスはミミという名前だった。しかし、その後に動物園に行くと、ベンガルトラのつがいはいなくなっていて、彼らがいた場所には、代わりにアムールトラのつがいがいた。少年は園舎の近くにいた飼育員に訊いた。

「ゴンタとミミは、どうしたんですか」

飼育員は一瞬眉をひそめ、そして答えにくそうに口を開いた。

「ああ。とっても仲がよかったんだけどねえ。どうしてか子供ができなくてねえ。それで、業者に引き取られて、今は、別々のところにいるよ」

業者ってなんだ、と少年は思った。

それに、子供ができないから別のトラのつがいに代え、今は二頭を離れ離れにするって、ずいぶんと人間の勝手じゃないか。

少年はそのとき、ゴンタとミミの居場所は訊かなかった。けど、もしかしたら、千葉県で逃げたトラのどちらか、つまり、射殺されたメスのトラは、ミミだったかもしれない。それか、今も逃げているオスのトラは、ゴンタかもしれない。

どこのニュースでも、トラの名前は言わなかった。

逃げ出したトラに、名前はあったのだろうか。

ずさんな飼われ方をしていたみたいだから、名前はつけてなかったのかもしれない。

もし、名前があったら、トラは、撃たれなかったかもしれない。

捕まるな。

逃げろ。

どこまでも逃げて逃げて、逃げ通せ。

少年は今もどこかに潜んでいるオスのトラに、心の中で叫んでいた。

4

コンサートは午前十一時から始まる予定だった。

少年は図書館に行ってくる、と母親に嘘をついて朝九時に家を出た。

イベント会社のお姉さんは、開場は朝九時で、当日のチケットを買う人が徹夜で並んでいるかも、と言っていた。小学生があんまり早朝から一人で行っても目立つと思い、十時ぐらいに会場に着くように家を出たのだ。

三条始発の京阪電車大阪行き特急は、夏休みとあって少年が待つ京阪四条駅に着いた時にはすでに座席は埋まり、通路やドア付近に立っている乗客も何人かいた。

少年はドアのそばに背を向けて立った。

丹波橋駅に降り立つとまだ十時前なのにカンカンに太陽が照りつけていた。

こんな日にサザンが聴けるなんて、と、少年は幸せな気持ちになった。

しかしすぐに不安が頭をもたげた。

昨日のテレビの天気予報が、こう言っていたのだ。

「明日の京都は、午前中は晴れ間が広がりそうですが、午後からは不安定な天気となるでしょう。現在東北地方にある低気圧が近畿地方まで南下し、午後からはにわか雨が降るところもありそうです。お出かけの際にはご注意ください」

にわか雨なら、まさか、コンサート中止、なんてことはないだろう。

でも何が起こるかなんて、誰にもわからない。

三日前、千葉県で行われるはずだったコンサートを楽しみにしていたファンたちも、そのコンサートが隣の寺が飼っているトラが逃げ出して中止になるなんて、何日か前までは、誰一人としてまさか夢にも思っていなかっただろう。

少年は天の神様に祈った。どうか今日は、晴れますように。

少年は六日前に下見した時と同じように植え込みの隙間からキャッスルランドに忍びこんだ。グラウンドの前に別のゲートがあった。コンサートを見る客はここから入るのだろう。当日券は完売しました、という紙がゲートの入り口に貼られていた。

少年は踵を返して、城に向かった。

入り口は開いていた。少年は胸を撫で下ろした。

コンサート開始は十一時。三十分前になるまで待って、それから計画通り天守閣に登った。

六階に着く。コンサート会場は見えるだろうか。

回廊を巡って、グラウンドの方向を見下ろす。

特設されたコンサート会場の観客席が見えた。

ちゃんと見える！

しかしステージの上には、日差しよけだろうか、大きな青いテントを張った屋根があって、それが邪魔になって天守閣の上からはステージは見えなかった。いや、もしかしたらあのテントは日差しよけではなく、天守閣からタダでコンサートを見せないためのものかもしれない。

しかし、それでもいいのだ。

耳を澄ませば、すでに会場に入っている観客たちのざわめきさえ聞こえた。

ここにいれば、絶対にサザンの演奏が聞こえる！

やがて観客席のざわめきが一層大きくなり、拍手が聞こえ、口笛が鳴り、歓声が湧いた。

司会の声だけがマイク越しに聞こえてきた。

「京都の皆さん、ようこそ！　この夏最大のイベント、ジャパン・ジャムへ！」

司会はけっこう長く喋った。早くコンサートを始めろ、と催促するように観客の声が一層大きくなったところで、いきなり大音量の音楽が聞こえてきた。

少年の知らないバンドだが、かなりのハードロックで会場は大盛り上がりだ。

バンドは続けざまに五、六曲歌った。

サザンはいつ現れるんだろう。少年はそればかりを考えていた。

その後、別のバンドが登場し、また五、六曲歌った。開演から、もう二時間以上過ぎていた。

待ちくたびれた頃、三番目にいよいよサザンオールスターズが登場した。

一曲目が、いきなり『勝手にシンドバッド』だった。

「ラララーラララ、ラーラーラー、ラララーラララ、ラーラーラー、ラララーラララ、ラーラーラー」

サザンが、本当に演奏している音。桑田佳祐が、本当に歌っている歌。

少年はそれだけで満足だった。

家のステレオでもウォークマンでも絶対に出せない大音量のサザンが、ただただ愛おしかった。

この瞬間が、永遠に続けばいいのに。

しかしもちろん永遠には続かなかった。

八月の白い夏の中で、サザンの演奏は終わった。


サザンの演奏が終わっても、少年は最後までコンサートを聴いて帰るつもりだった。ビーチ・ボーイズがまだ登場していなかった。

しかしサザンの後に出たバンドが演奏しているときだった。

突然空が曇り、激しい雨が降ってきた。サザンの演奏で火がついた観客はお構いなしで雨に濡れながら立ち上がって踊っている。

しかしそのうち、特設ステージのテントを張った屋根が、たわみ出した。溜まった雨の重みのせいだろう、ぐっと大きくたわんだかと思うと、真ん中から崩れ落ちた。

きゃーっという悲鳴とともに、演奏は中止された。

やがて、本日のコンサートは、残念ながら中止します、という司会のアナウンスが流れた。あっけない幕切れだった。最後に登場するはずだったビーチ・ボーイズの演奏は聴けないまま、少年の八月七日は終わった。

天守閣を下りながら、少年は感謝を捧げた。

天の神様、サザンの演奏が終わるまで、待ってくれてありがとう。

5

少年は、逃げたトラのことがずっと気になっていた。

もう一頭のオスを近くのゴルフ場で目撃したとか足跡を発見したという情報が毎日、新聞の片隅に載った。しかし有力な手がかりはなく、その扱いは日に日に小さくなった。

トラ捜索の記事が再び大きく載ったのは、コンサート翌日の八日の夕刊だった。

『再び包囲射殺作戦』

という見出しだった。

逃走から一週間目を迎え、約四百人の捜索隊を動員、寺の裏山から牧場にかけて走る山道から機動隊員百三十人が横一線に並んで、トラを脅すために大声をあげながら進み、県道に追い込む。県道には地元の猟友会員約六十人が猟銃を持って待ち構え、トラが出てきたら射殺する、と記事には書いてあった。発見次第射殺の方針は変わっていないようだ。

三日後の十一日にまた大きな記事が出た。

捜索隊を一気に二千八百人に増やす、という記事だった。

ローラー作戦は不発に終わり、付近ではこの騒動以来、ゴルフ場もキャンプ場も商店も全部休業を余儀なくされている。こんな状態がずっと続くとたまったものではないので、何がなんでもお盆までに決着をつける、と書いてあった。

一気に七倍の増員だ。銃を持った猟友会のハンターも六十人から五百五十人に増やすという。もちろん大幅に増員された千人以上の機動隊も全員ピストルを持っている。

少年は、まるで自分が追い詰められた気持ちになった。

次の日の新聞を見るのが怖かった。

「オストラ、射殺」の記事が出ているような気がしたのだ。

しかし恐る恐る開いた次の日の十二日の新聞には、この空前の人海作戦が「空振り」に終わった、と書いてあった。見つかったのは県道近くのヘアピンカーブの西側で足跡が一ヶ所、牧場近くの水飲み場で足跡が六ヶ所。それだけだった。山狩り作戦はお盆明けに再開するという。

いったいトラはどこにいるのだろう。

これだけの人数が動いているのだ。きっと自分を殺すために空前の包囲網が敷かれていることに、トラは気づいているはずだ。

誰の目にも触れない暗い穴ぐらを見つけ、その中で身体を震わせながら、じっとしているのだろうか。食料はどうしているのだろうか。身動きが取れず、やせ衰えているのではないだろうか。

お盆の間だけ捜索が中断される、というのがかすかな救いだった。少なくともその間はつかの間、命を長らえることができる。

そのとき、トラは、夢を見るだろうか。それはベンガルの熱帯雨林や湿地帯を悠々と歩いている夢だろうか。もし逃げているトラがゴンタなら、別れたミミの夢だろうか。それとも射殺されたメスのトラの夢だろうか。

ずっとこのまま、お盆が明けなければいいのに、と少年は思った。

しかし、サザンのコンサートに終わりが来るように、お盆にも終わりが来る。

ただ、警察も、いつまでもこんな大人数で捜索を続けるわけにはいかないだろう。長期戦になる。

いつか、人間たちが、トラはきっとどこかで死んだんだろう、生きてるにしても、もう「勝手にしやがれ」と、諦めてくれないだろうか。人間の都合で勝手に捕獲し、日本に連れてきて、檻に入れて、逃げたからといって、射殺する。全部、人間の勝手じゃないか。勝手なことをするんだったら、勝手に諦めろ。そして、トラよ、人間たちがそうやって諦めるまで、ずっとずっと、逃げ続けろ。


お盆明けの十七日、トラが目撃された、という記事が出た。

寺から三キロも離れた農家の庭先に現れたのを、住人が発見したという。

トラは水道栓の傍に置いてあった、手洗い用の洗面器の水を飲んでいたらしい。その場所は捜索網の外だった。捜査網を敷いていた谷を通り抜け、かなりの距離を移動したことになる。この発見で、やっぱりトラは生きていた、と「騒動」が再熱し、再び捜索が始まった。

次の日、十八日の新聞には、近くのゴルフ場のコース内のバンカーに、トラの足跡が発見された、という記事が出た。

しかしその後、新聞から脱走トラのニュースは、プツリと途絶える。

記事が途絶えた、十日目。

脱走からは二十六日が経った、八月二十八日。

夏休みがあと四日で終わろうとしていた。

もう、トラは死んだんだ、と人間たちは、諦めたんだ。

少年がそう思った、その日の夕方だった。

少年は母親とリビングでテレビを観ていた。

テレビのアナウンサーが、ニュースを伝えた。


「今日午後零時二十分頃、千葉県君津市の神野寺から脱走していたオスのトラが、寺からおよそ三キロ離れた九十九谷山中で猟友会員らに発見され、射殺されました」


少年は目を閉じた。

「ああ、あのトラ、まだ生きてたん？　もうとっくに飢え死にしてると思てたわ」

母親の呑気な声が聞こえた。

「脱走から二十六日続いたトラ騒動にようやく幕が下ろされ、付近の住民は、新学期や稲刈りシーズンを前に解決したことに、ほっと胸をなで下ろしています」

ニュースによると、この日の早朝、民家で飼っている犬がトラに襲われたと住民が警察に通報、警察のライフル隊や猟友会が追跡を開始、九十九谷の小高い雑木林の頂上で発見し、約五十人が二手に分かれて包囲し、両方から銃弾十一発を発射、そのうち七発が命中し、うち四発が後頭部に当たり首の骨などを貫通し、これが致命傷となった。トラは寺の住職の供養を受けて、寺の裏側に、先に射殺されたメスと並んで埋葬されるという。

「おお、恐(こわ)」

リビングでニュースを観ていた母親がせんべいをかじりながら言った。

「犬を襲うくらい野生化していたんやから、射殺は当たり前やわ」

少年はリビングを出て自分の部屋に戻った。

本棚から一冊のアルバムを抜き出した。

ベージュの函に入った深緑色のアルバムだった。

函からアルバムを取り出して開いてみる。

そこには日本や外国の切手がぎっしりと収められていた。

鳥だとか魚だとか動物だとか、よく知らない偉人の肖像画だとか浮世絵だとか。戦前に使われていたような地味なデザインの切手もあったが、ほとんどは美しいデザインの切手だった。

父親が誕生日プレゼントにくれたものだ。すでにアルバムにはぎっしりと切手が詰まっていた。

父はその時に言った。

「切手は、資産になる。ずっと持っておいたら値打ちが上がる。この切手を収めるアルバムはな、ストックブックって言うんや。株のことも、英語ではストックや。安く買って買った時より上がれば売る。投資をするって、そういうことやで。覚えときなさい」

少年はストックブックをカバンに入れ、図書館に行ってくる、と言って玄関に向かった。

こんな時間から何しに行くの、という母親の咎めるような声を無視して、少年は家を出た。

マンションのある祇園花見小路から四条通りに出る。迷走した末に山陰地方を通過した台風11号の影響で昨日までは雨の残っていた京都だったが、すでに天気は回復して空は明るかった。

通過した台風の影響か、いつもよりは涼しい風が少年の白いTシャツから出た細い腕を撫ぜた。

東大路通りの方から若草色のバスがやってきた。

バスに乗って、どこかずっと遠くへ行ってしまいたかった。

だけど京都の市バスに乗ったって行けるところは知れていた。

四条大橋から鴨川を眺めると、アベックたちが規則正しく川べりに並んでいた。

川床では大人たちが酒を飲んでいた。

もうずいぶん日は短くなって、西の空がサーモンピンクに染まっていた。

世界は相変わらずストックブックの中の切手のように美しかった。

少年は四条河原町南西角にある髙島屋に入った。

エレベーターで八階に上がる。

そこには切手ショップがあった。

少年は店員に言った。

「切手を売りたいんですけど」

店員は恭しく両手に白い手袋をはめ、拝見します、と言ってアルバムを開いた。

途端に目を剝いた。

「これ、本当に、君のコレクションですか」

明らかに疑いの目で見ていた。

少年は答えた。

「そうです。何か問題がありますか」

「これ、結構な額になりますので……保護者の方、お父さんかお母さんと一緒に来てもらえますか」

「売れないんなら、寄付します」

それだけ言って、ストックブックをショウケースの上に置いたままエレベーターで階下に降りた。呼び止めながら追いかけてくる店員がエレベーターに乗る前にドアは閉まった。

少年は夕暮れの四条通りを家とは反対の方向に歩いた。

多くの人々が行き交う雑踏の中を歩いた。

家でニュースを観ていた時から、ずっと同じことを考えていた。

檻から脱走して射殺されるまでの二十六日間、トラはどんな思いで生きていたんだろうか。

少年は最初、トラは暗い穴ぐらの中でビクビクしながら、不安な日々を過ごしているんじゃないかと思っていた。

けど、もしかしたら、それは違うんじゃないか。

檻から解放されたトラは、初めての自由を得て、幸せだったんじゃないか。

トラのあの美しい縦縞（たてじま）の模様は、人間の目を楽しませるためじゃない。藪（やぶ）の中で、自分の姿を相手に見えにくくするためだ。自分の身を消すためだ。神に与えられたその武器を存分に駆使して、何千人という捜索隊の目をかいくぐって、トラは二十六日間を生き延びたんだ。

トラは、幸せだったんじゃないだろうか。

少年は、四条通りから新京極通りを北に上がった。

新京極の賑わいは相変わらずだった。

六角の広場に出た。

鳥獣店の前に立つ。河原町のジュリーはいなかった。

きっと捨てられた缶ジュースを探して、どこかでゴミ箱を漁っているんだろう。

極楽鳥はやはりそこにいた。

少年は店の中に入った。

店のおっちゃんが少年の姿を見つけた。

「おお、僕、また来たんか。ゆっくり見ていき」

店の中の動物を見るふりをして、

「トイレ、貸してください」

と訊いた。

「ああ、ええよ。一階の奥やで」

少年はトイレに入った。

そこにサッシの窓があった。

鍵を下ろして窓を開け、顔を出した。

隣り合う誓願寺の敷地との間に、人が一人通れるかどうかぐらいの細い隙間があった。

少年はおっちゃんに礼を言って店を出て、誓願寺とは反対側の、公衆便所のある南側の道に出た。公衆便所の手前にも、誓願寺の敷地に突き当たる細い隙間があった。

先ほど鳥獣店のトイレの窓から見た隙間と通じているようだった。

6

少年は机の上の置き時計をじっと見つめた。

もうすぐ日付が変わる。

時刻を表す数字が少年の目の前で11：59から00：00にパタパタと変わり、31／FRIから1／SATに変わった。

九月一日。

夏休みが、終わる。

少年はベッドに身体を潜り込ませ、天井を見つめた。

その間、何度も天井から時計に視線を移した。数字は遅々として進まず、もう三十分は経っただろうと思って見ると、まだ十二分しか進んでいないのだった。五分ほどじっとしてから、ウォークマンを手にとってＰＬＡＹボタンを押した。

桑田佳祐の声が聞こえてきた。

『熱い胸さわぎ』のＡ面とＢ面を聴き終わった頃、数字は０１：００になっているはずだ。

少年は目を閉じた。Ａ面が終わる。

蓋を開けて、カセットテープを裏返す。あと二十分。

Ｂ面の三曲目のイントロには、なぜか鳥の鳴き声が入っている。桑田佳祐も鳥が好きなのだろうか。それからあと二曲あって、ＰＬＡＹボタンがカチャッと音を立てた。

少年はもう一度最初からＡ面とＢ面を聞いた。

時計を見た。

０１：４５。

ベッドから跳ね起きた。

少年は机の下からマディソン・スクエア・ガーデンのロゴが入った紺色のバッグを取り出した。そして母親に気づかれないように、こっそりと部屋を出て、家を出た。

深夜の花見小路は人影もなく静かだった。夜空には、アルファベットのＤの形のような丸みを帯びた月が浮かんでいた。

四条大橋を渡った先の北西の角には交番がある。

こんな深夜に小学生一人が歩いているところを見つかったら、間違いなく補導される。少年は警官に見つからないように、橋の手前で鴨川の左岸に下りて川べりを北上した。河原で適当な大きさの石ころをひとつ拾ってバッグに入れた。

河原から三条大橋に上がり、三条通りを西に向かった。

すでに午前二時を回っているはずだった。途中、酔っ払い何人かにすれ違った。どきりとしたが、彼らが少年に気を留めている様子はなかった。

新京極通りに入るともう誰も歩いていなかった。

少年は先を急いだ。

六角の広場はしんと静まり返って、人の気配はなかった。

鳥獣店の鳥たちも夜は眠っているのだろう。鳴き声は聞こえなかった。

六角通りの路地の奥の公衆便所だけが、煌々と明かりを照らして闇に浮かんでいた。

もう一度周囲を見回し、誰もいないのを確認して、公衆便所の前の隙間に身体を入れ、カニのように横歩きしながら進んだ。

誓願寺の敷地に突き当たると、隙間は左に折れ、やはり鳥獣店のトイレの窓の下に通じていた。

誓願寺のブロックによじ登り、窓に取り付いた。

バッグに入れた石を取り出してガラスを割り、手を入れて鍵を外した。

そこから鳥獣店の中に忍び込んだ。

極楽鳥がいるケージには鍵はかかっていなかった。それは確認済みだった。

少年はマディソン・スクエア・ガーデンのバッグの中に極楽鳥を入れた。

極楽鳥は騒ぐこともなくおとなしくしている。ホッとした。

再び窓から外に出て、通ってきたのと同じ隙間を抜けて公衆便所の道に出た。

目の前に、人影があった。少年の全身から、血の気が引いた。

しまった。人に見られた。

そのまま走って逃げようかとも思ったが、影はじっとして動かない。

少年は目を凝らした。

暗闇の中に佇んでいたのは、河原町のジュリーだった。

ジュリーは、腕組みをして、微笑んでいた。

少年は、動けなかった。ただバッグを胸に抱いたまま、その場に立ち尽くしていた。

それがどれぐらいの時間か少年にはわからなかった。

河原町のジュリーが腕組みをしていた手をほどき、ゆっくりと右手を横に伸ばした。

その指先は東の方向を指していた。

それから二度、しゃくるように顎を上げた。

行け、と言っているようだった。

少年は河原町のジュリーに背を向け、彼が指差す方向に全速力で駆けた。

そこは誓願寺の裏手の道だった。街灯もなく暗闇が濃い。

直角に何度も曲がった路地を抜けると、寺の門ばかりが並ぶ通りに出た。寺はどこも門を固く閉ざしていたが、石塀の隙間から広い墓地が見える場所があった。少年は石塀の下の古い石垣に足をかけてよじ登り、そこに忍び込んだ。

真夏なのにひんやりとした墓のひとつに寄りかかり、バッグを開けた。極楽鳥は怯えているのか外に出ようとしない。

少年はそっと極楽鳥の閉じた羽を撫でた。

滑らかでぬくもりがある。不思議な感触だった。ずっと触っていたい衝動に駆られた。

すると極楽鳥はくいっと首を上げ、バッグから這い出し、少年の左腕に留まった。

少年は左腕を自分の目線に上げた。

黄色い瞳が首を傾げながら少年を見つめている。

「おい、飛べるか」

少年は左腕を夜空に向けてさらに高く上げた。

極楽鳥は、十五秒ほどの間、じっと夜空を見上げていた。

それから飛び立った。

濃紺の空に黄金色の羽の色が溶け合った。

少年はいつまでもその軌跡(きせき)を追っていたが、それはやがて、小さな点になって南の空に消えた。

そうして、少年の夏は終わった。

第六話　ジュリーと百恵

一九七九年　秋

1

「あの女……」

「どうした？」

「なんかおかしくないですか。こんな冷える夜に、素足でゲタを履(は)いて立ってます」

泊まり勤務の深夜の警らを、木戸は山崎と一緒に行っていた。

十月五日。京都の秋は早い。一週間ほど前から朝晩がぐっと冷え込み、行き交う人々はカーディガンやニットの上着を羽織っている。その夜も気温は十五度近くまで下がっているはずだった。

河原町界隈はいつもより人通りが多く、酔った人々の声が街に響いていた。その夜、プロ野球パ・リーグの阪急ブレーブスが西京極球場で近鉄を破り、後期優勝を果たしたのだ。

西京極球場は阪急の第二本拠地だ。京都で優勝を飾ったとあって、阪急ファンが大勢街に繰り出し怪気炎を上げていた。終電近くになって人の波はだいぶ収まったものの、まだ飲み足らない客たちが何軒めかの店を探してふらふらと歩いている。

木戸がその女を見かけたのは、六角通りと裏寺町通りのT字路だ。

女は昼サロ「マンゴー」に隣接するアレンジボールの店の前に佇んでいた。

歳は三十ぐらいだろうか。水色のワンピースに黒いカーディガンを羽織り、腕組みしながら時々首を左右に振っている。誰かが来るのを待っているようだ。

女は時折、神経質そうにゲタをカタカタと踏み鳴らす。

「なんか、引っかかるんです」

「よし。ちょっと、様子を見てみよか」

木戸と山崎は六角食堂街の軒下に身を隠し、しばらく女の様子を観察した。

「山崎巡査長」

「なんや？」

「あのゲタを踏み鳴らす音、規則性がありますね」

「どういうことや」

「合図です」

「合図？」

「はい。通行人が女の前を横切る直前に、ゲタを踏み鳴らしてます」

山崎が女の足元に目をやった。

しばらく彼女の行動を観察していた山崎が、「間違いないな」とうなずいた。

「暴力スリの見張りかもしれん。最近大阪と京都で頻発しとる。二人がかりで酔った年配者に抱きついたり殴ったりして掏る手荒な手口や。あの女の目線からすると、どうも裏寺町が怪しい。木戸、裏から回れ。女は俺が見張る」

「はい」

木戸は六角の広場から誓願寺の裏手に回った。ちょうど裏寺町通りの北と南を、山崎と木戸で挟んだ格好だ。しばらく身を潜めていると、わっと叫ぶ男の声がした。

「スリや！」

黒い服の男が二人、駆けて来た。木戸はその一人の腰めがけてタックルした。もんどり打って倒れこむ。木戸は必死に食らいつく。

「スリの現行犯で逮捕する！」

木戸は男の手を摑んで手錠をかけた。

2

映画の上映時間まではあと十五分ほどあった。

木戸は入り口で切符を買い、ロビーで待つことにした。

便所の臭いがかすかに漂うソファに座ってポップコーンを頬張っていると、突然女が話しかけてきた。

「あんた、頑張ってるねえ」

ブロンドに染めたショートカットと大きな目には見覚えがあった。

「柚木さん」

柚木は目尻を下げて柔らかな表情を作り、木戸の横に座った。ちょっと不思議な匂いが漂って、木戸はどぎまぎした。

「あ、ポップコーン、よかったらどうぞ」

柚木は、ありがとう、と言って、ポップコーンをひとつまみして頬張りながら言った。

「すごいやん。新聞に載ってたな。ゲタの音が抱きつきスリの見張りの合図やって見抜くやなんて、なかなかやな」

頑張ってるねえ、と言われた意味がそれでわかった。

「ああ、あれは、まぐれです」

先日の集団スリの逮捕の功労で木戸が署長賞をもらい、それが地元の新聞の地域版に載ったのだ。記事には事件の詳細と逮捕の状況が詳しく載っていた。

「運が良かっただけです。捕まえてみたら、公開手配されてた、かなり広域の暴力スリのグループで。たまたまでかいヤマに当たったってだけで」

「悪いことして新聞に載る警察官は山ほどおるけど、ええことして新聞に載る警察官は、そうそうおらへんで」

「それこそ、新米なんで、ゲタ履かせてくれたんです」

「ゲタでもこっぽりでも履いとき、履いとき。若いうちは」

「調子に乗ってコケんように気ぃつけます」

柚木の目尻がさらに下がった。

「今日は非番なん？　休み？」

「はい。非番です。さっき明けたとこで」

「久しぶりに映画観に来たら、あんたがいてたんで、びっくりやわ」

「僕もびっくりですよ」

「で、あんた、この映画、観に来たんは、勉強のため？」

「は？　勉強？」

「そうかて、映画のタイトルが『太陽を盗んだ男』やろ。やっぱり、あんたの職業柄、なんか盗もうとするヤツは気になるんかなあって思って」

今度は木戸が笑った。

「いやいや、そんな理由と違いますよ。どんな内容の映画かは、全然知らんと入ってきたんです」

「知らんと入ってきたんかいな。原子力発電所からプルトニウムを盗む沢田研二と、それを追い詰める警部の菅原文太が対決する話やで。面白そうやろ」

そんな話だったのか。

「私、ほんまは封切りの時に観たかったんやけど、気ぃついたら封切りの映画館で終わってて。けど、今は菊映でやってるって知って、飛んで来たんや」

菊映は新京極の六角の広場を少し南に下った東側にある、邦画専門のいわゆる二番館だ。二番館といってもロードショーが終わったばかりの日本映画を二本立てか三本立てでやってくれるので、お金のない若者たちに人気があった。『太陽を盗んだ男』も十月初めにロードショーされたばかりのものを、ひと月もかからず掛けている。

「あんた、内容、知らんのに、なんで観に来たの？」

「僕は……」

言いかけたその時、扉から大勢のお客さんが吐き出されてきた。

二人はソファから立ち上がり、映画館の分厚い扉の中に消えた。

3

六曜社は河原町三条交差点の南東角を十メートルほど南に下った、古い喫茶店だ。

「地下が空(す)いていますので、よろしければどうぞ」

いつも開け放たれている木の扉の前で、アルバイトらしきウエイトレスが言った。

エメラルド色に焼いた陶板がはめ込まれた地下へと続く階段を下りる。また扉があり、その向こうに足を踏み入れると河原町の喧騒が全く聞こえてこない。ただお客さんはおしゃべり好きの人が多く、普段はあちらこちらで話の花が咲いて賑やかだ。入り口はいかにも老舗といった風情で敷居が高い感じがするが、入ってしまえば気取っていないそんな雰囲気が木戸は好きだった。何より自家焙煎のコーヒーが美味い。平日の午後早くで店内はさほど混んでいない。

そこだけ奥まったところにある四人がけのテーブルが空いていた。

ブレンドのホットコーヒーを二つ注文する。

京都の喫茶店は、学生なら学生、会社員なら会社員、あるいは地元の人たちや、ちょっとおしゃれなマダムなどと、店によって客層がかなりはっきりと棲み分けられているのだが、この店には、髪の毛が長かろうが七三分けであろうが白髪であろうが関係なしで、ネクタイを締めた人もサンダル履きの人もいる。

「いろんな人が来る店でね。そこが好きで」

「泥棒も来るんかな」と柚木が笑った。

「来るんちゃうかなあ。見た目ではわからんけど。警官も来るぐらいやから」

「見た目ではわからんけど」

と柚木はぺろっと舌を出した。

「ここ、あんたの受け持ち管内の店やろ。入って大丈夫なん？」

「非番の日やし、コーヒーぐらいやったら大丈夫です。ここは店の人も客には干渉せえへんし。警官によっては管内の喫茶店では落ち着かんから非番や休みの時も行かんて言う人もいてますけ

郵便はがき

おそれいりますが
切手を
お貼りください

102-8519

東京都千代田区麹町4−2−6
株式会社ポプラ社
一般書事業局　行

お名前	フリガナ	
ご住所	〒　　-	
E-mail	@	
電話番号		
ご記入日	西暦　　　年　　月　　日	

上記の住所・メールアドレスにポプラ社からの案内の送付
必要ありません。☐

※ご記入いただいた個人情報は、刊行物、イベントなどのご案内のほか、お客さまサービスの向上やマーケティングのために個人を特定しない統計情報の形で利用させていただきます。

※ポプラ社の個人情報の取扱いについては、ポプラ社ホームページ（www.poplar.co.jp）内プライバシーポリシーをご確認ください。

入作品名

この本をどこでお知りになりましたか？

店（書店名　　　　　　　　　　　　　　　　　　　）

聞広告　　□ネット広告　　□その他（　　　　　　　　　）

齢　　歳

性別　　男 ・ 女

ご職業

生（大・高・中・小・その他）　　□会社員　　□公務員

員　　□会社経営　　□自営業　　□主婦

の他（　　　　　　　　　）

意見、ご感想などありましたらぜひお聞かせください。

想を広告等、書籍のPRに使わせていただいてもよろしいですか？

名で可　　□匿名で可　　□不可

書共通

ご協力ありがとうございました。

どね、僕は違う。まだここに配属になって半年ぐらいですけど、なんか、この街、好きになって。地域の人も、ええ人が多いです」

柚木は呆れた表情で木戸の顔を見つめ、声を潜めて言った。

「あんたは、ええオマワリになるか、途中でオマワリ辞めるか、どっちかやな」

「え？　どっちなんやろ」

「さあなあ」柚木は笑った。

「そういうたら、さっき、菊映のロビーにいてた時、映画館の人があんたに会釈だけして通り過ぎて行ったね」

「ああ、あの人は菊映の館主です。僕が非番や休みの時はお互い、要らんことは話しません。観た映画の感想ぐらいはたまに言う時ありますけどね。それぐらいが僕も楽ですし。特に今日は、横に柚木さんがいてはったから、気ぃ遣いはったんちゃいますか」

「デートと思われたかもね」

「それやったら光栄です」

テーブルにコーヒーが運ばれてきた。四角い角砂糖が二ついているのも古い喫茶店らしい。柚木が角砂糖をひとつつまんで自分のカップに入れ、砂糖、いる？　と訊いてから、もうひとつを木戸のカップに入れた。二人は同時にカップの中のコーヒーをスプーンでかき混ぜた。

「映画、面白かったですね」

「いやあ、私、シビれたなあ」

たしかに『太陽を盗んだ男』は、掛け値なく面白い映画だった。

主人公を演じる沢田研二は中学の冴えない理科の教師だ。生徒たちからは完全に浮いている。これがあの沢田研二かと思えるほど、最近流行りの「ダサい」という言葉がぴったりだ。突然奇声をあげてフェンスによじ登ったり、木にロープをぶら下げてターザンごっこを始めたり、理解不能な奇行に走る。一匹の猫だけが彼の友達だ。しかしこれらはすべて伏線で、ある日、彼は原子力発電所からプルトニウムを盗み出し、自力で小型の原爆を作ることに成功する。「世界を破滅する力」を手に入れた彼は、政府と取引することを思いつく。彼は自分のことを『九番』と名乗る。今、世界で核保有国は八カ国。自分はその次の九番目の男だ、というわけだ。

「テレビのプロ野球中継を最後まで放送しろ」とか「ローリング・ストーンズを来日させろ」とか、思いつきの要求を出す。これに立ち向かうのが警部の菅原文太だ。ある日、戦争で死んだ息子のことを天皇に謝っていただきたい、と武装した老人がバスで皇居に突っ込もうとする事件が起きる。老人を警部が逮捕する現場に、沢田研二がたまたま居合わせたことから二人は知り合う。このとき、菅原文太は沢田研二が密かに原爆を作ろうとしていることをまだ知らない。

後半の二人の対決シーンは、かなり荒唐無稽だが、十分に楽しめる。そして最後は、菅原文太との格闘でボロボロになった『九番』、つまり沢田研二が、原爆の入ったカバンを抱えて一人、新宿の路上を歩くシーンだ。不気味な爆発音とともに、映画は終わる。

客の入りは今ひとつで、だからこそ封切りからひと月足らずで二番館に降りてきたわけだが、これだけ面白いのならもっと評判になってもいい映画じゃないか、と木戸は思った。

「柚木さんは、どこが面白かったですか？」

「うーん、いっぱいあるけど」

と柚木は上目遣いで考える仕草を見せた。

「やっぱり、一番は、犯人の沢田研二が、ラジオ局のＤＪに電話を掛けてきたりするやん。それで菅原文太が、『奴は他人に触れたがっている。それが奴のたったひとつの弱点なんだ』って、看破するとこ。私はあそこが一番好き。犯人には、捕まりたくないっていう意識がもちろんあるんやけど、その一方で、こんな犯罪を実行した自分の存在を知ってほしいっていう心理もある。孤独な人間ほどそういう心理がある。たしかにそうやと思った。これからは、きっとこういう形の犯罪が増えてくると思う」

本当にそんな犯人が現実に現れるのだろうか。まるで深夜ラジオのハガキのペンネームのような名前を名乗り、一般人を観客にして、マスコミと警察を翻弄して、政府や企業や世間を脅すような犯人が。

「あんたは、どうやったん？」

「僕ですか？　僕は……」

とても柚木のような分析はできなかったが、思ったことを正直に答えた。

「映画観ながら、なんで監督は、主人公を沢田研二にしようと思ったんかなあ、って、ずっと考えてました」

「ほんまやね。なんで沢田研二やったんやろ」

「沢田研二って、今、日本で一番かっこええ男やないですか。『勝手にしやがれ』とか『カサブランカ・ダンディ』とか。そんな彼に、あんな地味でダサい中学教師をやらせて、しかも最後は、破滅していく。それでも結局、あの最後に新宿の路上をひとりで歩くジュリーは、カッコええんです。なんかそこに、変なカタルシスというか、快感がありました。それが監督の狙いなんかな」

「そういうたら、さっき、映画館で聞きそびれたね。あんた、内容も知らんのに、なんで、この映画、観に来たん？」

「ああ、それですか」

木戸はどう答えようかしばらく考えた後、口を開いた。

「あのね、僕、ジュリーっていう人が、なんか気になる存在で」

「へえ」

と柚木が大きな目をさらに大きくした。そしてうなずいた。

「男の人がジュリーを好き、という気持ち、私、わかる」

「そうですか」

「うん。わかる。私も、同性やけど、百恵ちゃん、すごい好きやもん」

「どんなとこが好きですか」

「山口百恵はアイドルやけど、世の中のしょうもない常識に媚びてない、というか。つい一週間ほど前にも、自分のコンサートで、三浦友和と付き合ってること宣言して、大きなニュースになってたやん。あんなこと、なかなかでけへんよ。アイドルが自分のコンサートで、私、今、付き合ってる人、います。相手は三浦友和(みうらともかず)さんです、って。すごい勇気いると思うよ。けど、彼女は、それをやった。そういうとこ、すごい好き」

たしかにこのところの百恵ちゃん人気はすごい。間違いなくトップアイドルだ。そういえばさっき映画を観た菊映の『太陽を盗んだ男』の後の次回上映のポスターは、山口百恵と三浦友和が共演した『ホワイト・ラブ』と『ふりむけば愛』の二本立てだった。

「僕の場合、好きっていうのとは、またちょっと違うんですけど。僕には、気になるジュリーが、もう一人いてましてね」

柚木は、ああ、という顔をした。

「河原町のジュリー?」

「そう。河原町のジュリーです」

そうだった。思い出した。柚木がいる深夜のバーで、二人は河原町のジュリーの話をしたのだった。

「今も警らの時にしょっちゅう出遭うんですけどね。相変わらず、店のゴミ箱漁るぐらいで、特に悪いことするわけやないんですが、僕にとっては、気になる存在なんです。で、河原町のジュリーは、どうも、映画も好きみたいでね。新京極あたりの映画館の看板を、立ち止まってじっと見てることが多いんですよ。あの菊映の前でも、しょっちゅう立ち止まって看板やポスター、眺めてます。あの映画館、たまに、古い日本映画なんかもやるでしょう?　夏にお岩さんとかの怪談特集とか。河原町のジュリーも、昔、観た映画で、懐かしいんかなあ、とか思ってね。それでね、つい昨日のことなんですけど、河原町のジュリーが、菊映の前で、この『太陽を盗んだ男』のポスターを、じっと見入ってたんですよ。うわあ、ジュリーがジュリーのポスター、眺めてる、って、ひとりで心の中で盛り上がって笑ったんです。なんか、それが心に残って、今日、思い立って観に来たんです」

「へえ。そんなことあったん？」

「そうなんですよ」

「それで、あんたの一番好きなシーンは？」

「僕は……やっぱり、あのラストシーンかなあ。菅原文太との格闘で、ボロボロになって薄汚れたジュリーが、新宿の路上をさまようでしょ。なんか、あのシーンが、いつもこの辺りを徘徊してる河原町のジュリーの姿と、ダブって見えて……」

柚木が笑った。

「映画の中のジュリーが、あんたの頭の中で、河原町のジュリーになったわけや。あの映画観て、そんなふうに見えたん、絶対、あんただけやで」

きっとそうだろう。

「河原町のジュリーのこと知って、もう半年以上経ちますけど、ほんと、不思議な存在です。若い子は、出会ったらラッキーなことが起こる、なんてふうに思ってるみたいですし。河原町のジュリーの存在が、この地域の防犯上、役に立ってるって言う人もいてたりします。まあ、まじないみたいなもんですけどね。少なくとも、この街で、疎んじられてることはないですね」

「京都って、不思議な街やわ。閉鎖的な街ってよう言われるけど、妙なもんを受け入れるとこもあるからね。でも、彼のことをほんまに心から受け入れてるかどうかは、私は微妙やと思うな」

「あ、あれですか。『京の茶漬け』いうやつ。茶漬けでもどうどす、って言われたら、ほんまははよ帰れ、いう裏腹の合図や、とかいう、京都人独特の……」

「ううん。それやない。そんなんと違う」

柚木は即座に否定した。

「河原もんっていう言葉、聞いたことある？」

「河原もん？」

木戸は首を傾げた。

「被差別民や芸能関係の人らを蔑(さげす)んで使う言葉。河原乞食、とも言うね」

「芸能関係も？」

「中世の頃、被差別民は河原に住んでたし、芸能の起源が、京都の河原から生まれたって言われてるからね」

「ああ、それは聞いたことあります。歌舞伎の起源。出雲阿国(いずものおくに)やったかな」

「そう。出雲阿国。阿国ともう一人、少女二人で踊ったっていう記録もあってね。当時は『ややこ踊り』って言われてたそうやから、けっこう可愛い踊りやったんやろな」

「へえ、女の子二人で踊ってたんや。今の、ピンク・レディーみたいなもんですかね」

「そうかもね。そうそう、私、ピンク・レディーも好き。特にケイちゃんが」

「『渚のシンドバッド』」

「『ウォンテッド』」

「『カメレオン・アーミー』」

「『波乗りパイレーツ』」

二人はピンク・レディーの好きな曲を言い合った。しかし、実際には、ピンク・レディーはもう去年ヒットした『UFO』や『サウスポー』の時の勢いはなくなっていた。

「出雲阿国の踊りが歌舞伎の起源になって、伝統芸能って言われて、歌舞伎はなんや上等なもんみたいに扱われてるけど、一方で、いまだに歌舞伎役者は、陰で河原乞食って言われてる」

「柚木さん、えらい詳しいですね」

「裏寺町のうちの店には、いろんな人が来るからねえ。いろんな人がいろんなことを教えてくれる。おかげでこんなフーテンでも、いろんなことを知ることができる」

柚木がまた舌をぺろっと出した。

「河原崎長十郎って、聞いたことない?」

「ああ、あります。たしか、有名な歌舞伎役者の名前ですよね」

「そう。江戸時代から、幕府に特別に興行権を認められてたほどの歌舞伎の大名跡。河原崎っていう名前の由来は、歌舞伎が発祥した京都の『河原』から来てるねん。自ら、出自は河原ですって、名乗ってるねん。堂々としてるよね」

「そうやったんや」

「今の河原崎長十郎は四代目で、奥さんと姪も有名な女優やねんけど、ある時、贔屓筋の紹介で、その奥さんと姪が国宝の桂離宮の見学に行くことになってんて。桂離宮なんて、めったに見学できるもんやない。喜び勇んで出かけて行って、受付で姓名と肩書きを記帳した途端、『河原もん』には見せるわけにはいきません、と拒絶されてんて」

「ええ！　それって、いつの話ですか。だいぶ昔の話と違うんですか」

「いや、まだ五年か十年かそこらの話。持ち上げる一方で、どこかで彼らを蔑む闇の部分が今もある。それが河原もん、河原乞食という呼び方に表れてる。それで、私が思ったんは、『河原町のジュリー』にも、そんな部分があるんかなあってこと。みんな、彼のことを受け入れてるように振る舞ってるけど、心の中では、『自分は、ああやない』『ああは、ならんでよかった』っていう、蔑みの気持ちがあるんちゃうかなって思うことが、たまにあるねん」

木戸はそこまで考えたことはなかった。

しかしそこで考えてみた。

河原町のジュリーは、若者たちにも人気がある。特に大学生たちだ。彼らの目には、社会の枠にとらわれず、自由気ままに生きている河原町のジュリーの生き方が、ある種の羨望の存在として映っているのかもしれない。それは、やがて彼ら自身が、大学を卒業すると、否が応でも社会の枠組みにがんじがらめにはめられていくからだ。木戸は、今までなんとなく、そう思っていた。

しかし、柚木の話を聞いて、その羨望の目の奥底には、『自分はああは、なりたくない』『ああは、ならない』という、裏返しの優越感があるのかもしれない、と思った。

ただ、こうも思った。木戸はその思いを柚木にぶつけた。

「けど、僕、思うんですけど、たしかに彼は、一見受け入れられてるように見えながら、世間の人々の心の中ではそうやって蔑まれてるのかもしれません。けど、傍目から見てどんなに落ちぶれていようとも、周りから蔑まれていようとも、自分自身が屈託なく、明るく飄々と生きていられてるんやとしたら、彼自身はやっぱり、幸せなんやないでしょうか」

自分で言って、どこか気恥ずかしかった。それは木戸にとって今、どこにいてどうしているかわからない、自分の父親に対する思い、いや、そうであってほしいという願望と同じだった。しかし無論、そのことは柚木には言わなかった。

「そうかもね」

柚木は笑った。

「ただ、彼の、そんな幸せも、いつまで続くかな」

柚木の目からふっと柔らかな光が消えた。

「どういう意味ですか」

柚木はしばらく黙った。そして、席の近くに他の客がいないことを確かめて、声を潜めた。

「これ、あんたやから言うけどな、うちの店にな、京都府警を辞めたっていう子が、お客で来たんや。八条署って言うてたな」

「へえ。なんで辞めたんやろ」

その話には強い興味があった。答えが聞きたかった。木戸もまた、時折自分が警察官であることに揺れ動くことがあったからだ。

「その理由がね、ちょっと面白うてね。まあ、面白いって言うと、その子には悪いんやけどね。眉毛が原因やねん」

「眉毛？」

「そう、眉毛」

「どういうことですか」

「その子な、婦人警官やっててん」

「婦人警官？　ということは、今年、警官になったばっかり？」

「そう。ようわかったね」

「京都府警はね、戦後しばらく、ずっと婦人警官を採用してなかったんです。それがちょうど僕が警察学校にいた年に、三十年ぶりに、一気に二十一人も婦人警官を採用したんです。そやから、その中の一人ですね」

二十一人もいるのだ。彼女が誰かはもちろんわからなかった。しかしきっと警察学校のどこかで顔を合わせていたはずだ。

「三十年ぶりの女性警察官の採用でしたからね。彼女らのことは、よう新聞に載ってましたよ。つい最近も『婦警さん大活躍』という記事が地元の新聞の社会面に大きく載ってました。『女性ならではの鋭い第六感を活かし、京都駅を舞台に、家出人発見や地理案内に活躍』、なんて書いてありました」

「彼女は、そういう新聞の扱いが嫌やったみたいやね」

「どういうことですか」

「新聞には、こんなふうに書かれたって。『彼女たちのもの柔らかな応対ぶりが、古都のイメージアップに大いに貢献している』『毎日顔を合わす通勤客から、プロポーズされたこともある』。彼女は言うてた。三十年経って、ようやく崩れた壁やのに、その先に、壁は、やっぱり、まだあったって」

柚木はぎゅっと眉をひそめた。それで木戸は思い出した。

「で、眉毛が原因、っていうのは？」

「警察官として働き始めた初めての夏に、彼女、夏休みを利用して、京都のアングラの舞踏グループの夏季セミナーに参加したんやて。もともと、舞踏にも興味があったらしくてね。それで、二泊三日のセミナーの初日に、主宰者に言われてんて。参加するなら、眉毛を剃ってください。それが条件ですって。彼女はすごい悩んだって。眉毛剃ったら、三週間ぐらいは生えてけえへん。そうしたら、もう警官には戻られへん。眉毛のない警官なんて、認められへんやろ。で、結局、彼女は、眉毛を剃った。違う生き方をしよう、と決めたんやな」

木戸はガツンと殴られたような気持ちになった。岐路に立って迷ったとき、果たして自分に、それだけの決断ができるだろうか。

「それでね、話は戻るけど、これは、警官を辞めた彼女から聞いた話やで。彼女がいてた八条署は、浮浪者に対する取り締まりが普段から厳しいねんて。京都駅があって、京の玄関口、ということもあってね。署には、浮浪者名鑑っていうのもあるらしいよ」

「浮浪者名鑑？」

「駅構内への不法侵入かなんかの名目つけて引っ張って、浮浪者の身元調査を記したもんらしいわ。身元、いうたかて、浮浪者やってるぐらいやからそんなはっきりしたことはわからんけど、行き倒れたときの照合のために指紋とったり、本籍地聞き取ったりしたもんを、ファイルしてあるらしいわ。で、彼女は言うてた。この先、取り締まりはもっと厳しくなっていくと思う。八条署の管轄だけやなしに、京都の街、全体で、って」

「それは、なんでですか。はっきりとした理由があるんですか」

「あるよ」

「なんですか？」

木戸は膝を乗り出した。

「京都国体や」

「京都国体？」

「そう。今から九年後の、昭和六十三年の国体の開催地に、京都が立候補してる。それは知ってるやろ」

「知りませんでした」

「あんたね、京都府警の警察官でしょ。もうちょっと、府政の動向に関心持った方がええよ。もっとも、私も、お客さんから教えてもろたんやけど」

すみません、と木戸は頭をかいた。

「でね、京都は、何がなんでも、この年に、自分のとこで国体を開催したいねんて。京都にとっては悲願やねんて」

「九年も先でしょ。なんでですか」

「戦後すぐの、第一回の国体の開催地が、京都やったっていうのは知ってる？」

「すみません、知りません」

「京都は、空襲で街が破壊されへんかったからね。それで京都が第一回の開催地に選ばれた。それから、国体は、毎年一回、各都道府県の持ち回りで開かれてる。それでな、八年後の昭和六十二年で、一巡するねん。つまり、すべての都道府県が国体を経験するってわけ。そして、九年後の昭和六十三年から、二巡目に入る。ただ、二巡目をどこから始めるかは、まだ決まってない。京都以外に、八つほどが立候補してるらしいわ。普通やったらこんなに立候補が重なることはないんやけど、どこも記念すべき二巡目の最初をうちでやりたい、と乱立気味や。京都はなんというても国体発祥の地やし、どうしたって、二巡目の最初も、うちでやりたいという意地があるんや」

「そういうのにこだわるってのも、京都らしいですね」

「うん。今、ちょうど、宮崎県で国体が開かれてるやろ」

柚木の言うとおりだった。十月十四日から、宮崎国体が開かれているのだ。

「京都の林田知事がわざわざ選手団長になって、開会式の選手の入場行進で先頭に立って行進するほどの力の入れようや。京都の政界も財界も本気で動いてる。正式に開催県が決まるのは来年の一月やけど、実は裏では、もう話がついてるらしい。九年後の国体は、京都で間違いない」

「それはわかりました。わかりましたけど、それと、河原町のジュリーと、どういう関係があるんですか」

「国体っていうのはね、都道府県の威信をかけたイベントなんや。国体開催をきっかけに、競技場はできる、選手たちを受け入れるホテルはできる、『国体道路』や『国体橋』と呼ばれるような新しい道路や橋ができる。街は綺麗に整備される。国体開催を大義名分にして、見た目のええ街に変わるねん。十五年前の東京オリンピックでも、街がガラッと変わったやろ。まあ、あんたはまだ小さかったから、実感、ないか。私は中学生やから、よう覚えてる。街が、世の中が、オリンピックでごろっと変わった。国体では、それと同じことが、地方都市で起こる。それをこれまでずっと続けてきてる。あとな、国体に合わせて街が綺麗になる理由がもう一つある」

「なんですか」

「国体は、必ず天皇が臨席する。国体の優勝杯は、『天皇杯』と『皇后杯』やからな。国体の開催に合わせて、その街にはな、天皇が巡幸視察に回るんや。天皇に、街の汚い部分は見せられんやろ。あのな、たとえば具体的に言うたろか。今年の夏に、滋賀県で高校総体があったやろ」

「ああ、インターハイですね」

さすがにそれは木戸も知っていた。滋賀県の高校総体をめぐる記事は春ごろから毎日のように新聞に出ていた。

「滋賀県は高校総体に合わせて、街の整備とクリーン化を急ピッチで進めたんよ。その一例があの雄琴(おごと)」

「雄琴？」

雄琴とは、琵琶湖河畔にある日本有数のトルコ街だ。

「そう。高校総体の期間中は、雄琴のトルコ店に営業の自粛要請を出したんよ。いかがわしいもんは、外から来た人の目に触れさせんようにね。都合の悪いもんは街から消されるってこと。高校のインターハイレベルでもそれをやるんや。これが国体となったら、もっと大規模にやるよ。なんせ、天皇がお越しになるんやから。つまり」

柚木はそこで間を置いた。

「浮浪者も、例外やないってこと。例外やないどころか、天皇に一番見せたくない存在が、浮浪者や。来年の一月に、二巡目国体の一回目の開催地が決まる。京都に決まったら、そこから、必ず大規模な『浮浪者狩り』が始まるって、彼女は言うてた」

浮浪者狩り……。

その言葉は、かつて山崎も口にしていたことを思い出した。

やや長い沈黙が流れたあと、柚木は言った。

「ねえ、フーテンの私がこんなこと訊く柄(がら)やないけど、あんた、将来のこと、どれぐらい考えてるの？」

「将来のこと？　自分の？」

「自分のこともそうやし、日本の将来のことも」

正直、そんなことを深く考えたことはなかった。考えていることといえば、給与の待遇を良くするために、大学卒業の肩書きを持とうと思っていることぐらいだ。しかし、その考えも今は、ぐらついている。

柚木が木戸の瞳をじっと見つめた。

「たとえばね。今日観た映画。原爆を作る男の話でしょ。日本に原爆が落ちたのは、一九四五年八月六日と九日。今から三十四年前。あの日から三十四年後に、日本がこうなってるとは、当時は誰も想像できんかったやろね。そしたらね、今から三十四年後、日本はどうなってると思う？」

「三十四年後？」

木戸は計算してみた。今は一九七九年。

「二〇一三年ですか」

「そう。二〇一三年。日本はどうなってると思う？」

木戸は考えてみた。いや、柚木の前で一生懸命考えるふりをした。何も浮かばなかった。

「想像もできません」

「ちょっとでも想像してみて」

「ええっと……東海大相模の原辰徳が巨人に入団して、その頃、巨人の監督になってる」

「それはあるかもね」

「それから……ジュリーが、今日観た映画をきっかけに、ハリウッドからも出演依頼が来て、三船敏郎並みの大スターになってる」

「それはどうかな」

「『男はつらいよ』の寅さんシリーズが、まだ続いてる」

「タイトルは？」

「『寅次郎、不死身宣言』」

「ださっ」

赤ちゃんがゲップを吐き出す前のような表情で柚木は笑った。

「寅次郎は不死身やとして、原発は、どうなってると思う？」

柚木が真面目な顔に戻って訊いた。

「原発？」

「そう。四年前に関西電力が、京都の久美浜に原子力発電所を作る計画を発表したでしょ？ これはどうなると思う？ 今日の映画みたいなプルトニウム盗難は本当に荒唐無稽かな。三十四年後の二〇一三年、日本で原発の安全は保たれてると思う？」

京都の久美浜に原発の計画が持ち上がっていることさえ木戸は知らなかった。

「わかりません」

正直に答えるしかなかった。

「柚木さんはどう思うんですか？」

「私もわからんよ。わからんけどね、今日の映画観て、私は思ったことがもうひとつある。今日という日が、過去と繋がってるってこと。ほら、映画の中で、息子を戦争で亡くした老人が、天皇に謝ってほしいってバスジャック起こすでしょ。三十四年前の戦争が、あの老人の中では、今も続いてる。三十四年前に落ちた原爆の後遺症に悩む人が、今もいてるでしょ。きっとね、三十四年後もいてるよ。今日は、過去と繋がってる。そして、未来は今日という日と繋がってる。そう思うだけで、毎日の生き方が、ちょっと変わるよ。そう思わへん？」

木戸は曖昧にうなずいた。自分のことをフーテンだと言っている柚木が、今、自分がいる場所よりもずっと先にいることだけはわかった。

二人の隣の席に客がやってきた。

こんな話はこれ以上できない。木戸は柚木に目配せし、レシートを手に取って席を立った。

「何言うてんの。新米の安月給のくせに。かっこつけんでええねん。私が出しとく」

「今日は、僕が出しときます」

柚木は木戸の手からレシートを奪った。

階段を上り、河原町通りに出たところで柚木が言った。

「今日は思いがけず、木戸くんと会えてよかったわ」

そのとき初めて、柚木に、木戸くん、と言われて、木戸はドキッとした。

「さっきの話も面白かった。ありがとう」

「こっちこそ。あ、それで……」

「何？」

「もしよかったら、また、一緒に、映画、観に行きませんか」

「それって、デートに誘ってる？」

「いや、デートというか、なんというか」

「別にあんたと映画を観に行くのが嫌やから言うわけとは違うよ。けど、言うとくね。私ね、付き合ってる人、いてるねん」

「あ、いやあ、そりゃあ、いてるでしょうね」

声が上ずっているのが自分でもわかった。

「相手はね、京都府警を、辞めた、彼女」

えっ！　と木戸は思わず声をあげた。

「びっくりした？」

「あ、いや、はい。ちょっと、びっくりしました。なんか百恵ちゃんの、交際宣言聞いたときみたいでした」

柚木は、あははと大声で笑った。

「ほな、行くね。木戸くん」

河原町を南へ下る柚木の背中を見送りながら、木戸は、なぜか無性に河原町のジュリーに会いたくなって、柚木が歩き出した方向とは逆に河原町通りを歩き出した。

4

「おお、さぶ！」

三条京極交番の二階の休憩室で、山崎巡査長が震えた。

「ここ二、三日は温かったけど、さすがに十一月に入ると、冷えるなあ」

「今、ストーブつけますわ」

木戸は灯油缶のキャップを開け、ホースを突っ込んでポンプを押した。ちゅるちゅると音を立て、ストーブの目盛りが上がる。

「あんまり入れ過ぎるなよ。今年は灯油が高いからなあ。府警本部からは、なるべく節約せえ、という通達が来とる」

「世知辛いですねえ」

「警察だけやない。六月の東京サミットからこっち、省エネは世の中の流れや。イランとアメリカが相変わらず喧嘩しとるしな。原油価格高騰に備えて、今年は練炭と豆炭を併用せえ、という通達が来とる」

「練炭、豆炭か。懐かしいですね。子供の頃、豆炭の『あんか』で寝たもんですわ」

幼い頃、父と母と川の字になって、同じ布団で寝た。冬は古い肌着でくるんだ豆炭あんかが素足に当たって心地よかった。数少ない、家族との温かい思い出だ。

「豆炭あんか、か。俺らの時代は湯たんぽやった。いっそのこと、交番の一階は、火鉢を復活させよか。交番に来る人らと火鉢を挟んでやりとりするのも、なかなか温かみがあってええやないか」

山崎は笑い、いつもの愛妻弁当を広げた。木戸はいつものようにカップヌードルの蓋を開けて湯を注ぐ。

「今朝、宿舎から東山の方、見ましたら、ずいぶん、紅葉が色づいてました」

「行楽シーズン到来やな。十一月の京都は忙しいで。ことに今年は三日の文化の日に続いて四日が日曜日や。十五日は七五三で京都の神社は晴れ着着た子供でいっぱいやしな。嵐山とか光明寺とか、京都の紅葉どころはこのあたりが最高潮やろな。二十一日からは東本願寺の報恩講、二十二日からは京大の十一月祭、三十日からは南座で顔見世や。何よりこの時期は、うちらの新京極ではいよいよ修学旅行シーズンが佳境や」

「今のところ、大きな騒ぎはないですね」

「おお。今年は十月に一回、秋田県と埼玉県の高校がメンチを切った切らんで乱闘寸前までいったのがあったぐらいやけど、まだまだこれからや。気ぃ引き締めて行こや」

「はい」

木戸は元気よく返事した。

「返事はええけど、おまえ、相変わらず、カップヌードルか」

「はい」

木戸は笑って答えた。

初めてこの交番に赴任した日のことを思い出したのだ。ちょうどあの日も、ここで山崎とカップヌードルの話をした。

山崎はすでに木戸の指導の立場を離れ、四六時中べったりとペアを組んで行動することは以前より少なくなったが、あの日、山崎が懇切丁寧に交番勤務の心得や街のことを教えてくれたことを今も感謝している。

「カップヌードルもええけど、いつまでもそんな食生活してたらあかんぞ。警官は体が資本や。早めに嫁さんもろて身を固めるのがええぞ」

「はい。わかってますけど、相手、おりませんので」

「おまえらの年は、女性の警官が二十一人入ったそうやないか。一緒に研修受けた仲やろ。俺らの頃は女性の採用がなかったから叶わんかったけど、警官の事情がわかってる嫁さんやったら、何かと楽やぞ。職場結婚、いうやつや。どや、その中に、ええなと思う子はいてないんか」

「いてませんよ。そんな目で見てませんでしたし」

「嘘つけ」

「ほんまですて」

「ああ、そういうたら」

山崎が弁当の箸を持つ手を止めた。

「河原町のジュリーやけど」

「河原町のジュリーが、どうかしましたか」

「彼女がな、できたみたいやで」

「ええーっ」

木戸は腹の底から驚いた声をあげた。

「彼女？　河原町のジュリーに、ですか？　どういうことですか」

「聞きたいか」

「はい。ものすごく聞きたいです。教えてください」

「木戸、近々、夜、空いてるときないか。ちょっと一杯付き合え。その時にゆっくり教えたる」

「今度の月曜日でしたら」

「よし。月曜日。ちょっと遅めになるけど、午後九時半でどうや。待ち合わせは阪急四条大宮駅の不二家の前にしよう」

5

阪急四条大宮駅は河原町駅から大阪方面へ二駅、木戸たちの所管区域外だ。駅の一番出口を上がるとそこが洋菓子の不二家の前だった。

午後九時二十分に着くとすでに山崎はそこに立っていた。

「おお、早いな。ええ心がけや」

山崎は駅前の大宮通りより一本東の路地を北に進んだ。木戸はその後に続いた。

裏町を少し歩いて右に折れると、二階建ての古い木造家屋があった。一階は通路が二つ奥まで貫き、その両側にこぢんまりとした飲み屋らしき店の看板が並んでいる。二階に繋がる階段も二つあり、階上にも店があるようだった。

どうやら町家を改造して店に転用しているようだ。昔は、この建物全体が一つの商家か、しもた屋だったのだろう。ひとつ屋根の下に、いくつかの飲食店が肩を寄せ合うように入っている。焼き鳥屋、ラーメン屋、スナック、バー、小料理屋。奥には共同トイレが見えた。

「飲み屋アパート」とでも呼びたくなるような、独特の空間だった。

その中の「三好」と看板が出た小料理屋は支度中の札が出ていたが、山崎は引き戸を開けた。

「いらっしゃい」

髪をこざっぱりと結い上げた割烹着（かっぽうぎ）姿の女将が二人を迎えた。

「いつも悪いなあ」

女将はそれには何も答えず、二人の前におしぼりを出した。

「生ビールでええか。ほな、生を二つ。それから、適当にアテを出してんか」

どうやら山崎の行きつけの店のようだった。

生ビールで乾杯して口を濡らした後、山崎が訊いた。

「今日は、大学の夜の講義は、なかったんか？」

木戸は、まだ山崎には報告していなかったことにそのとき気づいた。

「実は……休学届けを出しまして」

「そうなんか」

「はい。やっぱり、時間的に、職務との両立が難しくて……」

それは嘘ではなかったが、物理的な時間のことよりも、木戸の気持ちの問題が大きかった。日々、リアルな職務に没頭していると、なかなか机の上で学ぶ「理論」に興味が湧かない。しかも自分がそこで手に入れようとしているものは、「大学卒」という肩書きだけだ。前を行く者たちに必死で追いつこうとしながら、結局はどんどん離され、背中が遠くなっていく。ガランとした大きな講義室に座っていると、自分がひどく場違いなところにいる気がした。そこで気持ちに一旦整理をつけようと、後期の授業が始まる前に休学届けを出したのだ。このまま行かないようになればそれでもいい、所詮それだけの気持ちしかなかったのだ、と半ば大学は諦めるつもりだった。

「なんか、警察官として、実践で即、役立つことをいろいろ身につけた方がええのかなあ、とも思い始めまして」

「実践で？　たとえば？」

「運転免許を取るとか、柔剣道の腕を上げるとか」

「なんや。人気の『機動捜査隊』にでも入りたいんか」

「いや、そんなわけやないんですけど」

今、自分の話をするのはどうも居心地が悪い。山崎に対する後ろめたさもあった。

話をそらすために本題に切り込んだ。

「河原町のジュリーに、彼女ができたって話ですけど」

「ああ、その話やったな。忘れてたわ」

山崎は明るい声でそう言うと一気にビールを飲み干し、ジョッキをとんとカウンターの上に置いた。

「もう一杯」

そして話し出した。

「河原町のジュリーは、不思議な男でな。夏場は、夜、どこで寝とるか、ようわからん。何回か、天性寺の本堂の軒下で寝てるんを見かけたことがあるんやが、なんせ、荷物を一切持たん浮浪者や。ここを寝ぐらと決めんと、気の向くまま、三条の橋の下やら、寺の軒下やら公園やら墓場やら、いろんなところで寝とるんやろ」

天性寺とは三条京極交番前の寺町通りを北に上がったところにある浄土宗の寺だ。観光地としてはその北にある本能寺の方がはるかに有名だが、本能寺に引けを取らないほどの広い境内を持つ。門前は三条京極交番のバイクと自転車置き場としても利用させてもらっている。境内は昼間でもひっそりとして、たしかにあそこならのんびりと眠れそうだ。

「まあ、夏場はいくらでも外で寝るとこがあるんやろうが、さすがに寒うなってくると、吹きっさらしの外で寝るのは辛い。そこで、アーケードのある三条名店街のリプトンの前で、ダンボールを集めて、夜中だけ自分の城を作って寝とる。この話は前にもしたな」

「はい。聞いてます」

「河原町のジュリーがリプトンの前で寝るのは、ちょうど、京都に紅葉が色づく頃から、桜が咲く前ぐらいまでかな。この前、俺が夜勤やった時や。もう夜中の一時は回ってた。その時、今年初めて、リプトンの前でヤツが寝てるのを見た。俺はそれを見て、ああ、今年も京都に冬が近づいてきたな、と思たんや」

街に季節の移り変わりを告げる浮浪者。

そんな浮浪者は全国広しといえど、京都の河原町のジュリーぐらいだろう。

「朝になったら、ダンボールを綺麗に片付けて、そこらを一切散らかさずに去って行くから、リプトンの店の人も、何も言わん。俺ら警官も、店や近隣からの苦情はないし、事件性もないわけで、警らの時に見かけても、声はかけん。もう何年も前から、あいつの冬の夜のダンボールの城は、この街の風景の一部や。ところが、その夜のことや」

山崎はジョッキを持つ手を宙に止め、首を傾げた。

「その夜、リプトンの前を通ったら、ダンボールの隙間から、細い足が見えるんや。色が白うて、ガリガリに痩せた、ナマ足や。どう見ても、河原町のジュリーの足やない。子供の足のようにも見えた。さすがに気になったんで、俺は屋根代わりにかぶせたダンボールをそっとずらして、すみません、と声をかけた」

木戸はジョッキを置いて山崎の話に集中した。

「ジュリーは寝たままの姿勢で薄目を開けて、こちらを見た。もちろん、彼に何かを訊いたところで答えは返ってこん。それはこっちも先刻承知や。俺は、横に寝てる、その足の主の顔を見た。女やった。女は目をつぶったまま、ジュリーの方に顔を向けて、背中を丸めて、くの字の形で寝てた。横顔しか見えんかったが、髪はボサボサで、白髪が交じってる。髪の毛だけを見れば老婆、と言うてもええ風貌やったが、静かに寝息を立ててるその寝顔は、どこかあどけなさも残ってた。服装は白の花柄のワンピースで、ずいぶん薄汚れてた。素足で靴下も履いてない。ボロいサンダルが足元に転がってた」

木戸は固唾を呑んだ。瞬きするのも惜しいぐらいに山崎の顔を見つめた。

「明らかに浮浪者やった。俺は職務質問しようと、女に声をかけた。もしもし、寝てるとこすみません、起きてもらえませんか。女は寝たままや。俺は迷ったが、揺り起こそうと、女の肩に手を伸ばした。そしたら、河原町のジュリーがぱっと身を起こして、俺の手を払いのけたんや。そして、俺を睨みつけた。あいつのあんな顔は初めて見た。公務執行妨害でヤツを引っ張ることもできたが、そんなことをしても無駄やろう。寝てるところを悪かったな、とだけ言って、俺は女の特徴を目に焼き付けてその場を立ち去った」

山崎はビールを呷った。

「交番に戻って、最近、高齢女性の家出人の捜索願は出てないか、女性の浮浪者に関しての情報はないかを確認した。俺が見た女と合致するような情報はなかった」

山崎はジョッキの底に残ったビールも飲み干す。

「翌朝、七時頃やったな。俺は気になってもう一度リプトンの前に行った。ダンボールは綺麗に片付けられて、河原町のジュリーも、あの女も、すでにそこにはおらんかった。昼前に河原町通りでヤツを見かけたけど、まったくいつも通りの表情で、いつもの場所を一人で歩いとった」

山崎はそこで小さなため息をついた。

「以上が、俺が目撃した、河原町のジュリーの、彼女の話や」

「知りませんでした。引継簿にも……」

「このことは、その日の勤務日誌にも引継簿にも書かんかった」

「なんでですか」

山崎は宙を見つめた。

「これは、木戸、おまえやから言うけどな。俺があの夜見た光景は、ほんまに現実やったのか、それとももしかしたら、俺が見た幻やったんと違うか、という疑念が、どうしても拭えんかったんや。自分の目で見たもんを信じられんて、警官失格やけどな。今思い起こしてみても、どうも現実感に欠けるんや。この話を誰かに話したんはおまえが初めてや。木戸、おまえは、どう思う？」

木戸は、どう答えていいかわからなかった。同時に、なぜ山崎は自分にだけこの話をしたのだろう、とも思った。

「今度、僕も、夜勤の時に、注意して見ときます」

それだけ答えた。

カウンターの奥の棚に置かれたテレビでは、歌謡番組が始まっていた。

『夜のヒットスタジオ』だ。月曜夜十時から始まる国民的人気番組だ。

ひな壇に座っているメンバーは豪華だった。

杉良太郎、郷ひろみ、ツイスト、野口五郎、サザンオールスターズ、そして、山口百恵。

「三条の百恵ちゃんやね」

えっ？　と山崎と木戸が同時に声をあげた。

それまで一言も喋らずにいた店の女将だった。

「河原町のジュリーと一緒に添い寝してやしたんやろ。それやったら、彼女は、三条の百恵ちゃんやおへんか」

一瞬間が空いたあと、山崎が弾けたように笑った。

「ほんまやなあ。三条の百恵ちゃんか。たしかにそうや。よし、三条の百恵ちゃんに、今夜は乾杯や。女将、グラスに冷やで。そして、こいつにも。ママも飲んで」

三人はグラスをぶつけあった。

乾杯！　と声を発したと同時に、ブラウン管の中で山口百恵が歌い出した。

　飾りをすてた　心のなかで
　あなたの名前呼んでいるのです
　しなやかに歌って　淋しい時は

しなやかに歌って　この歌を
静かに時は流れてゆくの
夜はいつでも朝に続くはず

しなやかに歌って、と、山口百恵は一九七九年の夜を淋しく過ごすすべての人に向かって歌っていた。

木戸はその歌を聴きながら、三条名店街のダンボールの中で寄り添って寝る「ジュリーと百恵」を想像した。そして、こう思った。

もしその瞬間、二人が幸せだったなら、朝なんか来ずに、ずっと夜が続いたらよかったのに。

第七話　黒と白の季節

一九七九年　冬

1

交番の大きな窓ガラスはストーブの蒸気で曇っていた。

手で触れてみるとひんやりとした感触が心地よかった。

指を動かすとそこだけ外の風景が現れた。木戸は指で風景を広げてみた。

行き交う人々は厚手のオーバーコートを羽織り、マフラーと手袋で身を包んでいる。

ここ数日暖かかった京都だが、十二月に入って一気に冷え込み、市街地でも霜が降りた。寺町三条界隈の商店街では歳末商戦の幟（のぼり）がはためき、クリスマスの飾りつけもすでに始まっている。

夕刻の街はどこか浮かれたように賑やかだ。

自分と同じぐらいの大学生の男女がはしゃぎながら歩いていくのが見えた。長髪の男が着ているキャメル色のダッフルコートがとてもカッコよく見えた。あと五日もすれば、ボーナスが出る。ボーナスが出たら自分もあんなダッフルコートを買おうと木戸は思った。

そのとき一人の男が交番に飛び込んできた。

木戸はその男の顔を見つめた。

「どうしました？」

声をかけるまでにほんの一瞬、間を空けたことに木戸は気づいたが、男はそれどころではない様子で切羽詰まった表情で言った。

「すみません。どうも、財布を落としてしまったようで」

男はくたびれた背広に灰色のセーターを着ていた。白いシャツの襟元は汚れ、靴には泥がついている。

「この歳末にそれは大変ですね。遺失物届を作りましょう」

木戸は必要事項をバインダーに挟んだ書類に書き込んでいく。いつもの手慣れた作業だ。

必要事項をすべて聞き取り、

「それでは、届けがありましたら、連絡しますね」

「それで、あの……」

男はバツが悪そうに切り出した。

「家まで帰る電車賃を、少しの間だけ貸してもらえれば、ありがたいんですが……」

「いくらですか」

血色の悪そうな男の額を見つめながら、努めて冷静な声で訊いた。

「千円、貸していただければ」

「千円で、いいんですか」

木戸はポケットから財布を出して、千円札を二枚抜いた。

「二千円、あります。持って帰ってください。返してもらわなくて結構です」

男は机の上に置かれた二枚の千円札と木戸の顔を交互に見つめ、

「いえ、そんな……返します」

木戸は黙って首を横に振った。

男は頭を深く下げた。

「すみません、ありがとうございます。必ず、必ず返します」

「いえ、返してもらわなくていいです」

男は黄色く濁った目で探るように木戸の顔を見つめた。

「今日は、ずいぶん冷えるでしょう。どうですか、熱いお茶でも一杯」

木戸はストーブの上でしゅんしゅんと音を立てるやかんを手に取り、急須に湯を入れ、湯吞み茶碗にお茶を注いで男に差し出した。

「どうぞ」

男はぺこりと一礼して、湯吞みに口をつけた。

木戸も一口飲んだ。

そして窓ガラスの方を見ながら言った。

「覚えていませんか。僕のこと」

「えっ？」

「七年前、競輪場の近くに住んでいました。親父が、中華そば屋だった……」

男が目を見開いた。

「あの時、僕は、あなたから、千円をもらいました。あなたに、わしはくっさい人間が一番嫌いなんや、これで銭湯行けって言われましてね」

男はぽかんと口を開けたままだ。

「どうして、わし……、いや、私のことが……」

「大きい目と、その額の、蜘蛛みたいな形の痣、忘れませんよ」

男は目を伏せてうつむいた。

「あの時のあなたの言葉に甘えて、あの千円は無利子で返させてもらいます。七年もかかって申し訳ありませんでした。あとの千円は、返してもらわなくても結構です」

「いや、おまわりさん、あの時は……」

「母親と二人で、銭湯に行ったあの夜のこと、今でもよう覚えてます。金が返せんのやったら、一家心中でもなんでも勝手にさらせっていう、あなたの言葉もね」

「いや、私も、今は、すっかり足を洗うてましして……あん時は、えらいきついこと言うてしもて……」

男に言いたいことはたくさんあるような気がした。しかし今、何を言っても、何もならないだろう。七年という歳月は、人を変えるのに十分な歳月だ。男にとっても、自分にとっても。ただそのことを思った。

木戸は、かつては自分を追い詰めた男を、今は蔑んだ目で見ていることに気づいた。あの頃の父親も自分も、この男にそんな目で見下ろされていたのだろうか。

「これから寒うなりますから、どうぞ、お身体に気をつけて」

ありがとうございます、と男は深々と頭を下げ、逃げるように交番を出て行った。その背中を見て、ひどく自分が卑しいことをしたような気になった。言わなくてもよかったのではないか。

ただ、黙って二千円を渡せばよかったのではないか。苦いものが口の中に広がった。

「なんや、お茶なんか出して。今の男、知り合いかいな」

男と入れ替わるように奥から出てきた山崎が声をかけた。

「ええ。子供の頃、よう家に遊びに来てくれた、親父の知り合いのおっちゃんです」

「うらぶれてたなあ」

「昔は、羽振り良かったんですよ。うちの親父は、よう助けてもろてました」

「そうか」と山崎は気のない返事をした。

「そういうたら、木戸、おまえの親父さん、小さい時に家、出て行った、言うてたな。詮索するつもりはないんやけど、今は、元気にしてはるんかな」

木戸はその答えを知らない。「ええ。もうずっと会うてないですけど、どこかで、元気にしてると思います」

ふと、どこかの交番に飛び込んで、金を無心している父親の姿が浮かんだ。

「それにしても、二千円の出費は痛かったな」

奥で話を聞いていたのだ。

「今日は日勤やろ。俺に晩メシ、奢らせろ。久々に、うなぎでもどうや」

2

炭火でじっくり焼かれたうなぎのいい香りが店の前から漂ってきた。

「見てみい。このええ匂いにつられて、猫もぎょうさん寄ってきとるで」

木戸が新京極六角通りのうなぎの老舗「かねよ」に行くのは四度目だった。

一度目は赴任してきたばかりの五月。母親を連れて来た。母親に何かご馳走したいが何がいいかと山崎に相談したら、この店がいいと教えてくれたのだった。

二度目と三度目は今日のように山崎が連れてきてくれた。夏真っ盛りの七月と秋口に入った九月の終わり頃だ。山崎はここのうなぎがよほど気に入っているようだ。特に江戸風の背開きでじっくりと仕上げる白焼きが好物だ。

入り口にはまるで銭湯の番台のような、味のあるレジカウンターがあり、そのまま中に入るとガラス戸越しに中庭の見える広いテーブル席で、山崎とはいつもそこでうなぎを食う。入り口の右手には二階へ続く階段がある。二階は座敷になっているらしいがまだ上がったことはない。

「お、今日は落語会やってるんか」

山崎が壁に貼ってある手書きのチラシを見つけ、店員に声をかけた。

「へえ。二階で、午後七時からです」

「おい、木戸、落語は好きか」

「いやあ、ラジオで聞いたことあるぐらいで……」

「そうか。いっぺんぐらい、ナマで落語を聞いてみるんも悪うないで。どや、うなぎ食うたら、二階へ上がろか。店員さん、まだチケットありますか」

「ございます。お二人分ですね。ありがとうございます」

うなぎを食ってから二階に上がると、想像していたよりもずっと大きな広間があった。敷かれた座布団はすでに八割ほど埋まっている。ざっと四十人ほどは入っているだろうか。

後方の大黒柱近くに席を見つけて陣取った。

高座には赤い毛氈（もうせん）が敷かれ、背後に金屏風をあしらっている。

木戸は本物の寄席に入ったことはなかったが、ここが鰻屋の二階であることを感じさせないほどまるで本物の寄席のような雰囲気が漂っていた。

「それでは、最後までごゆっくりとお楽しみください」

主人の短い挨拶の後、出囃子が鳴って、最初の噺家（はなしか）が右手から登場した。

着物を着た女性の店員が、高座の横の紙をめくった。味のある寄席文字で『桂ばっ太』と書かれていた。

大きな拍手が起こった。見た目はかなり若いが、人気のある噺家らしい。

「えー、お寒い中、ようこそのお運び、誠にありがとうございます。前座を務めさせていただきます。入門四年目、桂ばっ太と申します。一生懸命務めさせていただきますので、しばらくの間お付き合い願います。いやあ、それにしましても、京都の冬は、冷えますなあ。底冷え、いうんですかね。実はこう見えて私、夏はめっぽう元気なんですけども、冬はいたって苦手なんでございます。なにせ、名前がバッタ、いうぐらいですから」

笑いがどっと起こった。

「夏の間はええんですけど、冬になりますと、ひたすら寒さを耐え忍ぶしかありません。まあ、大変なんでございます。イソップ童話の『アリとキリギリス』の、キリギリスみたいなもんですな。冬を越すのが大変と申しますと、いわゆる、路上で生活されている方、英語でなんと言うんですかね。ストリート・ピープルですかね。ちょっと違いますかね。まあ、古い落語の世界で言いますと、お菰さんですね。大変やろなあ、と思うんですよ。なにせ、この寒空の中、外で寝るわけですからなあ。

今日も実は私、河原町を歩いておりましたら、なんとも存在感のある、路上で生活されてはる方が歩いておりまして。横におった京都の友人に、あれ、誰でっか？ と聞いたら、『ああ、あれは、河原町のジュリーやがな』と」

また笑いが起きた。

嘶家が突然、河原町のジュリーの話題を出したので、木戸は驚いた。

そして河原町のジュリーの名前が出た途端にこれだけ笑いが起こる、つまり河原町のジュリーの認知度をあらためて思い知らされた。

「ほんで、その友人に、怒られたんです。おまえ、京都に来て、河原町のジュリーを知らん、ちゅうのは、あかんで。

『あかんか？』

『あかんあかん。河原町のジュリーを知らん、いうのはな、鹿児島に行って西郷さんを知らん、高知に行って坂本龍馬を知らん、札幌に行ってクラーク博士を知らん、言うてるのと、おんなじことやで』

『そんなですか？』

『そうやがな！』

……みなさん、そうなんですか？」

嘶家の問いかけに、拍手が起こった。

「えらいもんですなあ。そのうち、河原町に、ジュリーの銅像が建つかもしれませんなあ」

客席がまた沸いた。

「そんなアホなことはないと思いますが……それにしましても、こう冷えると、あったかーい食べもんが、恋しゅうなりますなあ。鍋焼きうどんに、おでん、すき焼き、鍋料理。湯豆腐、焼き芋、たこ焼きに、鯛焼き……。あ、もちろん、うなぎもよろしいですよ！

というわけで今日は、そんな冬のお噂を……。

ええー、こんにちは。ええー、こんにちは。おお誰やと思たら、一八（いっぱち）やないかいな。長いこと顔見せなんだが、どないしてたんや？　えらいご無沙汰をいたしまして。いえいえ、こないだね……」


それはこんな噺だった。

ある旦那の家に幇間（ほうかん）（太鼓もち）が久しぶりに顔を出す。

せっかくやから一杯やって行け、と酒に誘われる。

鍋はどないや、ということになり、呼ばれることになったのだが、幇間が「なんのお鍋ですか」と訊くと、「まあ、食べたらええがな」と旦那。

「テツやがな」

「なんですか」

「……ふぐやがな」

「あ、私、ちょっと、家に用事思い出して」

「おいおい、どこ行くねん」

「いやあ、ふぐはちょっと、時期が早いような……」

と食べたがらない。あたるのが怖いのだ。旦那も、幇間を毒味役にして食べようという魂胆だ

ったが、それがバレて、さあどないしよというところで、台所にいた奥さんが、

「裏口にいつものお菰が来まして、何かお恵みを、と申してます」

よし、「あのお菰を毒味役にしよう」と、算段し、ふぐを持って帰らせる。

幇間がお堂の前でお菰の様子を探ると、お菰はどうやら腹一杯食べた後のようで気持ち良さそうにいびきをかいて居眠りをしだした。

「どうも、大丈夫やな。ほな、わしらも食べよ」

旦那と幇間が一、二の三、で同時に口に入れる。

「おー、美味い！」

競うようにどんどん頬張る。すっかり食べ切ると、先ほどのお菰が、お目にかかりたいとやってきた。

「あのー、旦さん方、皆、お召し上がりになりましたか」

「もう、ないで。この通り、皆食べてしもたがな」

「ああさよか、ほな私も安心して、これからゆっくり頂戴いたします」


拍手が起こった。

なるほど、と木戸は納得した。

それで、噺の最初に、河原町のジュリーの話を振ったのか。

木戸が生まれて初めて聞いた生の落語だったが、面白いと思った。

そのあと二人の落語家が出てきて、会はお開きになった。

店を出ると木枯らしが吹き付けた。


「夏が暑かった分、今年の冬は寒そうやなあ」

山崎がコートの襟を立てながら言った。

「河原町のジュリーは、この冬を、無事過ごせますかねえ」

「あいつは、死なんよ」

山崎が言った。

「この京都で、もう何年も冬を越しとる。ああ見えて、俺らが思っている以上に、ヤツは、したたかや。俺らにはわからん世界やが、この街で、浮浪者として生き延びる知恵を持っとる。今日の『ふぐ鍋』に出てきたお菰みたいにな」

3

「女の浮浪者の変死体？」

木戸は思わずカウンターの横に座る山崎の顔を見つめて声をあげた。

山崎に誘われて四条大宮の「三好」に行ったのは二度目だった。

「発見されたのは、三日前のことや。八坂神社の奥の円山公園や」

「女の浮浪者って、もしかして……」

山崎は静かにうなずいた。

「事件性はあるんですか？」

「それはない。すぐに解剖に回されて検死したんやけど、外傷はなかった。凍死らしい」

三日前といえば、たしか京都でこの冬初めての積雪があり、市内では最低気温が二日連続で氷点下になった寒い朝だった。

木戸の頭にはいくつもの疑問が湧いた。

八坂神社は木戸と山崎がいる下立売署の管轄ではなく、白川署の管轄だ。変死体の情報は所轄外の警察署にも回ってくる。しかしそれは捜索願が出ている場合の身元照合か、現場の状況や解剖の結果から事件性があると判断された場合で、そうでなければ所轄の警察署で処理されて管轄外の警察署に情報が回って来ることはない。

「捜索願が出てたんですか」

「いや、それもない。順を追って説明しよ」

山崎はそう言うと、小さく深呼吸した。

「俺がこのことを知ったのは、機動捜査隊の同僚が覆面パトで巡回してる時に一報が入って処理したからや。昨日、たまたま本署に応援に行った時にその同僚と雑談してたら、浮浪者の行き倒れがあった、と俺に漏らしよった。京都では毎年何人か、浮浪者が凍死する。それは悲しいことやけど、冷たく言ってしまえば、そのこと自体は、そんなに警察が大騒ぎすることでもない。今回も事件性はない。けどな、彼の話の中には、気になることがあった。その行き倒れの浮浪者が、女やったこと。それから……」

「何ですか?」

木戸は身を乗り出した。

「その女はな、髪の毛もボサボサで冬やのに素足のままで、服装もみすぼらしかったんやけど、ただ一つな、首に、綺麗な花の首飾りをつけてたらしい」

「花の首飾り?」

死体で見つかった女の首に、花の首飾り……。

木戸は絶句した。

「河原町のジュリーの、あの……」

「おそらくな」

「あのとき、交番に駆け込んできた女が、河原町のジュリーにネックレス盗られた、いうのは、嘘やなかった、いうことですか」

「真相は、わからん。女から盗ったのかどうかはともかく、とにかく河原町のジュリーは、あのときのネックレスを、ずっとどこかに持ってたんやろうな」

「それで、女に……」

二人の間に沈黙が流れた。

能天気なテレビの司会者の声だけが響いていた。

沈黙を破ったのは山崎だった。低く、絞り出すような声で言った。

「俺は……あの夜、つまり、リプトンの前で、河原町のジュリーとあの女が一緒に寝てた夜、女に声をかけようとして、やめた。そして、あの女のことを署に報告することも、やめた。けどな、今になって思うんや。あのときの、俺の判断は、ほんまにあれでよかったんか。もし俺があのとき、違う判断をしてたら、彼女を保護してたら、もしかしたら、彼女は、凍死することはなかったんちゃうか、と……」

あとは言葉にならないようだった。山崎は一口、口をつけただけでカウンターに置かれたままのビールのジョッキをじっと見つめた。

すっかり気の抜けたビールの気泡がポツポツと浮遊していた。

「もしかしたら、違うことに、なってたかもしれません」

今、自分の言おうとしていることは、目の前のビールの泡のように頼りなげで不確かなことだ。それでも木戸は、勇気を出して言葉を継いだ。

「けど、彼女にとって、どっちが幸せやったかは、わからんと思うんです。……それ以上のことは、僕にもわかりません」

山崎はうつむいた。うなずいたようにも見えたが、木戸にはわからなかった。

「彼女の遺体やけど……」

「はい」

「指紋を照合したら、八条署の『浮浪者名鑑』の中に、女の指紋と一致するファイルがあったらしい」

八条署の『浮浪者名鑑』。その存在は以前に柚木からも聞いていた。

「で、ファイルには、彼女の本籍地が記載されてたらしい。遺骨を引き取ってもらおうとその本籍地の居住人に連絡を取ったら、そんな人は知りません、遺骨はどうぞそちらで処理してください、と言われたらしい」

木戸は深いため息をついた。

また沈黙が続いた。

「彼女の、本籍って、どこやったんですか？」

「熊本県の、天草(あまくさ)やったらしい」

山崎がポツリと言った。

熊本県の天草。

木戸にはその土地について、ほとんど知識がなかった。

山崎があの夜語った、女の細くて白い素足だけが、木戸の頭の中に浮かんだ。

4

河原町のジュリーが、三人組の中学生に襲われた、と通報してきたのは井上レコード店の店主だった。クリスマスも終わり、年の瀬も一段と押し迫った午後のことだった。

「三人は、我々、商店街のもんで取り押さえました。今からそっちに連れて行きます」

「河原町のジュリーは？」

「幸いすぐに見つけましたんで大事には至りませんでした。まるで何もなかったかのようにそのまま歩いてどっかへ行きよりました。足取りも普通やったんで、特に異状はないと思います」

ほどなく井上レコード店の店主が隣の土産物店の店主と一緒に三人の中学生を連れて交番にやってきた。

「こいつらですわ。おまわりさん、あんじょう、お灸(きゅう)をすえとくなはれ」

三人をパイプ椅子に座らせ、山崎と木戸が応対に当たった。

ふてくされた顔をしているが、ごく普通の中学生に見える。

二人の店主によると、連れ立って近くの中華料理屋で昼食を取った後、新京極誓願寺裏の公衆便所の前で三人の中学生が突然河原町のジュリーの足を払い、うずくまった彼に殴りかかり、腹に数回蹴りを入れていたのを目撃したという。公衆便所前は裏寺町の路地に通じる手前で、昼間でも人通りがあまりない。店主たちはたまたま暴行の現場を目撃して慌てて取り押さえたのだという。

まず二人から状況を聞き取って調書に記述している間、三人は一言も口を利かなかった。

二人を帰したあと、一番背の高いリーダーらしき少年が、ようやく口を開いた。

「なんで、僕らが交番に連れてこられなきゃいけないんですか」

木戸は反射的に答えた。

「あのな、君らのやったことは、暴行なんや。もし、相手が怪我してたら、傷害や」

「でも、相手は、浮浪者ですよ」

「浮浪者ですよ？　だから何なんや」

「あいつら、ゴミでしょ」

「ゴミ？」

「人間じゃないじゃん」

「浮浪者は人間や」

バンダナを巻いた隣の少年が口を挟んだ。

「あいつら、働いてないし。世の中の役に立ってないし。努力してないし」

「そうやとして、それが彼を殴ったり蹴ったりしていい理由になるか」

「クジョだよ」

「クジョ？」

木戸はその意味を捉えかねて訊き返した。

「駆除。掃除」

リーダーが続ける。

「何もしない、生きてる価値のない奴は駆除して当然でしょ。むしろ、正義っていうか」

「正義？」

そして少年は最初に言ったことを繰り返した。

「なんで、僕らが交番に連れてこられなきゃいけないんですか」

木戸は山崎の顔を横目でうかがった。山崎は表情も変えず、中学生たちの顔を見つめている。

木戸は再び三人を見た。

「君ら、京都の人間やないな。関西でもない。どこから来たんや？」

少年たちが口をつぐんでうつむいた。

「言わんと、ずっと帰れんぞ」

木戸の言葉に、ようやく口を開いた。

「横浜」

「横浜から来たんか。今は冬休みか」

三人は小さくうなずいた。

「なんで京都に来た？」

「理由なんか、別に」

「遊んでたら、新横浜の駅が見えて、日帰りで京都まで遊びに行こうかと、ふらっと新幹線に飛び乗って」

「豪勢やな」

「こいつの家、金持ちだから」

バンダナの少年がリーダーを指差した。

「金持ちじゃねえよ。中流家庭」

「中流の上。上流の下」

少年たちは小さく笑い合った。

「学校は、ちゃんと行ってますよ。不良みたいに言わないでください」

とリーダーは付け加えた。

「今は休みなんだから、何したって、どこ行ったっていいでしょ。自分たちの小遣いでちゃんと料金払って来たんですよ。何が悪いんですか」

「中学生から大人料金だし」

三人が声を揃えて笑った。

木戸は少年たちの言葉に奇妙な違和感を抱いていた。違和感は職務質問の基本や、だから常に心をざらつかせておけ、と山崎に叩き込まれていた。しかし、彼らの言葉から抱く違和感は、それとは全く逆方向の違和感だった。捉えどころなくツルツルと上滑りして、こちらの心に入ってこない。ゴミだとか駆除だとか正義だとか、わざと露悪的な物言いをしてバリアを張っている。そんな気もした。木戸はこれまでの会話の中で、唯一、喉の奥に引っかかった魚の小骨のような一言について聞いてみた。

「さっき、君らは、河原町の……あの、浮浪者のことを、『あいつら』って、言うたな」

「横浜にも、ああいう、黒いかたまり、いっぱい、いるから」

「黒いかたまり?」

にわかに、意味を捉えかねた。浮浪者のことを言っていると察するのにやや時間がかかった。

それが解ったとき、初めて、彼らの心の奥底に触れた気がした。

「山下公園に行けば、いっぱい。しょっちゅうタコりに行ったよ」

「タコりに？」

「タコるんだよ。タコのようにぐにゃぐにゃにすること。かたまりが、ぐにゃっとなるんだよ」

また少年たちが笑った。

それまで黙っていた、三人の中では一番気弱そうなメガネの少年が唐突に口を開いた。

「みんな、時々、やってるし」

「そんなことやって、楽しいか」

メガネの少年はその言葉に一瞬うつむいたまま、小声で答えた。

「スカッとする、っていうか。それに、みんな、やってるから……」

少年は、みんな、やってる、という言葉をもう一度繰り返した。やらなければ、取り残される、とでも言いたげだった。

リーダーが言葉を継いだ。

「京都に来たら、横浜にいる奴らよりずっと汚い奴がいるの見つけて、なんか笑えてきて、タコろうぜってなって」

「そう。遊びですよ。遊び。ほんと、遊びなんだから。なんでそんなに真剣に怒るんですか？」

とバンダナが口を尖らせた。

「遊びで人を殴ったり蹴ったりしていいのか」

「え？　そういう遊び、普通にあるよ。失神ゲームとか」

「浮浪者はおまえらのストレス発散の遊びの道具やない。血の通った人間や」

木戸の言葉に、リーダーが吐き捨てるように言った。

「家のない人間なんて、人間じゃないよ」

そのとき、それまで黙っていた山崎が初めて口を開いた。

「あいつには家があるよ」

三人は一斉に山崎の方を見た。

しばらく沈黙が流れた後、リーダーが強い調子で言った。

「家なんかないから、浮浪者やってるんじゃん」

山崎は静かに答えた。

「あいつの家は、この町や。この町が、あいつの家や」

「意味わかんねえ」

「わからんか。家ってなんやろな。俺は、こう思うんやけどな。自分が一番安心できるとこ、とちゃうかな」

それから山崎は三人の少年の顔を一人ずつゆっくりと見つめながら、言った。

「家がないのは、おまえらとちゃうか」

5

一九七九年が、あと一日で終わろうとしていた。

大晦日の三条京極交番は、ことのほか忙しい。

昼間は近くの錦市場で正月料理の食材を買う客たちや、露店で締め飾りなどを買う客たちでごった返す。夜になると、交番の隣の矢田地蔵尊には長い行列ができていた。

矢田地蔵尊の鐘は『送りの鐘』と言われ、死者の霊を迷わず冥土に送るために撞く鐘とされている。大文字焼きの夜と大晦日の夜は、その鐘を撞きに来る人で賑わうのだ。

送り鐘はすぐ近くの誓願寺をはじめ京都じゅうにあるのだが、京都の大晦日はこの矢田寺の鐘を撞いて終わる、というのが昔からの習わしのようだった。人出が多い分、交番の仕事も多い。

この日は外勤巡査がフル稼働で対応する。

木戸と山崎が二階の休憩室に入って遅い晩飯にありつけたのは午後十時をとうに回っていた。

近くの食堂から出前のそばが届いていた。

交番の出前に麺類は、緊急事案が発生した時に伸びてまうからご法度（はっと）や。たしか、赴任してきた初日に山崎はそう言っていたが、

「さすがに大晦日ぐらいは、年越しそばで締めんとな」

木戸も今日ばかりはカップヌードルではなく、山崎に付き合うことにした。

テレビでは紅白歌合戦が流れていた。

二人はそばを啜りながら観た。番組は、もう中盤に差し掛かっていた。

布施明と小柳ルミ子が歌った後に、ジュリーが登場した。

「ほう、去年はトリを務めたジュリーが、今年はもう歌うんか」

山崎は呑気な声で言った。

ストローハットに、白いジャケット白シャツにネクタイ、ジーンズ。

歌は『カサブランカ・ダンディ』だ。

いつものようにウイスキーを口に含んでから宙に吐き出す。

トリであろうとどこであろうと、やっぱりジュリーはサマになる。

ジュリーが歌い終わると赤組司会の水前寺清子が言った。

「今年は、この人の年でした。三浦友和さんとの愛を告白した、いじらしい乙女心も見せてくれました、今日もしなやかに歌います。山口百恵さん！」

「山口百恵も、ここで？」

山口百恵も去年の紅白ではジュリーと共にトリを務めたのだった。

純白のドレスを身にまとって登場した彼女が歌ったのは、『しなやかに歌って』だった。

髪にも真っ白なコサージュ。

そばをすくう山崎の手が止まった。息を呑むほど美しかった。

「百恵ちゃん、最後の紅白やなあ」

毎年、さほど熱心に紅白歌合戦を観てきたわけではない。山口百恵の熱烈なファンというわけでもない。にもかかわらず、これまで紅白に出場した時の山口百恵の衣装を、木戸は鮮明に覚えている。

1974年の『ひと夏の経験』は白いブラウスだった。

1975年の『夏ひらく青春』は白いスーツジャケット。

1976年の『横須賀ストーリー』も、白いワンピースドレス。

いつも決まって白い衣装で登場するので木戸の印象に残ったのだ。

1977年の『イミテイション・ゴールド』では初めてゴールドのワンピース。

1978年の『プレイバックpart 2』では鮮やかなワインレッドのドレス。この年、彼女は紅白のトリを務めた。

そして今年の紅白、山口百恵の衣装は、再び白に戻った。

交番の休憩室で、警官の制服を着て紅白を観ている自分が、なんだか不思議だった。

高校のとき、昏(くら)い心を抱えながら、質屋で流れたテレビを買い戻して母親と紅白を観たのは、もうずいぶんと昔のような気がした。

紅白初出場からわずか五年の間にトリを務めるまで上り詰めて、結婚、引退という華々しいフィナーレを飾ろうとする彼女の姿が、そう思わせるのかもしれない。彼女が眩しく見えるのは、純白のドレスのせいだけではなかった。

「去年も、今年も、芸能界はジュリーと百恵ちゃんの年やったなあ」

はい、と返事をして、もっとも、と木戸は心の中で付け加えた。

自分にとっては、河原町のジュリーの年だった。最初に、この交番に赴任してきた日から。

「今年は、妙な年やったな」

山崎が、ポツリとつぶやいた。

「妙な年？　どんなとこがですか？」

「あのな、俺らは毎年、この新京極を担当してるやろ。毎年毎年、ここで、修学旅行にやってくる全国の中学生、高校生を見てきてる。何万人、いや、何十万人とな。そこで修学旅行生同士の乱闘騒ぎが起きるのが、毎年の恒例行事みたいになってたんや」

それは木戸も前に聞いて知っていた。

「ところがな、今年は、去年までと、明らかに違ってた。乱闘騒ぎだけやなしに、修学旅行生が何か厄介ごとを起こして警察が出動するような事件は、一件も起きんかった」

山崎の言う通りだった。

「もちろん、府警と学校が今年から本腰を入れた対策が功を奏した、という側面もある。修学旅行前に服装チェックを徹底したり、生徒たちの行動地域を限定させたり、先生たちの自主的な見回りを強化させたりな。警察も今年は違反した生徒は場合によっては逮捕もありうる、と厳しい態度で臨むことを通達した。その結果、今年の修学旅行生の暴力、傷害事件はゼロや。これはある意味、健全になったと言える。けどな、警察官の立場でこんなことはあんまり大きな声では言えんけど、生徒同士が『メンチを切った、切られた』で喧嘩するなんちゅうのは、ある意味、健全なエネルギーの発露のような気もするんや」

　山崎は何を言おうとしているのだろうか。

「今、子供たちの鬱屈は、何か別の、とんでもない『闇』の方に向かってるんやないかな」

「闇の方？」

「彼らを見て、そう思た。あの、横浜から来た中学生たちや。少なくとも俺がこの交番に来てから、今まで、あんなことは、一回もなかった。河原町のジュリーが誰かに、ましてや中学生に襲われるなんてことはな」

「山崎さん、前に言うてましたけど、やっぱり少年の非行化が進んでいるんですかね」

「もちろん、それもある。暴走族は相変わらず暴れまくっとるし、シンナー吸う奴は今年に入って激増や。木戸、おまえと二人で、この春から何人もの少年をここで補導してきたやろ。けど、あんな奴らは、おらんかった。あの一件は、非行とか、そんな言葉では片付けられんような気がする。俺が不気味やったんは、奴らが、ごく普通の中学生に見えたことや」

「そうでしたね」

「もしかしたら」

　もしかしたら？　木戸は山崎の言葉のその先を待った。

「彼らのように、中学生や高校生たちが、浮浪者を襲うような事件が、当たり前のように起こる時代が、来るのかもしれん」

　そんな時代が来るのだろうか。

あのとき少年たちが口にした「駆除」とか「正義」という言葉のもとに、浮浪者たちが「狩られる」時代が。ふと、いつだったか柚木から聞いた話を思い出した。

「あの、京都市が今、九年後の一九八八年に、国体を開催しようとしてるらしいですね」

「ああ、そういう話が、たしかに進んでるな」

「で、それに合わせて、京都ではいずれ、大規模な『浮浪者狩り』が行われると聞きました」

「あり得るやろうな。来年一月に国体開催が正式に決定したら、一気に動き出す可能性もある」

山崎は当然だとでもいうように深くうなずいた。

自分たちは、あの中学生たちと、同じことをやろうとしているのだろうか……。

木戸は壁の時計を見た。

午後十一時前。そろそろ休憩時間は終わる。

テレビの『紅白』では三十回記念として特別ゲストの藤山一郎が『丘を越えて』を歌っていた。

そのあと、『長崎の鐘』と『青い山脈』をメドレーで歌った。

その後、「戦後の歴史を歌い続けて三十数年」という司会の前置きの言葉があって、同じ特別ゲストの美空ひばりが仰々しく登場し、三曲ほどメドレーで歌った。戦後三十数年を経て紅白に特別な存在として出場する美空ひばりは、特別な存在であることを番組が演出すればするほど、ひとつの時代がもはや過去のものになったのだということを告げているようだった。

あと一時間足らずで、一九七九年が終わる。

そして、一九七〇年代が終わる。

「来年から、一九八〇年代ですね。八〇年代って、どんな十年になるんでしょうね」

「きっと、いろんなことが、大きく変わるやろう。我々が守るこの街もな」

木戸は十年前のこの街の記憶がほとんどないが、十年という歳月は、この街をずいぶん変えたに違いなかった。

「十年後の京都は、今とずいぶん変わってるでしょうね」

「変わるのに十年もかからんよ。河原町や四条通りは、去年の冬と比べたって、変わってきてる。街がな、ずいぶん明るうなってきとるんや」

「そうなんですか」

「たとえば、夜の四条通りや。四条通りいうたら金融機関や証券会社のビルも多いやろ。昼間はええが、夕方になると早々とシャッターを下ろして、夜は暗い街やった。去年まではな。ところがこの一年で様相が変わってきた。一階を喫茶店やレストランに貸すビルが増えた。でかい本屋を入れるところもできた。店にせずともシャッターを閉めるのをやめて、総ガラス張りにして閉店後もロビーの照明をつけっぱなしにするとこが増えた」

「そういえば、僕が赴任してきた九ヶ月の間でも、街に新しい喫茶店やレストランはかなり増えましたね。それも、チェーン店のような、外観もガラス張りの明るい喫茶店やレストランが。ああいうの、なんて言うんでしたっけ。あ、ファミリーレストランとか、ファーストフードって言うんでしたっけ」

「以前はな、どこもうどん屋や蕎麦屋やったとこや。ああいう新しい店の特徴は、とにかく照明が明るいことや。そやから街も自然に明るうなる」

「それは、ええことやないですか。街が明るくなることは、防犯上も」

「もちろんそうや。裏寺町みたいな闇の広がる街は、犯罪が起きやすい。しかしな、俺は、さっきも言うたように、街から闇が消えることで、別の闇が広がっていくような気がするんや。うまいこと言えんのやけど、明るい闇、というのかな」

明るい闇。

あの日、河原町のジュリーを襲った少年が、浮浪者のことを「黒いかたまり」と呼んだことをにわかに思い出した。

明るい闇は、黒いかたまりを許さない。

そんな時代が、もうすぐ来るのだろうか。いやすでに、もう来ているのだろうか。

河原町のジュリーは、八〇年代を生き延びることができるのだろうか。

「よし、休憩時間は終わりや。今年最後の、警らに出よか」

木戸は山崎と外に出た。

矢田寺の鐘を撞きに来た人がまだ行列を作っていた。

人々の表情は明るい。むしろその明るさが、木戸には不気味に見えた。

冷たい木枯らしがひゅうと音を立てて首元に吹きつけた。

木戸はゾッとして思わず首をすくめた。

6

「えらい積もりましたなあ」

午前の警らに出た木戸に声をかけたのは、井上レコード店の主人だった。

「十センチ以上は積もってますすね」

木戸は六角の広場の駐車場に積もった雪を見ながら答えた。

雪は昨日の深夜から降り始め、早朝には京の街を一面の銀世界に塗り替えていた。

「さっき、テレビのニュースで言うてましたけど、京都の街なかで、十センチ以上雪が積もったんは、十八年ぶりらしおすな」

十八年前。木戸は二歳だった。もちろん記憶はない。

「京都でこんなに雪が積もったん、初めて見ました」

「そうですやろなあ。十八年前言うたら、ちょうど私がここでこの店、始めた年ですわ。よう覚えてます。昭和三十七年。坂本九(さかもときゅう)の『上を向いて歩こう』のレコードが飛ぶように売れた年ですわ」

上を向いて歩こう、か。父親と一緒に銭湯に行った帰りなんかによく歌っていたのを覚えている。その頃はもう、小学校に上がるか上がらないかぐらいになっていたはずだから、ずいぶんと長くヒットした曲なのだろう。

「ちょっと、おまわりさん」

背後から不意に声をかけられた。

振り返ると、見覚えのある顔だ。井上レコード店の奥さんが思いつめた顔で立っていた。

「なんや、どないしたんや」

木戸が声をかけるより先に、主人が奥さんに声をかけた。

「うちのロッカが迷子になったんや」

「ロッカ？　またですか？」

井上レコード店の奥さんの飼い猫ロッカの迷子騒動は、去年の春にもあった。木戸が三条京極交番へ赴任した早々で、鮮明に覚えている。あのときは捜索の協力を頼んだ柚木が、後日、鰻屋の「かねよ」の前にいるのを見つけて知らせてくれ、無事飼い主のもとへ戻したのだ。それがまた、迷子になったのか。木戸はため息をついた。

「ロッカ言うのは、六つの花で六花です。雪のように真っ白な猫でね。雪の結晶って、六角形の花みたいですやろ。それで、ロッカって言うんです。ほんで、この場所が新京極の六角やし、ちょうどええわ、と」

「はあ、それは前にも聞きました。で、迷子になったんは、いつですか」

「一時間ほど前」

「一時間ほど前？　ついさっきやないですか」

「今朝は珍しく雪が積もりましたやろ。ロッカに積もった雪、見せたろ思って、二階の窓を開けてやったんです。そしたら、雪を見て喜んだんか、ピャーッと飛び出して、アーケードのキャットウォークを走って逃げたんです」

「おまえなあ、そんなんやったら、またそのうち戻ってくるやろ、ええ加減、おまわりさんの手、煩わせるのは、やめとけ」

主人は呆れた声で言った。

「私も、そうかな、思て、一時間ほど待ってたんです。けど戻ってくる気配、皆目あらへんし。去年の春に出て行って、家に戻ってきてからは、家の中で飼うことにして、一歩も外に出してませんねん。そやからきっと、また外が恋しゅうなって、出て行ったに違いあらへん。今度見失うたらもう、二度と戻ってけえへんような気ぃするんです。おまわりさん、そやからロッカ、もう一回探してもらえませんやろか」

「おまわりさん、うちの家内がこない言うとるんです。なんとか、形だけでも、探しとくれやす。そしたら家内も、納得するやろうから」

主人も奥さんの味方についてしまった。

木戸はどうするべきか逡巡（しゅんじゅん）した。その時ふと、三条京極交番に赴任して来た時、山崎から、アーケードのキャットウォークを利用した空き巣がいるから注意しろ、と言われたことを思い出した。この機会に、アーケードのキャットウォークがどのようになっているかをこの目で見ておくのも悪くない、と思えた。

「わかりました。じゃあ、ちょっと、探してみましょう。そんなに遠くへは行ってないでしょう。

店舗の二階からキャットウォークに出てもいいですか」

「はい。おおきに。お願いします」

木戸は井上レコード店の二階の窓を開け、キャットウォークにつながる短い鉄梯子(てつばしご)に足を掛けた。

「そしたら、ちょっと探してきますね」

「あ、おまわりさん」

奥さんが呼び止めた。

「このソーセージ、持って行ってください。ロッカの大好物です。もしロッカの姿を見かけたら、見せてください。きっと喜んで寄ってきます」

「わかりました」

「うちのロッカの特徴は、覚えてはりますか」

「ええ。よう覚えてますよ。左目が琥珀色で、右目が空色でしょ」

「はい。見たらすぐにわかります」

木戸はキャットウォークを歩き出した。
二、三歩歩いて顔を上げた瞬間、木戸はその場に立ちすくんだ。
目の前に広がるのは、完璧な白の世界だった。

ここは、人が歩くことのないアーケードの上だ。

深夜からしんしんと降り積もった雪が、誰に踏みしめられることもなく、そのままの姿で残っているのだ。

木戸の目の前に、二本の白い川が流れていた。

雪が降り積もった新京極通りと、寺町通りのアーケードだ。

二本の白い川は並行して空を流れ、南へと延びていた。

そのはるか向こうに、トゲのような小さな白い突起物が見える。

京都タワーだ。

それは一夜の雪が仕掛けたマジックに違いなかった。毎日当たり前のように歩いている街角をわずか十メートルほど上がっただけで、こんな別世界が広がっているなんて。

地べたを歩いているだけではわからない世界がこれほど身近にあることに木戸は感動し、しばらくその風景に見とれていた。自分自身がキャットウォークを歩くことで、この完璧な白の世界を汚すのが惜しかった。

そうだ、ロッカを探さなければ。

そう気づくのに、どれぐらい経っただろうか。木戸は歩き出した。

猫の足跡らしきものが、南に向かって続いていた。

キュッキュッと音を立てて、木戸の足はくるぶしまで雪に埋まる。

猫の足跡は蛸薬師通りのあたりまで続き、そこでぷつりと途絶えていた。

まるで、空中に消えたかのようだった。

「ロッカ！」

と何度か名前を呼んでみたが、木戸の声は白の世界に吸い取られ、無論、返事はなかった。

木戸は仕方なく、来た道を引き返した。

井上レコード店の奥さんには交番にあらためて遺失物届を出すことで納得してもらい、見つかったという連絡が入ればすぐに知らせる、自分自身も警らの際には注意しておく、と型通りの約束をした。奥さんはうなだれながら納得して帰って行った。

木戸は交番の壁の日めくりカレンダーを見た。

一月十八日。

昭和六十三年、一九八八年に、「京都国体」の開催が決まったと新聞が報じたのは、その翌日、一月十九日のことだった。

八年後か。

それはずいぶん先のような気がしたし、あっという間にやってくるような気もした。

木戸は国体開催の記事が一面に載る新聞をたたんで、午後の警らに出た。

寺町三条のアーケードのない空に、また雪が降り出していた。

第八話　四十年後

二〇二〇年　一月十八日

1

木戸は目の前の二つの白い塊(かたまり)を見つめていた。

もう二時間近く、六曜社の一番奥のテーブルで、男と向かい合っているのだった。

ちょっと休憩しましょう、と、三杯目のコーヒーを頼んだところだ。

「この界隈も、ずいぶんと変わりましたね」

男はノートとペンをテーブルに置き、やってきた三杯目のコーヒーに角砂糖をひとつ入れながら言った。

「あの映画館の京都宝塚が、今はユニクロですからね」

「喫茶店もどんどんなくなりました」と木戸は答えた。

「この界隈で四十年前から変わらず残っている喫茶店といえば、三条名店街にあるリプトン、それから、この六曜社ぐらいですかね」

「何か、不思議な気がします」

木戸は店内を見回しながら言った。

「四十年前、私はまだ二十歳でしたが、この六曜社は、あの当時でさえ、老舗の喫茶店といった雰囲気で、実際、この界隈ではリプトンの次に古い喫茶店だったと思います。他の喫茶店はどんどんなくなっていったのに、この古い店は今もこの街に残っている」

「この一階は、今でもタバコが普通に吸えますしね」

「二つの角砂糖も健在です」

二人は笑った。

和やかな空気が流れた。

「ところで、先ほどの話に戻りますが」

男がテーブルに置いたノートとペンを再び手に取った。

「日付は、わかりますか。あの、大雪が降って、木戸さんが、アーケードの上に登った日です」

「ええ。わかりますよ。当時の手帳を残していますから」

木戸は古い手帳を取り出して頁を繰った。

「一月十八日ですね」

「ほう」男が嘆息した。「それは、今日ですね」

「そうなんです。私も、手帳を見て気づきました」

「木戸さんにお話を伺いたい、と、私が連絡を差し上げたのが、先週でした。それで、二人のスケジュールが合うのが、たまたま今日でした。まったく、偶然ですね」

木戸は手帳から顔を上げて言った。

「もちろんこの偶然も、何かの巡り合わせのような気がするんですが、それよりも私が、なんでだろう、と不思議に思うのは、あの大雪が降った日のことなんです」

「どういうことですか」

「先週、あなたが、河原町のジュリーのことについて話を伺いたい、と連絡をくださいましたね。正直、私は最初、どうしようかと迷いました。考えたあげく、情報元が私であることを絶対に明かさない、という条件で、あなたにお話しすることにしました。それで、今日、こうして、私の知っている範囲のことをお話ししているわけですが、ただ」

「ただ」

「今、お話しした、大雪の日の話はね、河原町のジュリーとは、何の関係もない話なんですよ。単に、大雪の日に、商店街のアーケードのキャットウォークを伝って逃げた猫を探しに行った、というだけの話です。それは、そうなんですが、どうしてなんでしょうね。私は、あの河原町のジュリーのことを思い出す時、必ず、あの、大雪の日のことを思い出すんですよ。それが、自分でも、不思議でならなくてね」

「その日、河原町のジュリーとは、遭っていないんですか」

「たしかな記憶はないんです。彼とは当時、毎日のように遭っていましたが、それはたまたま遭遇するだけで、遭遇しない日も当然のようにたくさんあって、その日に遭ったかどうかを特定するのは難しいです。たとえその日に遭っていたとしても、少なくとも記憶に残るようなことは、何もなかったです。ただ、その何日か後……あ、手帳を見ると、その五日後ですね。その日に遭った河原町のジュリーのことは、強烈な印象が残っているんです」

「ぜひ教えてください」

男の目は明らかに興味を示していた。

記憶の糸を手繰り寄せるまでもなく、くっきりとした映像が木戸の頭に浮かんでいた。

「何があったんですか？」

「あの日、河原町のジュリーの姿を河原町の丸善の前で見かけた私は、度肝を抜かれました。真っ白な、バルキーセーターを着て歩いていたんです」

「真っ白なバルキーセーターを？　河原町のジュリーが？」

「ええ。ズボンもベージュの厚手のコーデュロイで、靴も真新しくて先には穴が開いていなかった。通りを歩いている人もみんな振り返ったり、ひそひそと話したりしてました」

「それは、かなりのインパクトですね」

「実は、これまでも河原町のジュリーの服装は、新しくなることがあったんです。バーやスナックのママたちの中に彼のファンがいて、季節の変わり目などに衣服を与えているということを聞いていました。それでも普段道行く人は、彼の服が新しくなったことには気づきません。バーやスナックのママたちは真新しい服を与えても河原町のジュリーは嫌って絶対に着ないことをよく知っていたので、必ず目立たない色の古着を与えていたんです。真っ白なバルキーセーターを河原町のジュリーが着るなんてあり得なかった。それからね、何よりも道行く人が驚いたのは、あのコールタールのように固まった髪とレゲエの歌手のように伸びてねじれた長い髪が、バッサリと切られて肩までも届かない短さになっていたことですよ。ヒゲも綺麗に剃られていてね。真っ黒に顔を覆っていた鎧（よろい）のような垢も綺麗さっぱりとなくなって肌色の顔が見えてました。そんなことはかつてなかったんです。服装は誰かに強制的に着せられ、髪は誰かに強制的に切られ、顔も強制的に洗われたに違いなかったんです」

「当の本人の表情は、どんな様子だったんですか？」

「それがね、いつもとまったく同じ表情でね。あの笑みを浮かべて悠然と歩いているんですよ。よう見たら、河原町のジュリー、なかなか、ええ男やなあ、って、そんな感想を漏らす人もいました」

「いったい、河原町のジュリーに何が起こったんですか」

「真相は、すぐにわかりました。どのような経緯があったのかは不明なんですが、おそらく上層部からの通達があったんでしょう。保健所の福祉課の職員が彼を『保護』して、風呂に入れ、散髪をして、新しい衣服を与えた、ということでした。そうして住所不定の『河原町のジュリー』が街に戻ってきたんです」

「『家』に戻ってきたわけですね」

「それにしても、よりによってこんなに寒い時期に散髪をすることはないやないか、浮浪者の垢は防寒の役目を果たしているんやから、洗い流してしまえば、風邪をひいてしまうやないか、と心配する人たちもいました」

「本当ですね」

「でもそれは杞憂に終わりました。河原町のジュリーは、それからも、いつもと何も変わらず涼しい顔で街を歩いていました。白いバルキーセーターは、日を追うごとに汚れていって、すぐに土色に変化しましたし、垢はその顔に順調に堆積していきました。靴の先には穴が開いて、春の芽吹きとともに、河原町のジュリーの髪も脂が乗って肩まで伸びました。夏にはその季節にふさわしい薄手の古着の背広を誰かが与えましたし、ヘアスタイルは、あのコールタールで固めた髪とレゲエの歌手のようなねじれた長髪をすっかりと取り戻しました。フルーツパーラーのゴミ箱から大好物である飲み残しのオレンジジュースの缶を見つけ、ジュルジュルと啜っているのを見て、京都の人々は、ああ、今年も暑い夏がやってきた、と季節を感じたもんです」

「結局、河原町のジュリーは、変わらなかったんですね」

「何も変わりませんでした」

男はちょっとホッとしたような表情を浮かべてコーヒーを一口啜った。

それから木戸に向かって話した。

「ちょうどその年、一九八〇年の秋に、山口百恵が引退しましたね。暮れの紅白歌合戦に百恵ちゃんはもう出ませんでしたが、沢田研二はその年も『ＴＯＫＩＯ』を歌って相変わらずスターのトップに君臨していました。作詞は超売れっ子コピーライターの糸井重里(いといしげさと)で、どことなく『八〇年代』という新しい時代の到来を予感させたもんです」

「詳しいですね」

「ええ、音楽は、子供の頃から好きでしたから」

「ジュリーのファン？」

「ジュリーも好きでしたが、一番好きなのは、サザンオールスターズでしたね」

「ああ、サザンオールスターズ。当時、百恵ちゃんやジュリーたちと、夜のヒットスタジオとか出てましたね」

「ええ。私は、あの頃、伏見桃山城まで、サザンオールスターズのコンサートを観に行ったことがあるんです」

「へえ。そうですか。でも、当時はまだ子供でしょう？」

「小学校六年でした」

「ませてたんやんなあ」

「そうかもしれません。好きだったのは、サザンとRCサクセション」

「ああ、忌野清志郎(いまわのきよしろう)の」

「ええ。あの頃、千葉県の寺から、トラが逃げ出して射殺された事件があったんです」

「ありましたね。大騒ぎになった」

「寺の近くで行われる予定だったライブが、その騒動で中止になったんです。その時、出演する予定だったのが、ＲＣサクセションです。まだ全然無名でしたけどね」

「そうでしたか」

「で、彼らは、その後、東京の小さなライブハウスで追悼ライブをやったんです」

「追悼ライブ？」

「射殺されたトラのためにね。そのことを後から知って、彼らのファンになりました」

そして男は言った。

「木戸さん、今日は、河原町のジュリーの話をたくさん聞かせてくださってありがとうございました。正直、ここまで話してくださるとは思っていませんでした。ずいぶん懐かしい思いにも浸れましたよ。それで、私も、木戸さんに秘密を告白したいと思います」

「告白？　なんですか？」

「実は私、子供の頃、木戸さんと会ったことがあるんですよ」

「え？　本当ですか？　どこでですか？」

「今はもうなくなりましたが、河原町の駸々堂です」

「駸々堂で？」

「ええ。『大図説　世界の鳥類』。思い出しませんか？」

木戸の遠い記憶の底から、昏い目をした少年の顔が浮かんだ。

「あの、鳥の図鑑を万引きした？」

男は黙ってうなずいた。

木戸はテーブルの上に置いた男の名刺を取り上げて見つめた。

「それは本名じゃありません。小説を書くときのペンネームです」

「そうやったんですか」

「私は、あの時の木戸さんに言われた言葉を、今でも、はっきりと覚えていますよ。『一人の人間やったら、自分の名前で生きてみろ。自分の名前を背負って生きてみろ』」

「そんなことを言いましたか。それは覚えてないなあ」

「ええ。たしかに言いました。本名ではありませんが、自分でつけたこの名前を背負って、私は今日まで生きてきました。木戸さんのおかげです」

「それにしても、よう私の名前を覚えてたなあ」

「あの日、大声で何回も言うてはったやないですか。僕の名前は木戸浩介やって。あんな警官、いませんよ。そりゃ覚えますよ」

「そんなこともあったんやなあ」

「木戸さん、もうひとつ、告白したいことがあります」

「まだあるんですか」

「同じ一九七九年の夏のことです。あの夏、新京極のペットショップで、盗難事件があったのを覚えていませんか」

「ああ。よう覚えてる。極楽鳥一羽だけが盗まれた、不思議な事件やったなあ。結局、犯人はわからんと、迷宮入りになってしもうてね」

「あの犯人は、実は、私なんです」

木戸は目を剝いた。

「あんたが？」

木戸は男の顔をじっと見つめた。

「あの日、本当は、あの極楽鳥をちゃんとお金を払って買い取るつもりでした。家にあるストックブックをデパートの切手ショップに売りに行ったんですけど、不審がられて換金してもらえませんでした。それで……木戸さんに万引きをあれだけ咎められた私が、また盗みを犯してしまいました」

二人の間に長い沈黙が流れた。

離れた席で会話に夢中になっている学生たちの弾けた笑い声が耳に入ってきた。

木戸は静かに言った。

「まさか、こんな形で、あの犯人と巡り会うとはね。なんで盗んだか、なんて、今さら警官面して尋問する気はないですよ。ただ、これは個人的な興味で、ひとつだけ教えてくれませんか」

「なんですか」

「盗んだ極楽鳥は、その後、どうしたんです？」

「逃がしました」

「逃がした？　どこへ？」

「空へ」

「南の島の極楽鳥が、日本で生きていけるかな」

「極楽鳥は、風を餌にして生きているんですよ。それで、風の鳥と書いてフウチョウとも呼ばれています。日本にだって、風は吹くでしょう」

「子供がそう信じるならともかく、まさか今でも、そう信じてるわけやないでしょう」

「ええ」

と男は答えた。

「私がやったことは、結局は、極楽鳥を救うことにはならなかったのかもしれない。今ならわかります。いや、当時も、心のどこかで気づいていたような気がします。それでも、私は、あの鳥を、逃がそうと思いました。一瞬の自由であっても、あのままでいるよりはずっといい、と考えて。大人になってから、あのとき自分が取った行動に、胸が痛むことがあります。そして考えるんです。では、あの極楽鳥を、どうしたら救うことができたんだろうって。今も、ずっとそれを考えてます。だから、私は作家になったのかもしれません」

「今も夢を追いかけてるわけですね」

「生きるために必要な妄想を、夢、と呼んでよければね」

「それで、あなたは、今も河原町のジュリーを追いかけてる、というわけか」

「その通りです」

木戸は男の目を見つめた。

中年になったかつての少年の瞳の奥に、河原町のジュリーが佇んでいるような気がした。

「河原町のジュリーが、一九八四年の冬に死んだのは、知ってるやろうね」

「ええ。当時、新聞に載りましたから。凍死だったそうですね」

「死んだことが新聞記事になる浮浪者なんて、後にも先にも河原町のジュリーぐらいでしょうね。記事自体は、ほんの片隅の小さな囲み記事で、ごく短いものでしたが」

「今日、木戸さんにお聞きしたいことの核心は、そこなんです」

男は身を乗り出した。

「河原町のジュリーの死について、木戸さんは、どこまで知っていますか」

「その話か」

木戸は宙を見上げた。

ずいぶんと長い沈黙が流れた。

そして視線を下ろし、男の顔を見つめた。

「あなたには、どこまで話しましたかね。ああ、アーケードの上に猫を探しに行った後に、河原町のジュリーが保健所から綺麗になって戻ってきた、というところまででしたね。一九八〇年の年明け、一月です。私は、そこからあと二年、三条京極交番の外勤署員として勤めて、八二年の四月に太秦署に異動になりました。異動になった当初は河原町のジュリーのことが気になって、非番や休日には時折河原町界隈まで彼の様子を見に行ったもんです。それも、しばらく経つと、所轄の業務が忙しくなって、だんだん足が遠のきました。山崎さん……当時の私の上司の勧めもあって、休学していた夜間大学にまた通い出していたのも足が遠のいた理由でした。

気がついたら、もう一年以上も、河原町のジュリーとは会っていない、河原町のジュリーの存在が、自分の中から消えつつあった、そんな頃でした。彼が凍死した、という知らせを受けたのは。そう、死んだのは、一九八四年、二月五日。新聞記事になったのは、それから半月ほど経ってからだったと思います」

「死んだことは、新聞記事が出るより先に知っていたんですね」

「ええ。知ってました。最初に教えてくれたのは、山崎でした。ただ山崎は詳しいことは把握しておりませんでした。それで私は独自に、所轄の担当署員に連絡を取って調べてみたんです。そこからです。彼の人生の、意外な事実がわかったのは」

「ぜひ教えていただけますか。彼の人生の、詳しい話を」

「コーヒーを、もう一杯おかわりしていいですか」

そして木戸は男に話し出した。

「あの日は、朝の気温が氷点下二・九度まで下がった、殊のほか寒い朝でした」

2

あの日は、朝の気温が氷点下二・九度まで下がった、殊のほか寒い朝でした。

京都市内は数日前から記録的な寒波に見舞われて、あちこちの寺の屋根が雪の重みできしんだり、車はタイヤチェーンなしでは走れないほどで、雪の被害や事故が多発しました。

警官が出動する機会が多く、目が回るほどの忙しさでした。それに輪をかけて、前日に太秦署管内の暴力団事務所前の路上で発砲騒ぎがあり、現場検証に駆り出されたりしました。

私はその日の朝は非番でしたので、午前中に仕事が終わってから、へとへとになって寮で休んでいたんです。

午後になってから山崎から連絡がありました。

「河原町のジュリーが、死んだ」

電話でしたから、その時の山崎の表情はわかりません。ただ、妙に落ち着いた声で、そのせいもあるのでしょうか。私はその知らせを、自分でも意外なほど冷静に受け止めたんです。どこか心の中で、いつかその日が来る、と、漠然と予感してたのでしょうか。ただ、その日は、思ったよりもずっと早く来た。

「解剖の結果はまだ出とらんが、おそらくは凍死やろうということや」

「場所は？」

私の質問に、山崎はちょっと間を置いて答えました。

「それがな、円山公園なんや」

円山公園で？　私は思わず聞き返しました。

なぜ、円山公園で？

そこが一番の疑問でした。

彼の行動範囲はあなたもよくご存じのように決まっていて、河原町通り、三条通り、寺町通りもしくは新京極通り、そして四条通りの、このブロックの範囲内です。しかも裏寺町にはほとんど足を運ばず、賑やかな商店街の中だけを歩いていたんです。

それが、なぜ、四条河原町の交差点から一キロほども離れている、円山公園で？

「詳しい事情は俺にもわからん。所轄の白川署から連絡があって、俺もさっき知ったとこや」

電話を切ったあと、私は円山公園のある東山に向かって、手を合わせました。

そして知らせを受けてから三日ほど経った休日に、河原町のジュリーが死んだ円山公園に、花と彼の好物だったオレンジのジュースを手向けました。そしてその足で白川署に行ったんです。

担当した署員と面会すると、彼は丁寧に教えてくれました。

「発見したのは警らの巡査です。発見時間は午前七時で、河原町のジュリーが死んでいた場所は、祇園祭で使う山鉾の格納庫の軒下だったということです。円山公園には全部で十の山鉾の格納庫が並んでいるんですが、八坂神社の入り口から上がって一番手前の、『岩戸山』の軒下だったそうです。発見した際に遺留品は何も携帯していなかったとのことです。事後処理は私が担当しました。解剖は京都府立医大病院で行われ、死因は、やはり凍死でした。ずいぶん安らかな死に顔だったそうですよ」

「それで、遺体は、どうなりましたか？」

「遺族が、引き取りに来ましたよ」

「遺族が？」

「ええ。あなたもご存じかと思いますが、浮浪者には指紋や判る範囲での本籍地等を記した内部リストがあります。照会しましたら、該当するリストがありました。本籍地が記されていたんですよ。無縁仏になりますと、警察でもいろいろと事後処理が面倒なのでね、できれば遺骨は遺族に引き取ってもらいたいので、連絡を入れました。そうしたら、妹さんが引き取りに来ました」

「妹さんが？」

「ええ」

「妹さんは、河原町のジュリー……お兄さんについて、何か話しましたか」

「ええ。もちろん。遺骨を引き取ってもらうためには、手続きとして、『身元引き受け調書』を作らないといけませんからね。ご本人との関係や、これまでの簡単な経緯など、最低限のことは聞き取りました」

「もしよろしければ、教えていただけますか」

「構いませんが、その前に、一つだけ質問してもよろしいですか」

「何でしょうか」

「あなたは、どうして、彼のことを、そこまで知りたいのですか」

おかしいですね。私があなたから初めて連絡をもらった時に、あなたにした質問を、私もあの日、彼から受けたのです。

私はどのように答えようか迷いましたが、こう答えました。

「三年間、彼とあの街で、一緒に生きていましたから」

彼はその答えに納得した様子もなかったのですが、妹さんから聞いたことを私に教えてくれました。

彼の本籍地は、四国でした。そのとき担当の署員が見せてくれた彼の本名と本籍の写しを私は頭に叩き込みましたが、申し訳ありません。それをあなたに明かすのは勘弁してください。仮に本名はK。生まれ育った町は、M町とさせてください。

彼の実家は商いをしていたそうです。

亡くなったときの年齢は六十六歳。妹さんによると、昭和三十一年、四十歳になる手前で突然実家を飛び出してからは、まったくの音信不通で、兄がどこに行ったのか、どこにいるのか、一切わからなかったそうです。ですから親族は、警察が連絡するまで、彼がずっと京都にいたことも知りませんでした。もう、とっくに死んだと思っていたそうです。まあ、二十八年も音信不通なら、無理もないですね。

実家を飛び出す前は、真面目に実家の商売を継いで、結婚もしていたそうです。ただ結婚生活は二年で終わったそうです。死別なのか、離婚なのか、妹さんは話さなかったそうですが、その後は、ずっと独身だったということです。

突然の失踪に、何か思い当たる点はないかと尋ねると、それはない、とのことでした。

ただ、一点、気になることがあるとすれば、彼は二十代の頃、召集令状、いわゆる赤紙が来て兵隊に取られたそうで、終戦後、復員してからは、性格がごろっと変わったそうです。

戦争に行く前は、人の面倒見が良くて、外向的で、どちらかと言うと豪放磊落（ごうほうらいらく）な性格だったらしいんですが、戦争から帰ってきてからは、人が変わったように無口になって、何か一人で物を考えているようなことが多くなったそうです。ただ、実家の商売自体は手を抜くことなくちゃんとやっていたので、支障はなかったそうですが、妹さんにしてみれば、やはり、兄は、戦争で何だか別人になって帰ってきたみたいだった、と話していたそうです。

担当の署員は、そのことについてそれ以上は突っ込んで聞きませんでした。身元引き受け調書を作るのに、そこまでは必要ありませんからね。

私は、彼の本籍地の住所を、頭に叩き込みました。これは、まあ、職業病のようなものですね。

今、彼は、故郷の墓地で、安らかに眠っている。

それでいい。それでよかったんだ、と自分に言い聞かせました。

それでも、何かの拍子に、もうこの京都の街に、彼はいないんだ、と思うと、無性に寂しくなることがありました。それは、不思議な気持ちでした。長年慣れ親しんだ思い出のたくさん詰まった建物が、ある日、突然なくなって、更地になってしまった。そんなときに感じる空虚な気持ちに近いですかね。

それは私だけじゃなくて、彼のことを知る、京都の人たちも、同じ思いだったのではないでしょうかね。

そんな私の気持ちが大きく動いたのは、彼が死んだ四年後、一九八八年でした。

そう、京都国体が開催された年です。

奇しくも、次の年に天皇が崩御(ほうぎょ)され、これが昭和最後の国体になりました。これも何かの巡り合わせでしょうか。

そうそう、あのときの京都国体のスローガンは、「新しい歴史に向かって走ろう」でした。昭和が終わろうとするあの時代、京都は、そして日本は、いったいどこへ向かって走ろうとしていたんでしょうかね。

京都国体を前に、京都の街も、大きく変わろうとしていました。

インフラで言うと、京都市で初めての自動車専用道路、京滋バイパスができましたし、宇治トンネルも貫通しました。京都じゅう、いたるところで新しい橋が架けられ、道路が整備され、駅の高架事業が進められました。すべて国体の開催に合わせてです。

四条通りも三条通りも国体に合わせてアーケードやカラー舗装の整備が進みました。そうそう、あのだだっ広かった新京極の六角の広場を全面的に整備して、「ろっくんプラザ」という小洒落たスペースに変える計画が動き出したのも、あの頃でしたね。

河原町のジュリーが愛したあの界隈の風景が、国体開催に歩調を合わせて、すっかり変わろうとしていたのです。

そして、行政による露骨な「浮浪者狩り」も数年前から始まっていました。

ＪＲ……当時は国鉄ですが……京都駅前に「ポルタ」という地下街ができたんですが、そこにきらびやかなショウウインドウに囲まれた広場があるのはご存じでしょう？　夜中になると、浮浪者、ああ、今は、ホームレスって言うんですね。まあどっちでもいいんですが、とにかくそこに野宿を余儀なくされている人たちがたむろするんですが、警察は徹底的な追い立てを始めました。「浮浪者狩り」は、国体が開催される数年前から一年に五、六回、そう、ふた月に一回ぐらいのペースで大規模な一斉取り締まりをやっていましたし、個別の取り締まりは毎晩のように行われました。二度か三度、警告を重ねたのちに、「軽犯罪法違反」をタテに容赦なく逮捕して拘置所に送るんです。

ちょうど浮浪者に対する中高生たちによる暴行事件が相次いだ時でもありました。横浜では、少年十人によって浮浪者が三人殺された事件が起こりました。東京の池袋ではダンボールを被って寝ていた男にライターで火をつける事件。大阪でもありましたし、この京都でも、四条大橋の上から鴨川の河原にいる浮浪者に石が投げつけられた事件がありました。

河原町のジュリーはそんな動きが激しくなる直前に亡くなりましたが、もし彼が生きていたら、この変わっていく京都の街で、どうなっていたんだろうな、と、よく思いました。

彼は、幸せなときに死んだのかもしれない。

そうして、国体の年、一九八八年の二月五日を迎えました。

河原町のジュリーが亡くなって、四年が経っていました。

そのとき、ふと思ったのです。

彼の故郷を訪ねてみよう。

彼の墓前に手を合わせよう、と。

なぜそのとき、そう思ったのか、自分でもよくわかりません。

ただ、無性に、「彼」に会いたくなったのです。

妹さんは、快く私を迎えてくれました。

彼の墓は、海が見える小高い丘の上にありました。

周囲は一面のミカン畑でした。ちょうど収穫の季節の終わりを迎え、あちこちで農家の人たちが作業をしていました。

案内してくれた妹さんが教えてくれました。

「兄はね、ミカンのジュースが大好きでね。ええ、それこそ、毎日のように飲んでました。そのときだけは、いつも、子供みたいに、とっても嬉しそうな顔をしてね」

そう言って懐かしそうに笑いました。

彼の実家の仏壇にも手を合わせました。

そこには、私の知らない、若き日の彼の写真が飾ってありました。

びっくりするぐらいの、いい男でしたよ。

でも私は、彼の相貌（そうぼう）よりも、白いワイシャツに細いネクタイをきちんと締めて笑っている彼の出で立ちに目を奪われました。

この出で立ちと、私がよく知っている、あの河原町のジュリーの風貌の間には、いったい何があったんだろう。

そんなことを思っていると、妹さんが意を決したように、私に言いました。

「実は……私たち親族の者も、兄が失踪するまで、まったく知らなかったのですが」

そう言って、妹さんは仏壇の引き出しを開けました。

「これは、兄がつけていた日記です。兄の部屋は、いつ帰ってきてもいいように、出て行ったときと同じ状態でそのまま残していたんですが、失踪してから何年も経って、もう帰ってくることはないだろう、と心に踏ん切りをつけて、兄の部屋を整理したときに、押入れの奥の箱の中から出てきたんです。もしご興味があるのでしたら、お読みください。きっと、兄も、喜ぶのでは、と思います」

第九話　真珠貝

一九四四年

1

「上等兵殿！　ご指導ありがとうございます！」

「次！」

「上等兵殿！　ご指導ありがとうございます！」

七人が並んだ列の一番右に、Ｋは立っていた。

頬を打つ乾いた音が、熱帯の湿った空気を揺らす。

乾いた音と叫び声は、だんだんと自分に近づいてくる。

足元から恐怖が這い上がる。

駆けて逃げ出したくなる。しかしできない。ただ殴られるのを待つしかない。その間に、恐怖はどんどん増幅する。

そもそもはつまらない理由なのだ。慣れない初年兵が、上等兵のことを、『殿』をつけずに呼んだ。口の利き方が悪い、と、その場にいた初年兵全員の連帯責任となった。

いよいよ自分の番になった。歯を食いしばる。

バシッという音と衝撃が同時だった。

「上等兵殿！　ご指導ありがとうございます！」

殿、に、特に力を込めて大声で叫んだ。

「貴様、それは、嫌味か！」

頬を打つ音と激しい痛みが一層強くKを襲った。

左耳の奥がジンとして一瞬音が聞こえなくなった。

「上等兵殿！　ご指導ありがとうございます！」

また頬が揺れる。

「上等兵殿！　ご指導ありがとうございます！」

どれほど腹の底から声を出しても、制裁は止まなかった。

口の中が切れて血の味がした。つぶった目から熱いものが溢れてきた。

「何を泣いとるんだ！　貴様、腑抜けか！　それで帝国陸軍兵士が務まると思っとるのか！」

次に頬に飛んだのは上等兵の革靴だった。Kは倒れそうになるのを必死でこらえた。

「じょ、上等兵殿！　ご指導、あ……ありがとうございます！」

制裁は止まなかった。十分は続いただろうか。もう時間の感覚はなくなっていた。

上等兵の振り回した右足がKの腰を打った。Kはこらえきれずにその場に倒れこんだ。

地面に突っ伏したまま、ゆっくりと目を開けた。

白い大地を、日本では見ない巨大なアリが整然と行列をなして這っていた。

その夜、Kの所属する中隊は川岸から船に乗り込んだ。

陣地構築のために新しい場所に移動するのだという。

灯りは一切使わず、月明かりのない漆黒の闇の中を行くという。船は岸を離れて川の真ん中に出た。闇に包まれて川を遡っているのか、下っているのかもわからず、ただ静かに船は動いているのだった。大木のそばで船は停まった。かすかに海の匂いがした。とすれば船は川を下っていたのだった。船から砂地に飛び降りる。踏みしめた大地は頼りなく兵士たちは体勢を崩して全身を濡らした。そこから海岸沿いをしばらく歩き、小さな川の入江に出ると、今度は川沿いの湿地帯を延々と歩いた。夜中だというのに暑さと湿気が身体中にまとわりつく。泥水が容赦なく軍靴(ぐんか)の隙間から染み入って、グチュグチュと嫌な音を立てる。

食料と弾薬をぎっしりと詰め込んだ背嚢(はいのう)が肩に食い込む。ぬかるみが体力を奪う。

あと何キロ歩かねばならないのだろう。

喉がカラカラに渇いていた。しかし水筒の中の水はもう残っていなかった。なんでもいいから水を口に入れたかった。その辺の泥水でもいい。

「泥水は絶対に飲むな。アメーバ赤痢にかかって、命の保証はない」

以前に誰かから聞いた忠告が頭をよぎった。

しかしKはその声を振り払った。もう我慢ができなかった。

ひざまずき、泥水に顔を近づけ、両手で水をすくった。

口に持って行こうとした時、その手を誰かが振り払った。

「飲むな」

ふっと身体が浮き上がった。

うずくまっている自分の腕に誰かの肩が入って、持ち上げられたのだった。

「これを食え」

それは何かの果実だった。卵ぐらいの大きさで、日本のミカンより幾分茶色がかった薄いオレンジ色をしていた。

皮をむいて貪るように頰張る。甘みを含んだ果肉と水分が渇いた喉から全身の細胞の隅々まで染みわたる。

「もうすぐ、着くはずや。歩けんのやったら、俺の肩に摑まれ。背嚢を貸せ。持ってやる」


そこは密林に覆われた丘の上だった。

体力が回復するのを待つ間も与えられず、木を伐り倒して蔓で結んで並べ、ヤシの葉を重ねただけの粗末な兵舎を造らされた。

それから山に登って穴を掘る日々が続いた。小さなシャベルで山の斜面を穿つ。Kは故郷で食糧を冷暗所で貯蔵するための穴ぐらを家の裏山に掘ったことがあった。しかし作業はあの時とは比べ物にならないほど辛いものだった。黒い岩盤は固く、白い岩盤はポロポロと白い粉が顔面に降り落ちてくる。珊瑚（さんご）の死骸のようだった。穴は何時間掘ってもほとんど進まない。一度作業が始まるとわずかな休憩さえ許されなかった。

さらに初年兵であるKには日課があった。飯を炊くための薪拾い、上等兵たちの食事の準備や身の回りの世話だった。

ある日のこと、谷間に水を汲みに行けと命令された。

二等兵のSと一緒だった。

「あんときは、ほんまに、助かった。俺はあの恩は、一生忘れん」

「何べん、言うんや。もう、おまえの礼は、聞き飽きたで」

とSは笑いながら言った。

Kは補充兵として南方戦線にやってきた。ラバウルに到着した後、ガダルカナルから転進してきた中隊に配属された。Sもその一人だ。本土から輸送船に乗ってやってきた連隊は二百人以上おり、Sとこうしてゆっくりと話すのは初めてだった。

「Kは、どこの出身なんや」

「俺は四国のM町いうとこや」

「おお、そうか。俺は子供の頃、横綱の玉錦が好きでな。玉錦は、四国出身やろう」

「あれは高知の人やな。俺も好っきゃなあ」

相撲の話題で、一気に二人の距離が縮まった。

「M町で、家は、何しとるんや」

「ちょっとした商いやっとってな、まあ、田舎やで、大したことないわ」

「そうか。俺はな、京都や」

「京都？」

「そうや。行たことあるか」

「いや、ない」Kは首を振った。

「京都いうてもな、生まれは伊根ちゅうとこでな。若狭湾に面した、丹後半島の先っちょにある漁師町や。俺はな、漁師の三男なんで、尋常小学校を出たら、すぐに、京都市内に奉公に出された」

「奉公か。何しょったんや」

「映画館のな、看板職人の工房に入った。ちんまい頃から、絵を描くんが三度の飯より好きやったでな、親が、絵の描けるところへ奉公に出してくれたんや。嬉しかったなあ」

「そうか。俺が住んどったM町にも、でかい映画館、あったぞ。寺の門前の近くにのぉ」

「郷里では、どんな映画を観た？」

「嵐寛寿郎の『鞍馬天狗』やら『むっつり右門』やら」

「ほう。嵐寛寿郎の看板、描いたことあるぞ」

Sは木の枝を折って、地面に嵐寛寿郎の鞍馬天狗の似顔絵を描いた。

「上手やなあ！」

「これで飯食うとるからなあ。中隊長に呼ばれて、おまえ絵描きやろ、花札がぼろぼろになったから、新しく絵を描いてくれって命令されたときは、弱ったで」

「絵の具なんかないやろ」

「そうや。そやから、黄色はアクリナミンていうマラリアの薬を溶かしたのを使うたり、赤はマーキュロ（赤チン）を使うたり、薬を絵の具にして描いたんや。中隊長はたいそう喜んだよ。褒美に煙草を十箱くれよった」

「絵描きの修業は、きっついやろ」

「ああ。最初のうちは、絵の具の練りや紙貼りなんかの下仕事ばっかりやらされてのう。それでも、五年ほどしたら、看板を描かせてくれるようになった。仕事は楽しかったで。『看板替え』の日は、忙しいてなあ。それが終わってから、河原町や新京極をぶらぶらするのは、もっと楽しかった」

「繁華街か」

「そうよ。食いもん屋や芝居小屋や映画館が、いっぱいあってな、新京極だけで両手の指で足らんほどの映画館があるんや。そこに、自分が描いた看板が飾ってあるのを見たときは、天にも昇る心地がしたよ」

「俺もM町が懐かしいのぉ。はよう、故郷に帰りたいのぉ」

Sは眉を寄せた。「南方戦線は、送り込まれたら最後、もう本土には帰れん、と聞いとるからなあ。ガダルカナルとブーゲンビルは、もう敵軍に取られとる。この島も、いつまで持つか。食料の補給も兵士の補充もまったく追いついとらん」

「いつも聞かされる中隊長の、ガダルカナルでの武勲は勇ましいがのぉ」

「あんなもん、全部嘘やぞ」

「嘘？」

「実際は、兵士のほとんどは、戦闘で死んどらん。餓死や」

「餓死？」

「そうよ。俺はあの島から九死に一生を得て帰ってきた二等兵から聞いた。ひどいもんや。軍部は『転進』と体のええ言葉を使うとるが、実質的には『撤退』や。我々も、やってることは大して変わらん。毎日毎日、穴掘りや。陣地構築とか言うとるが、自分たちの墓穴を掘ってるようなもんや。俺は、もう、この戦争は、負け戦やと思うとる」

「おい、あんまり大きな声で滅多なこと言わん方がええで。どこで誰が聞いとるかわからんで。上官の耳に入ったらまずいやろ。この前も、上官用の畑の鶏を盗んで食うた奴が銃殺されたばっかりや。密告した奴がおったげな」

「心配すんな。こんな谷間で我々の話を聞いとるんは、鳥ぐらいや」

そう言ってSは笑った。

Kは空を見上げた。

名も知らぬ鳥たちが青い空を横切った。時折聞こえる彼らの鳴き声が谷間の静寂をより際立たせた。

「それにしても、この島は、鳥がようけおるのぉ」

Ｋの言葉に、Ｓも鳥の姿を追った。彼の丸い眼鏡が南国の光を反射して光った。

「この島には、猿やとか猛獣やとか、でかい動物がおらんからの。天敵がおらんのや。鳥にとっては、極楽や」

そう言ってまた笑うＳにＫは肩をすくめた。

「夕方頃になると、兵舎の周りでギャーギャーとかポーッポーッとか鳴っきょるやろう。不気味やし、うるそうてかなわん」

「そうか。俺はな、この島の、鳥が好きや。日本にはおらんようないろんな形や色の鳥がおるやろ。鳥を見てるだけで、あの鳴き声を聞くだけで、妙に心が落ち着く。おお、見てみい、今、飛んで来よったんは、市川海老蔵(いちかわえびぞう)や」

「市川海老蔵？」

「おう。あの鳥、どことのう、姿形に品格があるし、華があるやないか。海老みたいな色の羽を持っとるしな。それで市川海老蔵や」

「そんな名前ついとるんか」

「ほんまの名前なんか知らん。俺が勝手に名付けたんや。名前のわからんもんでもな、名前をつけると、どことのう、親しみが湧くやろう。他にもこの島には、いっぱいおるぞ。ほら、あれはバンツマ。阪東妻三郎。バンツマみたいに喧嘩したら強そうやないか。それからあそこにおるのは、尾上松之助。別名、目玉のまっちゃんや」

「目玉のまっちゃん？」

「あの鳥、目ん玉が尾上松之助みたいにでかいからのう。それからあれは片岡千恵蔵。まだまだおるぞ。市川右太衛門に、長谷川一夫。飛んできたら、教えたろう」

「豪華スターやのぉ」

「スターは敵性語や。窮屈な世の中になったもんや。新京極にな、スター食堂ていう馴染みの食堂があったんやが、俺が兵隊に取られる前に、軍部からの命令で、東亜食堂と名前を変えよった。スター食堂から東亜食堂に看板付け替えられてるの見てたけど、なんや、ごっつう寂しかったなあ。まあ、今は鳥しか聞いてないさかい、なんぼ敵性語使うても大丈夫や。ほんまにあいつら南国の鳥は、まごう事なき、この島のスターやな」

Sはスター、という言葉に力を込め、もう一度空を見上げた。「けどな」

空を見上げながらつぶやいた。

「ひと頃より、見かける鳥の数が、少のうなってる気がするんや。どうも鳥たちも、この島が危ないと察知して、よその島に『撤退』しようとしとるんと違うかのう」

「鳥にそんなことがわかるんか」

「高いところを取り合うのが戦争や。高いところからは何でも見える。高いところに陣地を作る。けど、そんな高いところより、ずっと高いところにいてるんが、鳥たちや。鳥たちには、戦争の行方がわかるんと違うかのう」

その時、一羽の鳥が、二人の目の前に現れた。

「おお、ついに大看板が現れたか」

Sの声の調子が上がった。

「あれは極楽鳥や」

「極楽鳥か。それもおまえが名前、付けよったんか」

「いいや。あれだけは、ほんまもんの名前や。日本におる頃から知ってた。南洋を舞台にした映画看板で、あの鳥を描いたことがあってな。極楽鳥。いい得て妙な名前やないか。まるで極楽におるような、綺麗な鳥や」

燃えるような赤い羽、優美に流れる黄と白の長い尾。翡翠(ひすい)色の喉元。

「ほんまに、綺麗やのぉ」

Kは初めて見るその鳥の美しさにため息を漏らした。

「極楽鳥は、フウチョウとも呼ばれてる。風を食らって生きてるから、風鳥や。もちろんそれは伝説や。西洋人は、極楽鳥には足がない、と思い込んでてな。哀しい伝説があるんや」

Sは K にその伝説を話した。

「人間は、勝手なもんやのぉ」

「おう、勝手なもんや。こうして、鳥に名前をつけるんも、人間の勝手や。鳥にしてみたら、ただ懸命に生きとるだけやからの」

それからSは訊いた。

「ところでおまえ、四国の里に、嫁さんは、おるんか」

「いいや。チョンガー（独身）や」

「好きおうた女は？」

「それもおらん。あんたは？」

「好きおうた仲の女がおった。新京極の玉突き屋の店員や。耳の形が良うて、指が長うて細い、綺麗な女や」

妙なところを褒めるものだ、とKは思った。

「赤紙が来て、帰って来られる保証はないからええ縁談話が来たら俺のことは忘れて嫁に行ったらええ、と言うて別れたよ。彼女はそれでも待つと言うたが、まあ、もう待ってはおらんやろう」

「今でも好きなんか」

「もう忘れたよ、と気取って言いたいところやが、時々、夢に出て来よるなあ」

「どんな夢や」

「二人でな、河原町や新京極を歩いとるんや。大丸マートやら京極マートやらの百貨店をうろうろしたり、丸善で雑誌買うたり、六角の『かねよ』でうなぎ食うたり、寺町三条の『三嶋亭』ですき焼き食うたり、蛸薬師の夜店を覗いたりな。冷やし飴買うたり、紙風船買うたり、ハーモニカ買うたりしてな。それから寄席や芝居を二人で観に行くんや。寄席やったら新京極の花月か富貴か六角の夷谷座や。えびす座、ちゃうぞ、えべす座、や。そこで漫才見て大笑いしてな。それから映画や。河原町の京都宝塚や、彼女が働いてた『京一』ていう玉突き屋の前にあった新京極の松竹京映。それから蛸薬師のキネマ倶楽部もよう夢に出てきよる。戦争が始まってから菊水映画劇場と名前を変えよって、われわれは『菊映』と呼んでたけどな、そこは最後に二人で行った映画館でな、夢の中で、男や女や子供や年寄りや舞妓や学生やらに交じって、彼女とそこで映画を観てるんや。泣いたり、腹抱えて笑ろたりしながらな。で、映画の途中でふっと横を見たら、座ってるはずの彼女がおらん。慌てて捜し回るんやが、どこにもおらん。俺は泣きそうになって、ハッと気がついたら、ニューギニアの兵舎の中や。いつもそうやって目が覚める」

Sは深いため息をついた。

「それにしても、あんた、店の名前やら映画館の名前やら、よう覚えとるのぉ」

「当たり前や。河原町、三条、寺町、新京極、四条、この界隈は全部頭に入っとる。俺はな、軍隊で辛いことがあったらな、今、言うた通りの北の端から南の端まで、一軒ずつ、店の名前を口の中でつぶやくんや。そうしたらな、不思議と苦しいのんが、ふっと消える。呪文みたいなもんやな」

「おお、それはええのぉ。けど、京都やったらお寺さんや神社もようけあるやろう。苦しい時の神頼みで、お寺さんや神社の名前を唱えよる方が良さそうやけどなあ」

「それがなあ、食いもん屋や映画館や寄席や芝居小屋や本屋の名前を唱えた方が、ずっと気が楽になるんや。しんどい時でも、自然に、ほっぺたが緩んで、目尻が下がってきよる。あの界隈歩いとる時の、なんとも言えん、華やいだ気持ちが、ふわあっと蘇ってきてな」

「いつか、その呪文、俺にも教えてくれ」

「教えたる教えたる。しっかり覚えろ」

そのとき、空に茶色い影が横切った。

「おお、あれは、極楽鳥のメスや」

「あれがメスか。オスと全然違うやないか」

「オスは、メスの気を惹くために、あないに派手に着飾っとるんや。メスはオスが寄ってくるからその必要がない。それであないに地味なんや」

「それで、あんたがつけた派手な鳥の名前は、みんな歌舞伎役者か男の俳優なんか」

「そういうことやなあ。オスに高峰秀子(たかみねひでこ)とかつけたら、鳥も気ぃ悪いやろ」

「喜ぶ鳥もおるんやないか」

「そうか。ほんなら今度、つけたろう」

笑い声が渓谷に響いた。

Sは目を細めた。

「ところでKよ、おまえは、女を、知らんのか」

「俺は、知らん」

「買うたことは？」

「それは……こっちへ来てから、いっぺんだけなあ」

「こっちへ来てから？　この島へ？」

「ああ、あの、軍港の近くでなぁ」

「ああ」

Ｓは納得したように頷いた。

「あそこは酷いところやったな」

その後、二人は水を汲んで兵舎に戻る獣道を辿った。

二人とも無口になっていた。

Ｋは坂道を登りながら、「あの日」のことを思い出していた。

2

その日は日曜日だった。

兵舎の周りをぶらついているＫを上等兵が呼び止めた。

「Ｋよ」

「はい！　なんでしょうか」

「おまえ、日曜日になんでこんなところでぶらぶらしとるんだ」

Ｋは身構えた。またビンタの制裁が来るに違いない。

「申し訳ありません！」

「何をびびっとるんだ。ピー買いへは、行かんのか」

「はい！　ピー買いとは、なんでありましょうか」

「女郎屋だよ。そんなことも知らんのか」

上等兵は呆れ顔で言った。

「湧き水場から半里ほど山を下った港にある。たまの休みだ。行ってこい」

「あ、いや、自分は」

「行ってこい。これは命令だ」

墨で慰安所と書かれた板が置かれた木陰の前には大勢の日本兵が列をなしていた。

床の高い木造の民家を改造したような粗末な小屋がいくつかあり、それぞれの前に兵士が列をなしている。一列にざっと三十人、いや、四十人はいるだろうか。

兵士の一人が言った。

「どこに並ぼうか迷うてるんか。教えちゃろう。右が朝鮮ピー、真ん中がナワ（沖縄）ピー、左が日本ピーや」

「これだけの男を、一人の女が相手しよるんか」

「そうや。おまえも早よ、並ばんかい。俺の後ろに並べ」

Kがそこに着いたのは昼過ぎだった。自分がここに来る前にも朝から列は続いていたはずだ。とすれば慰安婦は、いったい一日に何人相手するのだろうか。

ぞっとしたが、仕方なく言われるままに男の後ろに立った。兵士たちは誰も列から離れない。

しかしKはとてもそのまま並ぶ気になれなかった。一時間もすると列から離れた。

ちょうど順番が終わった兵士たちが、噂話をしているのが聞こえた。

「あいつら、休む時間もないから、にぎり飯食いながら相手しよるんや」

「小便と大便以外は、ずっと小屋の中やからな」

笑いながらそんな話をしている。

兵舎に帰ると、報告義務があった。

「K二等兵、ただいま、帰りました！」

「どんな女だった？」

そこで詰まった。適当に誤魔化そうと思っても言葉が出てこない。

「貴様！　上官に嘘を報告するのか！」

結局はビンタの嵐だった。

次の日曜日、また同じ「命令」が下った。

普段、使役が終わった後のヤシの実穫(と)りがKの唯一の楽しみだった。ヤシの木に登るのは得意だった。使役で体力を消耗した後に飲む、ヤシのジュースはまだ成長しきっていないぐらいのものがちょうどよく、特に赤くて丸みのあるヤシの実は酸味と甘みがあって格別に美味かった。

Kは港へ向かう途中、赤いヤシの実を見つけて木に登った。

その日は四時間並んでようやく自分の番になった。

ムシロを上げて中に入る。三畳ほどの狭い部屋だ。

女はこちらも見ずに、天井を見つめながら股を開いている。

「何しとんの。はよせんね。あとがつかえとっとよ」

女はそれだけ言った。

女の細い腕と足が妙に白く見えた。

「さっさとせんね」

「これ」

女が虚ろな目をこちらに向けた。

「ヤシの実のジュースや。美味いで」

軍用ナイフを取り出して殻を切り、女に差し出した。

女は最初疑うような目でヤシの殻を見つめていたが、それから奪うように受け取って一気に飲んだ。

ごくごくと動く女の痩せた喉元を、Kはただじっと見つめていた。

ひとしきり飲んだ後、女はヤシの実をKに返した。

Kも飲んだ。

そしてもう一度ヤシの実を女に渡した。

女はもう一度飲んだ。

飲み終わったとき、女に訊いた。

「あんた、どっから、ここへ来たんや」

女はそのとき、初めてKの目を見た。

「天草よ」

「熊本の？」

女は黙ってうなずいた。

そしてぽつりとつぶやいた。

「この、ヤシの実、天草の、ミカンの味ばしよったとよ」

一瞬の沈黙があった。

そんなはずはない。ヤシの実のジュースは、ミカンの味なんかしない。

Kはまだ果汁の残ったヤシの実を床に置いたまま、ムシロを跳ね上げて外に飛び出した。

なぜだか泣けて仕方なかった。

山道の途中で、一度振り返った。もう彼女の小屋は見えなかった。

ただ茫漠と海だけが広がっていた。

重い足を引きずって兵舎に帰った。

3

「明日から、我々は新たな前線に向かう」

中隊長が兵士全員を集めて言った。

今いる陣地はまだ完成していない。あの苦労はいったいなんだったのか。中隊長の言葉を聞いてまず真っ先に浮かんだのはそのことだった。

「島の西部はすでに敵軍の手中に陥ちた。南方戦線の要であるラバウルはなんとしても防衛せねばならん。敵軍をできるだけ引きつけて戦力を消耗させるための、積極的作戦を敢行する」

行き先は知らされなかった。聞いたところで意味はなかった。重要なのは、敵軍が迫る最前線へと送られるということだった。

夜、外へ出ると虫が鳴き、月が中空に白々と光っていた。鳥はいつもより一層不気味に鳴いていた。

今日はいい夜やなあ、普段より月が綺麗に見えるで、と傍らに座るSはつぶやいた。

「あの月が、京都で見る月と同じ月とは、ちょっと信じられんな」

別からやってきた分隊と合流するのを待って出発した。

目的地まで二十里の道のりをこれから五日かけて歩くという。

道は細く、しばらく行くと獣道となり、やがてそれも完全になくなった。

行けども行けども名前のわからない樹々の中を進み、長い舌を持つ得体の知れない爬虫類がのそのそと歩く行軍をあざ笑うかのように目の前を素早く横切った。

やがて海岸線に出た。海岸線は山の中よりずっと歩きやすいが敵にも発見されやすい。

行軍はまた山の中に入った。全身が汗でずぶ濡れになり、それを服が吸い取り、鎧のように重くなる。足が湿った土にのめり込む。足を上げるたびに体力を奪われていく。山の中で野営する。

再び行軍が始まった。

大きな川が現れた。橋などあるはずもなく腰まで水に浸かりながら進む。川は濁って底は見えない。泥の中には腹を空かせたワニがいて人を襲うという。下半身をちぎられる恐怖と闘いながらなんとか向こう岸にたどり着く。

立ちはだかる崖に這う蔓を摑みながらやっとの思いで越えるとまた川が現れた。川幅はずっと狭いが急流だ。冷たい水の中に浸した下半身の感覚がなくなる。足の裏の砂が崩れて身体ごと押し流されそうになる。直角に落ち込んだ滝がすぐ目の前で轟々（ごうごう）と音を立てている。落ちたらひとたまりもない。岩を摑んでぐっとこらえて進む。

渡り終えて川床で束の間の休息を取っていると、どこからか蜂の羽音が聞こえた。音は次第に大きさを増して爆音となった。

蜂ではない。敵機だ。空を見上げる。

バーン！　と音がしたかと思うと、機銃掃射が襲ってきた。「伏せろ！」と誰かが叫んだ。四散して茂みの中に逃げ込み、ひたすら伏せていた。敵機はいつまで経っても去らなかった。すでにこの島の制空権は完全に奪われているのだった。

このジャングルの土の上にずっとこのまま伏せ、果てて我も土と化すのか。

絶望がKの心を打ち砕いた。ようやく静寂が訪れ、立ち上がり、またよろよろと進むと、今度はヤシの木の林を歩いているときに機銃掃射を受けた。

伏せる。立ち上がり、また歩く。

この、惨めな感情は、何だ。

いったい自分たちは何のために歩いているのか。前に進んでいるのか。何も知らされず、波のように打ち寄せる恐怖と不条理の中で、ただ緩慢に歩を進めるしかなかった。日が沈むと野営を繰り返した。泥のように眠った。そしてまた歩く。休憩になっても、皆ほとんど何も喋らない。兵士たちの目は落ち窪（くぼ）んでギラギラしている。人間の目ではなく動物の目に近かった。密林には死の匂いが漂っていた。

分隊は完全な野生の中にいた。もう人工物を何日も見ていない。

「俺ら、いったい、何（なん）しょんな」

傍のSにそうつぶやいた。

Sは無言のままだった。

じっと目の前の密林を見つめていた。やがてこうつぶやいた。

「これが、本当の緑なんやな。こんな緑を表す絵の具はないよ」

KはSの顔を見つめた。

「この島に来て、気づいたことがある。『緑』っちゅうのは、人間が勝手にこしらえた名前や。ほんまの『緑』は無限にある。たったひとつの『緑』なんちゅう名前では言い表せんほどな」

眼鏡の奥のSの目が光った。

「それでも、俺は、今、この、目の前にある『緑』を描きたい。京都に帰れたら、この風景を看板に描くよ。京都におった頃、ターザンの映画の看板をたくさん描いたよ。『ターザンの復讐』

『ターザンの新冒険』『ターザンの逆襲』『鉄腕ターザン』。映画に色はついとらんが、もちろん看板には色をつけて描く。想像で色をつけるんやが、俺が描いたジャングルの『緑』は、今、目の前にある本物のジャングルの『緑』とは、全然違うてた。今やったら、ほんまもんの『緑』のジャングルが描ける」

Sは目の前の風景を目を凝らして見た。そしてKに言った。

「美しいと思わんか」

そう言われてみればそんな気がして、今までただ鬱陶しいだけだった緑の世界が、何か美しいものに見えてきた。普段は喧しく感じる鳥の声も、いつもとは違って聞こえた。

するとSの苦しみが少し和らいだ。

Sは口の中で、何かをつぶやいている。

「いつもの、呪文か」

「そうや」

「あんたがいつもそばで唱えよるもんやから、俺もすっかり覚えてしもたわ」

そう言うとSは笑った。Sの笑顔を見たのは何日ぶりだろう。

Sの声に生気が蘇っていた。

「最初は気を紛らわせるためのまじないやったけどな、最近はな、この呪文を唱えると、ほんまに生きて京都に帰れるような気がするんや。いつかまた、あの街を歩ける。そんな気になるんや」

そう言ってSはまた口を動かして「呪文」を唱えるのだった。

しかしまたすぐに出発の時がやってきた。

一旦休むと、それまで以上に動くのが苦痛になる。立ち上がるという、たったそれだけのことに途方もない努力を要した。しかしとどまることは許されなかった。再び山の中に分け入る。ひたすら歩く。これまで以上に過酷な行軍だった。何人かの脱落者が出た。マラリアのせいだった。野営を続けてひたすら歩くと断崖の上に出た。人が二、三人並んで通れるほどの細くて長い道が断崖を取り巻くように続いている。ここには身を隠す密林がない。断崖の岩陰に身をひそめ、暗闇が辺りを包んだ頃に出発した。

月明かりだけを頼りに、足を滑らせぬように注意深く歩く。断崖を洗う波の音が足元からせり上がってくる。

やがて岬の先端に出た。そこが目的地だった。

4

そこは陸の孤島のような断崖の高地だった。

「俺ら、捨て石にされたみたいやな」

とSは言った。

「これまで俺たちは、司令本部の気まぐれであちこちに飛ばされてきた。ヘボな将棋指しのコマみたいにな。しかし、今回ばかりはわけが違う」

「どういうことや」

「ここは最前線や。師団司令本部は腹を決めとる。俺らの部隊は、参謀たちと、決戦に備えてラバウルに張り付いてる兵力を温存するための、捨て石や」

Sは冷たく言い放った。

やがて年が明けた。

敵の艦艇が海岸近くに姿を現すようになった。日本軍の状況を探りに来ているのだ。

甲板の上には敵兵の姿も見えた。しかし攻撃は仕掛けられない。迎え撃てば、その何十倍もの弾丸が返って来るのだ。それほどの戦力の差があった。

紀元節を過ぎた頃から、敵軍の砲撃と爆撃が激しくなった。

日本軍にできるのは、ゲリラ的にジャングルの中に入っての持久戦に持ち込んで時間を稼ぐことだけだった。つまりはSの言うとおり、捨て石ということだった。

「どうも、噂によると、最近、上層部では、玉砕もやむなし、という意見が出てるらしい」

Sが声をひそめてKに言った。

「玉砕？」

「陣地を『死守』して全員、死ぬ道を選べっちゅうことや」

「それ、ほんまか」

「軍医が参謀と支隊長の会話を盗み聞きしたらしい」

Kは言葉が出なかった。

「支隊長は、『玉砕』ていう、体（てい）のいい名前にこだわっとるんや。そして、自分の名前にもな」

ひとりの支隊長の「名前」のために、自分たちが死なねばならないのか。

口から鉛の棒を突っ込まれたように、Kはその場に立ち尽くした。

ある日、KとSたちの分隊は、弾と食料を山へ背負いあげ、分散して隠すようにと指令を受け、夜明け前に陣地を出た。陽が昇った後に行動するのは危険だった。

川沿いの山の中腹に弾と食料を隠しにジャングルの中を分け入った。

任務を終えて山を下ると、東の空が朝顔のような紫に染まり、朝霧が山の端を包んだ。

刻々と色が移ろう東の空のすぐ目の前の木の枝に、鳥が留まっているのが見えた。

枝の上には小さな体の鳥がおり、そのすぐ下の枝には、上の鳥よりふた回りほど大きい鳥がいる。

極楽鳥だった。

黄と緑のツートンカラーの頭や翡翠色の喉元がくっきりと見えた。

やがて枝の下のオスは体を逆さにして黄と白の長い尾をメスに向かって振り出した。まるでダンスを踊っているかのようだ。メスは首を左右に傾げながら、オスの踊りを覗き込んでいる。

Kはその美しさに、大きなため息をひとつついた。

初めて極楽鳥を見たときも、ため息を漏らした。しかし、その日目にした二羽の極楽鳥の美しさは格別に見えた。Kの足が止まった。もっと近くで見たかった。

「何をやっとるんだ」

先を行く分隊兵が振り返って声をかけた。

「小便……、いや、大便や。すぐに追いつくから、先に行ってくれ」

山を下りる兵士たちを見送ると、Kは木に近づいた。

極楽鳥は逃げなかった。

傍らの切り株に腰をかけた。

そうして二羽が踊るダンスの様子を飽きることなくずっと眺めた。

やがてつがいの極楽鳥は別の木に飛び移り、木になっている実をついばみだした。

見覚えのある実だった。

茶色がかった薄いオレンジ色の果実。

そうだ、あれは、あの日、Sが自分にくれた果実だ。

極楽鳥も、あの実が好きなのだ。どこか、日本のみかんの味がする、あの実が。

五分、いや、十分ばかりもそうして座っていただろうか。

突然、大地を揺るがすような轟音が耳をつんざいた。

敵軍の砲撃だった。

Kは慌てて山の陰に身を隠した。

まだ日の昇りきらない早朝に砲撃してくることは今までなかった。

砲撃は凄まじかった。止むことはなく永遠に続くかと思われた。

砲撃がようやく収まってから、Ｋは獣道を駆け降りた。

そこで見た光景に立ちすくんだ。

ジャングルの木が一面なぎ倒され木の根元だけが残った禿山(はげやま)になり、白い山肌があらわになっていた。そこに兵士たちの手足の一部が飛び散っていた。

谷を覗きこんだ。二人の兵士が頭から血を流して倒れていた。

谷を下りて兵士たちを抱き起こした。一目で即死とわかった。

砲撃の爆風で飛ばされ、谷に転げ落ち、岩に頭や身体を打って死んだのだろう。

Ｓの姿がなかった。

Ｋは大声でＳの名を呼んだ。

声は密林に飲み込まれ、返事は返ってこなかった。

谷底をくまなく捜した。姿はなかった。

涙がこぼれて仕方なかった。川底を洗う水の音だけが虚しく響いた。

膝から崩れ落ち、ただ茫然と川の流れを見つめていた。

そのとき、人影が見えた。

敵兵か。Ｋはハッとして身構えた。

「俺や」

Sだった。

「生きとったんか！」

「ああ。あんたが戻って来るんが遅いから、俺だけ引き返したとこやった。けど、足が……」

「足を、どうしたんや！」

「やられたよ。右足が、動かんのや。どうも、折れとるみたいや」

「他の仲間は」

Sは首を振った。

「死んだんか……みんな、死んだんか……」

また涙がこぼれて地面を濡らした。

「泣いてる暇はない。なんとか、陣地まで戻ろう」

Sの言葉に、Kは顔を上げて中腰になった。

「俺の背中に乗れ」

KはSをおぶって歩き出した。

陣地の近くに戻ると、兵舎に通じる道に敵軍の歩兵が小銃を持って立っていた。

KはSを背中から下ろして身を隠した。

「あかん。敵軍に陥落されとる。この分やと、他の小隊の陣地も……」

そのときSが言った。

「三十キロほど東に、別の前線部隊の基地があるはずや。頑張れば三日ほどでたどり着ける。さっき、山の上に隠した食料がある。三日分だけ取りに帰って、K、おまえはそれを背負って基地に行け」

「アホなことを言うな。行くんやったら、あんたと一緒や。あんたを背負って行く」

「共倒れや。俺は置いて、食料を持っていけ」

Kは Sをおぶった。

「行くで」

5

東を目指して、ひたすら歩いた。

かつて岬を目指して歩いてきた断崖の道は、陣地を陥とされた今となっては敵軍の歩兵に待ち受けられている可能性が高かった。ジャングルの中を分け入るしかなかった。

Sを背負い、帯剣で太い樹の蔦(つた)や蔓を切り開きながら進んだ。

夕闇がせまる。マラリア蚊の大群が押し寄せてきた。身体に留まったマラリア蚊を掌で潰すと、いたるところから血が出ていた。植物のトゲにやられた顔や腕、身体中のそこからも血が出た。

岩陰で一夜を明かす。翌朝、目を覚ますと朝の光が漆黒の闇をかき消していた。代わりに姿を現したのは、自分たちを檻のように取り囲む緑だった。

Sがつぶやいた。

「緑は、美しいが、残酷やな」

気力を振り絞ってやっとのことで岩を越え、前に進んだ。山を這い上がり、また奈落の底に下った。

川蟹や川海老を獲って食らった。木の芽と芯をかじった。

ヤシの木に登って実を穫る体力はもう残っていなかった。

歩いた。Sを背負ってただひたすら歩いた。

目の前に、あの茶色がかった薄いオレンジ色の果実がなっているのが見えた。

もぎ取って小さな種を指でほじり出し、背中から下ろしたSの口につけた。

「飲めよ。これ」

Sは果肉を頬張り、果汁をジュルジュルと音を立てて飲み干した。土気色のSの顔に少しだけ生気が戻った。

そのときだった。頭上に影がよぎった。極楽鳥が飛んでいる。

「おい、S。極楽鳥や。極楽鳥が飛んどるぞ。他の島に転進しようらんと、まだこの島におるで。俺らもまだ、生き残る可能性あるで」

Sは東の空を見上げて極楽鳥の行方を追った。

「ほんまや……なあ」

そうつぶやいて精一杯の笑顔を見せた。

　KはSを背負って再び歩き出した。

「あのな、S、俺はな、歩きながら、ずっと考えてたんや」

　無言のままのSに、Kは語りかけた。

「なんで俺は、あのとき、死なんかったんやろなあって。それはな、あの朝、極楽鳥のつがいに見とれとったからや。その美しさにな。極楽鳥の美しさを俺に教えてくれたんは、S、あんたや。あんたが教えてくれなんだら、俺はあのときも、極楽鳥に見向きもせんと、まっすぐ山道を下りて、死んどったんや。きっとそうなんや。S、やっぱりあんたは、俺の命の恩人やなあ」

　Sの息が一瞬揺れて、Kの首にかかった。

　声はなかったが、笑っているように、Kには思えた。

　その後は一言もしゃべらず、Sを背負って歩き続けた。夕闇が迫り、二人で昏々と眠った。

　翌朝、Sの身体の様子が急変していた。

　吐く息が荒い。目の焦点が合っていない。

「おい！　どうしたんや？　しっかりせえ！」

　身体が熱く、発汗が著しい。

　マラリアだ。

「S、あとちょっとの辛抱や。基地に行ったら、アクリナミンがある」

「俺は……もう、あかん。ここで……」

　Sの虚ろな目が閉じた。

「何、言いよんや！　こんなとこで死んだらいかん」

Kは S の身体を起こし、背中に乗せた。熱をおびたSの体温がKの背中に伝わる。

「さあ、行くで」

Sをおぶって歩きながら、KはずっとSに語りかけた。

「おい、S、あんた、いつも言いよったやないか。生きて京都の街を歩くん違うんか？　今こそ、京都の街を思い出してみいや。何が見える？　いつもみたいに、言うてくれ。しんどうて喋られへんのか。目も、開けられへんのか。そうか。それやったら、俺が、あんたの目になって歩いたろう。急がんでもええ。ゆっくり、ゆっくり、歩こうや。ほら。見えよるやろ。三条新京極の入り口は、紙細工のさくら井屋やな。だらだら坂を下りたら、右にでっちようかんがめっぽう美味い西谷堂や。組み紐の昭美堂に蛇の目食堂、おもちゃの京一に南海堂。左はハイカラな森永のキャンデーストア。幟が風にはためいて、おいでおいでと手招きしよるで。その先に、映画館が見えよる。でっかいなあ。京都座と松竹座や。京都座の向かいは卓球場、その隣が寫眞館と一緒になった喫茶モンバス。松竹座とまんじゅうの塚本屋の角から左覗いたら、うなぎのかねよの赤い提灯が四つ見えよるで。右は寺町通りの櫻湯や。ざぶーんとひと風呂、浴びたいなあ。気持ちええやろなあ。疲れが取れるよなあ。おお、六角通りに出よったで。この辺の店はごちゃごちゃとしとんなあ。おまえの自慢の眼鏡は、この川島屋で誂えたんやったなあ。二階建ての芝居小屋は、えびす座、ちゃうぞ。えべす座や。六角のどん突きは、べっぴんの女給が自慢のローヤルカフェーやったけど、あっさり潰れて今はブロマイド屋やな。そや、乙羽信子のブロマイド買おか、それかやっぱりあんたが好きな高峰秀子にしよか。六角のどん突きをクッと折れたら、左に京人形の辨天堂、八ツ橋にキセルの西田屋、ヘタな表札の光昭堂、右はパンの西洋軒や。きしめんの更科の、真っ白な暖簾が青い空にまぶしいなあ。おふく履物店とキクヤレコード過ぎたら、ほら、あんたが彼女と最後に映画を観た、菊水の映画劇場や。あの嵐寛寿郎の鞍馬天狗の看板は、おまえが描いた看板とちゃうか。あんた、ほんまに絵が上手やなあ。アラカンが、今にも看板から飛び出して新京極を駆け回りそうやなあ。そろそろ腹が減ってきたんとちゃうか。菊水劇場の周りは食堂だらけやな、腹ごしらえしよか？　メシはもうちょい後にして、富貴で落語でも見るか。それかその先の花月まで歩くか。笑うたら、腹が減るのも紛れるで。蛸薬師から寺町の方覗いたら、夜店の灯りが見えよるで。いろんなもんを売っとるなあ。賑やかやなあ。冷やし飴買うか。紙風船買うか。ハーモニカ買うか。おお、メリヤス雑貨の左り馬と帝国館越えたら、刃物の久世の向かいに、スター食堂が見えてきよった。看板をよう見てみい。東亜食堂やないで。あんたが好きやった、スター食堂のままの看板や。なんちゅうハイカラな看板や。その先には、スタンド酒場もある。三満寿のうなぎ、田毎のニシンそば、音羽の蒸し寿司、ここの並びは美味い店が目白押しやなあ。腹がぐうって鳴っりょるなあ。おお、そろばんの看板出しとる池田屋と、袋物の大沢屋の向こうに、『京一』の看板が見えてきよるで。おまえの惚れた女が働いとる、玉突き屋の看板やないか。よう見てみい。耳と指が綺麗とのろけたあの娘が、入り口で手ぇ振って、なんで早う帰ってきてくれんの、イケズやなあって、笑いよるで」

Kは延々と話し続けた。歩き続けた。三条新京極から四条通り、そして河原町通り。ビアホールがあって画廊があって銀行がある。丸善があって平安堂だとか大學堂だとか小さな書店がいくつもある。ダンスホールがあって花屋がある。そこからもう一度三条通り、そして今度は寺町通り……。一度も歩いたことのない、ただ店の名前だけを知っている、「懐かしい町」を、KはSと一緒に歩いた。

Sが消えそうな小さな声で呻(うめ)いた。

「眼鏡を……」

「眼鏡が、どうしたんや？」

「死んだら……俺の眼鏡を……前に教えた、伊根の両親に……」

「おい、何を弱気なこと言いよんや。気をしっかり持て。聞こえるか。S！　死ぬな！　死んだらあかん！　死んだらあかんやないか！　ほら、町が見えるぞ！　あんたの好きな、河原町や！　新京極や！　見えるやろう？　しっかり見ろ！　しっかり見んかい！　俺と一緒に新京極に戻って、新しい眼鏡を誂えてもらおうや」

返事がなかった。

Sの亡骸(なきがら)を背中から下ろした時、ポケットに何か硬いものが入っているのに気づいた。

手を入れて取り出す。

真珠貝の貝殻だった。

裏返すと、その内側には絵が描かれていた。

アクリナミンの黄やマーキュロの赤で描いた、極楽鳥の絵だった。


それからどれほど歩いただろうか。

Kにはもう時間の感覚がなかった。

ようやく遠くに基地の灯りを見つけた。

Kは走り寄った。

途中の道に、憲兵が立っていた。

敬礼をするKに憲兵は怒鳴った。

「なんで、おまえだけ、のうのうと生きて帰ってきたんだ！」

「は……」

「おまえの中隊は玉砕した、と、すでに大本営、つまりは、天皇陛下に報告しておる。顔向けできんだろうが。皆が、陛下に命を捧げたんだ。おまえも皇国の兵士らしく、美しく散ってこんかい！」

Kは敬礼の手をゆっくりと下ろした。

美しく？

そんなことに美しいという言葉を使うな。

Kは心の中で激しく憤った。

そして、心に固く誓った。

絶対に生きて帰ろう。Sと一緒に。

第十話　再会

二〇二一年　春

1

「ここに、ロッカがいてますね」

木戸はそう言って、中腰になって写真を指差した。

木板に貼られた写真群の下段あたりに、路上にたむろする猫たちの写真があった。

その中に、じっとカメラの方を見つめている白い猫がいる。左右の目の色が違うことが、モノクロ写真でも、はっきりとわかる。

「ああ、これは」

と柚木も木戸と並んで中腰になり、写真を覗き込んだ。

「『かねよ』の前で撮った写真やね」

「そのようですね」

「おそらく、一九七〇年代の終わりごろか八〇年の初めごろに撮った写真やないかな」

「一九七九年です」

と木戸は即座に答えた。

「よう覚えてますよ。井上レコード店の奥さんに、ロッカが迷子になったから探してくれって、頼まれましてね。それで、あなたのところに、頼みに行ったんですよ。柚木さん、いつもこのあたりで、猫の写真を撮ってましたからね。左右の目の色が違う白い猫を見つけたら、交番に知らせてくれってね」

「ああ、そうやった。そんなことがあったね。それで、『かねよ』の前にいてるよ、と、知らせに行ったんやね。この写真は、その猫を見つけたときに撮ったものやね」

「写真、一枚、一枚に、いろんな思い出があるもんですねえ」

木戸は背筋を伸ばし、木板に貼られた無数の写真を眺めながらつぶやいた。

柚木は首から提げた一眼レフに手を添えて言った。

「そうやって、思い出の写真を見つけてもらって、あの頃、一九七〇年代、一九八〇年代のこの界隈に思いを馳せながら、ちょっとした時間旅行を味わってもらいたい、というのが、この写真展の趣旨なんよ」

「なるほど。それで写真展の名前が『河原町逍遥（しょうよう）』か。ええ名前ですね」

「ありがとう」

「鴨川で青空写真展をやるには、ちょうどいい天気ですし」

「ほんまやね。ちょっと、風が強いのが玉にキズやけど」

二人は鴨川河畔の上に広がる空を見上げた。

空は銀鼠色にくすんでいる。湿り気を含んだ南風が頬に当たる。

春霞の中をさっと黒い影が走る。今年もツバメがこの街にやってきたのだ。

「本当は、去年にやる予定やったんやけどね」

柚木が言う。

「新型コロナウイルスの影響で延び延びになってしもて、結局、今になってしもたわ。でも、その分、写真をじっくり選ぶことができて、良かったけど」

日曜日とあって、大勢の人が板に貼られた写真に見入っていた。

「写真は、何枚ぐらい展示されてるんですか」

「六百枚ぐらいかな」

「それはすごい」

すべてコンパクトなキャビネサイズのスナップ写真だ。

気取った写真展の雰囲気は微塵もない。ゲタばき、サンダルばきで見に来られるような写真展だ。学生や観光客の姿も見られるが、写真を興味深そうに覗き込んでいる人の大方は鴨川近辺を生活圏とする地元の人たちのようだ。子供連れの主婦や散歩途中の老人や休憩がてらに河畔にくつろぎに来た店員たち。年配の人たちは、先ほどの木戸のように、写真を指差して思い出話に花を咲かせている。一枚の写真の前に、ずっと佇んでいる人もいる。

鴨川の橋の下で雨宿りする人たち。たむろする修学旅行生たち。橋のたもとで寝そべる猫。古書店の前で立ち読みする老人。レンゲの花が咲く鴨川べりで戯れる子供たち。立飲み酒場で宙を見つめる男。市電の軌道を歩く老婆。

それらは木戸の記憶の引き出しの中の風景でもあった。

木戸もまた、かつて自分が警官として勤務していた界隈の、猫たちや往来をゆく人たちや今はもう姿を消してしまった食堂や映画館の看板が架かった街の風景を目にして、過ぎ去った時間の中を逍遥しているのだった。

「山崎さんにも、この写真展を見せてやりたかったですよ」

「山崎さん？」

「私の、三条京極交番勤務時代の上司です。残念ながら、二年前、癌(がん)で亡くなりました。あの人は、私以上に、この街を好きやったから」

その時、柚木に来客があった。

「どうぞ、ゆっくり、見ていってね」

柚木がその場を去った後も木戸は一枚ずつ、丁寧に丁寧に見て回った。

一時間ほどかけて、ほぼ見終わったと思った頃、

「ああ」

と木戸は嘆息し、目線の高さにある一枚の写真をぐっと覗き込んだ。

「柚木さん、この写真」

「どうしたん？」

柚木がやってきて訊く。

「河原町のジュリーが、写っている」

柚木も写真を覗き込んだ。

「ああ、そうやね。河原町のジュリーやね」

「これは、珍しい」

木戸はさらに顔を寄せて写真を見つめた。

「彼が、写真に写っているのを、私は初めて見ましたよ」

木戸は写真から目を離さず、まるで写真の中の男につぶやくように言った。

「柚木さんもご存じのように、河原町のジュリーは、当時、とても有名でした。でも、彼の写真は、不思議なくらい、残っていないんですよ。少なくとも、私は見たことがありません」

柚木は顎に手を当てて、しばらく何か考えている様子だった。

木戸は写真を見つめながら、柚木の口が開くのを待った。

数十秒の沈黙の後、ようやく柚木が口を開いた。

「これは、誓願寺の裏の、六角の公衆便所のあたりかな」

たしかにそうだ。間違いなかった。

柚木は続けた。

「実は私もあの頃、毎日のようにこの界隈に写真を撮りに来てたんやけど、彼の写真を撮ったという確たる記憶がまるでないんよ。それは、自分でも不思議な気がする。それについて、あれこれ考えを巡らせたこともあったけど、結局、答えは見つかれへんかった。案外、そのときの画角やとか、光線の具合とかが、私がシャッターを押したいと思う気持ちと、たまたまタイミングが合わなかっただけのことかもしれん。けど、たとえそうやとしても、それはあくまで私の事情やね。私以外の人たちが、彼の写真を撮らなかった理由にはなれへんね」

「ええ。今のように、誰もがスマートフォンを持っている時代とは、時代が違う、と言ってしまえばそれまでですが、それでも、当時カメラは、一般の人にとって特別なものでもなんでもなかった。むしろ『お正月を写そう』だとかなんだとか、テレビでカメラ用フィルムの宣伝がバンバン流れていた時代ですよね。それなのに……」

柚木はまた少し考えたのちに、言った。

「私が今住んでる沖縄の、離島に行くとね、どの島にも古くから伝わる祭礼があるねん。それらは決まって、かつて海からやって来た神を迎え入れる儀式やねん。祭礼には実際に、神、正確には神を模した仮面や衣服をまとった者が姿を現すんやけど、島の人たちは、神の姿を絶対に写真に撮ることを許さへん。訪れた人たちも、撮ることはない。聖なるものにはカメラを向けたらあかん。どこか人間の深層には、そういう意識が流れてるんやね。それと似た感覚が、河原町のジュリーには、無意識に働いたのかもしれんね」

そうかもしれない、と木戸は思った。

もっとも、神、と言われて一番嫌悪するのは、彼自身だろう、とも。

「この展覧会のために、膨大なストックの中から写真を選んでいるときに、たまたまこの写真のネガが見つかったんよ。自分でも意外やった。彼の写真は、撮ってなかったつもりやったから。一枚だけ撮っていたんやね」

写真の中の河原町のジュリーは、木戸の頭の中の彼のイメージとは、少し違っていた。

顔の表情が違う。自分が知っている彼はもっと柔和な表情だった。写真の中の彼は幾分険しく見える。写真の中の彼は歩いているが、やや大股で歩いているように見える。四十年ほど前、毎日のように遭っていたときの彼は、こんな歩き方ではなかった。悠然と歩いてはいたが、もっと一歩の幅は小さく、地面に足を擦るように歩いていた。

「もしかしたら」と柚木は言葉を継いだ。

「この写真を撮った時期は、木戸くんがあの交番に勤務するようになった頃、ああ、あれは、一九七九年ごろやね。その頃よりも、ずいぶん前のような気がするわ。私が、彼のことを『河原町のジュリー』やと認識する前やったのかもしれん、そやからカメラを向けてシャッターを押せたのかもしれん」

河原町のジュリーは、最初からあの河原町のジュリーだったのではなく、この街を幾日も幾日も歩くうちに、いつしかあの自分たちが知る河原町のジュリーに変わっていった。

きっとそうなのだろう、と木戸は思った。

いずれにしてもそれは貴重な写真だった。表情や歩き方に多少の違和感はあるにせよ、ボロボロの衣服をまとい、脂で固まった長髪、垢で真っ黒な顔は、まごうことなき河原町のジュリーそのものだった。

「わあ！　この人！」

甲高い女性の大きな声が、木戸と柚木の耳に響いた。

七十ぐらいの、小綺麗な老婦人だ。

「河原町のジュリーやんか！」

「ええそうです」

柚木が笑顔で答えた。

「何か、思い出がおありですか？」

「ある、ある、大ありどす！」

女性は勢いよく話し出した。

「うちが河原町三条の交差点で信号待ちしてたら、ちょうどうちのすぐ横に、このジュリーがおったんどす。そのときね、急に強い風が吹いてきてね、そう、今日みたいに、強い風が吹いてましたわ。そしたら、ジュリーの長い髪の毛ェがうちの首元に、たなびいてきて。気色悪う、と思うて、慌ててはねのけた拍子に、ジュリーの髪の毛ェと、うちのネックレスが、絡んでしもたんどす。わあ！　どないしよ！　無理やり引っ張ったら、ジュリーの髪の毛ェもちぎれる。そんなんなったら、何されるかわからんさかい、仕様なしに、うち、つけてたネックレスを自分で首から外して、逃げたんどす。交番に駆け込んで住所と名前だけ残して帰ったら、しばらくして、ジユリーとは別の死んだ浮浪者がつけてたのが出てきた、言うてきたから、そんな気色悪いのん、もう要りません、言うて、受け取るの断ったんどす」

「あなたでしたか」

「はあ？」婦人は丸い目をさらに大きく丸めた。

「あのとき、交番で、あなたの話を聞いたのは私です」

「まあ！　あんた！　あのときのおまわりさん？」

「もう一昨年、定年退職しましたけどね」

女性は、もう一度、まあ、と言ったきり、絶句した。

「今、おっしゃった事情は、あのとき、交番で聞いた事情とはだいぶ違うようですけどね」

女性はあからさまにバツの悪そうな表情で、

「なんし、ほんま、怖かったんどすえ」

それだけ言って首をすくめ、去っていった。

あの日と同じような湿り気を含んだ強い風が、鴨川の河原を吹き抜けた。

木戸の脳裏に、ふと、父の姿が蘇った。

父のことを思い出したのは、久々だった。

家の近くの銭湯で、コーヒー牛乳を買ってくれた時の父だった。

生きていれば、と、木戸は頭の中で計算した。

八十九。

生きていれば。

幾度となく、そうして父の年齢を数えてきた。

こんな歳になってまで、そう考えたことを半ば自嘲（じちょう）した。

しかし、それも今日は許されるだろう。

河原町のジュリーの姿に、思いもかけず出会った今日ならば。

柚木が言った。

「木戸くん、この後、何か予定はあるの？」

「いいえ。定年の身です。何もありません」

「木屋町に、私の知り合いがやっているバーがあるねん。ちょっと変わった面白いバーやし、もしよかったら、今夜、一緒にどう？」

2

「ずいぶんと散らかってますが、よかったら、ちょっとその辺の本をどけて、カウンターにお座りください」

眼鏡を鼻までずらしたマスターは、もう七十近い年齢に見えたが、いたずらっ子のような上目づかいで木戸に言った。

「いやあ、これぐらい散らかってる方が、落ち着きます」

木戸は店のいたるところに積まれた本や壁に貼られた大判の写真や古い映画のポスターを物珍しそうに眺め回しながら、椅子を引いた。

「オーセンティック、っていうんですか。ああいうバーは、私みたいな人間には肩が凝っていけません」

そうして三人は焼酎のグラスで乾杯した。

「紹介するわ。この店のマスターの海江田(かいえだ)さん。私に、久しぶりに京都で個展をやってみたらって誘ってくれたんも、海江田さんやねん」

「そうやったんですか」

マスターが答える。

「僕は柚木さんの写真のファンでね。柚木さんが、パートナーと一緒に沖縄に移住するって言い出したのは、バブルで京都の街がおかしゅうなった頃でしたか。柚木さんが撮る沖縄の写真もええけど、僕は柚木さんが、京都がおかしゅうなる前の、この界隈の写真をたくさん撮ってたのを知ってましたからね。それで、久しぶりに京都に戻ってきて、あの頃の写真展をやってみたらって、提案したんです」

「海江田さん、ありがとうね。最初はどうしようか迷ったけど、やってよかったわ」

木戸もマスターに言った。

「私も、久しぶりに、あの頃の気持ちに戻れました。ありがとうございます」

突然柚木が声を出して笑った。

「柚木さん、なんか、私、おかしなこと、言いました？」

「ほら、今も」

「え？」

「木戸くん、私、昼間に鴨川で会うた時から気づいてたんやけど、初めて会うたあの頃は、自分のこと、『僕』って言うてたやん。警官やのにね。それが、なんか、可愛かってんけど。けど、久しぶりに会うたら、『私』って言うんやもん。なんや、それがおかしいて」

「組織の中にいるうちに、つまらん人間になっただけなのかもしれません」

「そんなことないよ」と柚木は首を振った。

「あんた、四十年、勤め上げたんやろ？　それは、ええオマワリになった、ということや」

そんな会話を、ずっと昔に、彼女と交わしたことがあるような気がした。木戸は、ぼんやりとした記憶の中で、それがいつのことだったか探ろうとしたが、思い出せなかった。

代わりに思い出したのは山崎のことだった。

二年前、入院先の病室に、山崎を見舞った日のことだ。「定年の報告に伺いました」と言う木戸の手を握って、山崎はうなずきながら、「よう、頑張ったなあ」と一言だけ言った。

それが最後の言葉になった。

山崎は、若い頃、本当は学校の教師になりたかったと言っていた。しかし木戸にとって、山崎こそが、人生の教師だった。彼がいたからこそ、自分は四十年、勤め上げられた。

「どうしたん？　しんみりした顔して」

柚木の言葉に、「いや、なんでも」と答えて、木戸は話を戻した。

「写真はどれも良かったけど、とにかく今日は、久しぶりに河原町のジュリーと再会できて、嬉しかったなあ」

「それはよかったね」

「実は、昨年の二月、河原町のジュリーの命日に、彼が亡くなった場所へ花を手向けに行ったんですよ。三十六年ぶりでした」

「へえ。また、なんで？」

柚木の大きな目がいっそう開いた。

「柚木さん、宮嶋健人（みやじまけんと）という作家をご存じと思いますが」

「もちろん、知ってるよ。去年、沖縄の私のところに、取材に来たよ。河原町のジュリーの話を聞かせてくれってね。なんで私なんかに話聞きに来たのって尋ねたら、あの頃の京都の話ならこの人にって、マスターから紹介されたって」

マスターがカウンターの中で黙って笑っている。

「知っている範囲のことは答えたけど。彼の写真は撮ってなかったし、私の話がどこまで参考になるのかって思ったけどね」

「そうだったんですね。では、彼の小説も、もうお読みになりましたね」

「読んだよ。私のことがずいぶん書いてあったんで、びっくりしたよ」

木戸は口元にグラスを寄せ、一口飲んでから言った。

「実は、彼、私のところにも来たんです。昨年の一月でしたね。そのときに、久しぶりに河原町のジュリーのことを思い出しましてね。それで、もうすぐ命日だと気づいて、花を手向けに行ったんです。円山公園にね」

柚木もまた一口飲んでから、ふと思い出したように言った。

「あの小説の中に、河原町のジュリーが戦争に行った、という話があったやんか。あれは、どこまで本当なんやろうね」

「それは……私の口からは、なんとも。でも、彼が戦争に行ったのは、本当のようですよ」

木戸は焼酎をぐっと喉に流し込んだ。そしてグラスに残った焼酎をしばらく見つめた。

「結局」

と、木戸は続けた。

「彼の人生の、本当のことは、彼自身にしか、わからないんじゃないでしょうかね。彼がなぜ、河原町を徘徊していたのか。戦争から帰ってきて、なんで、しばらく実家の家業を真面目に継いだあと、何もかも捨てて京都にやってきたのか。どうして、いつも映画の看板を楽しそうに眺めていたのか。そして、いつも朝になると河原町の商店街の柵にもたれて、東の空を眺めていたのか。誰も直接、彼に話を聞いた者はおりません」

「そして、なぜ、彼が、住み慣れた河原町界隈ではなくて、円山公園で死んでいたのかも」

「ええ。謎のままです。でも、それでいいのではないでしょうか。彼が生きていたときにも、彼を見た者は、彼が本当はどんな人物なのか、いろんな物語を作っていました。みんな、何かを、彼に仮託していたんです。それによって、自分が今、背負っている荷物を軽くした。私も、その一人です。彼は、そんな存在なんですよ。生きているときも、死んだ今も」

「そうかもしれんね」

と柚木はうなずいた。

「そして、こうも思うんです」

と木戸は静かに言った。

「私たちが、河原町のジュリーに何かを託したように、河原町のジュリーもまた、この街に、何か大切なものを託して生きていたんやろうなって。私が言える確かなことは、それだけです」

気がつくと焼酎のボトルが一本空いていた。

「ずいぶん飲んでしまいました。そろそろ、おいとまします」

マスターが声をかけた。

「木戸さん、今日は私の奢りです。そのかわり、またお越しください」

「申し訳ないです。ではお言葉に甘えて。必ず、また来ます」

木戸は席を立った。

そのとき木戸は彼が座っていた背後の壁に、一枚の映画のポスターが貼ってあるのに気づいた。

「ほお。『太陽を盗んだ男』ですね」

「ほんまやわ」と柚木が答えた。

マスターが尋ねた。

「お二人、この映画に、何か思い出がおありですか」

「少し、ね」

そう言って柚木が笑みをこぼした。

木戸は、ポスターの中のジュリーを見つめて、目を細めた。

「私の、大切な思い出です」

エピローグ

一九八四年　二月五日

彼は頭上を見上げた。
雪がとめどもなく降っていた。
べたついた白い欠片（かけら）が、容赦なく黒い顔にへばりつく。
目に入った雪が視界を遮断（しゃだん）する。何も見えなくなる。
かじかんだ指で雪を拭（ぬぐ）う。再びぼんやりとした空が見えてくる。

彼はじっと目を凝らした。
舞い落ちる雪の乱舞の中に、黒い影を認めた。
黒い影は二つあった。
影は次第に、白い世界の中で色彩を帯びた。
極楽鳥……。

彼はつぶやいた。

一羽は派手な羽毛を身にまとい、もう一羽は地味な姿だった。

二つの影は、東の空を目指してゆっくりと飛翔していた。

彼はその影を夢中で追いかけた。

六角通りから河原町通りを越え、高瀬川を越えて木屋町を越えた。

南に下って、四条通りを東に進み、鴨川を渡った。

橋の上では風に舞う雪が真横から吹き付けてくる。

足がもつれる。欄干（らんかん）に身体をぶつける。つんのめって、顔から雪に突っ込む。

黒い服と長い髪が雪まみれになる。

破れた靴から出た指がちぎれそうに冷たい。

それでも二つの影を追いかけて、歩いた。ひたすら歩いた。

遠い記憶が蘇る。

いつしか目の前の白い世界が、幾十、幾百もの絢爛（けんらん）たる緑の世界に変わった。

その中を彼は歩いた。

寒さはもう感じない。額から汗が流れた。

灼熱（しゃくねつ）の中を、彼は歩いていた。

背中が、重い。

八坂の楼門が見えた。
車道は降り積もる雪で白い河のようだった。
何度も転びながら、向こう岸にたどり着く。
彼は息を切らしながら階段を上った。
そのとき誰かが、自分の名前を、呼んだ。
たしかに聞こえた。
懐かしい声だ。
それが、誰なのか、そして、自分の名を、その誰かがなぜ知っているのか。
もう彼には判然としなかった。

ただ、恍惚（こうこつ）に浸りながら、彼は赤い門をくぐった。

あとがき

たった一つの光景が、ずっと頭に焼き付いている。

京都、四条河原町。まだ人通りのまばらな朝。商店街のアーケードの下の柵にもたれながら、東の空を見上げている男がいた。

男の名は、「河原町のジュリー」。

僕は一九七〇年代後半から八〇年代前半にかけて、京都で学生時代を過ごした。

その間、河原町のジュリーとは、何度もこの街で遭った。彼と遭うたび、僕は少し歩調を緩め、しかし彼は、まったくいつもと同じ足取りで、飄然と僕の傍らを通り過ぎていくのだった。

あの朝に見た風景は、どこか、現実離れしていて、今でも、もしかしたら、あれは幻だったのではないか、という気がすることもある。しかし、いずれにせよ、その光景が、あの「時代」の、あの「街」の、最も印象に残っている風景なのだ。

あの日から、四十年以上が過ぎた。しかし僕の中で、「彼」が消えることはなかった。

あの朝、彼はなぜ、柵にもたれながら、東の空を見つめていたのか。

そのことを書くことが、人生の宿題のような気がしていた。

今、ようやくその宿題を果たした気分だ。

ここで、おことわりしておかなければならないことがある。

「河原町のジュリー」は、「実在した」人物である。

あの頃に京都にいた方ならば、多かれ少なかれ、「河原町のジュリー」に関して、何らかの思い出があるのではないかと思う。当初は、そんな方たちにできるだけたくさん取材をして、小説の中に反映させるつもりでいた。しかし途中で考えが変わった。他人が見たジュリーではなく、あくまで自分自身の、心の眼を通して見たジュリーと、彼が生きた街のことを書こう、と。

この小説は、「ある朝」の個人的な経験を起点にして、当時の新聞記事などを参考に、想像の翼を広げて書いたフィクションだ。

読者の中には「自分の知っている河原町のジュリーとは違う」と思われる方があるかもしれない。それはそういう事情による。あの時代に、彼と生きた人の数だけ、彼の物語があると思う。これはその物語の、ひとつに過ぎない。

この「物語」を構築するために、多くの方々のお力添えを得た。

参考文献リストにも記したが、先斗町や木屋町の猫たちの記述は、木屋町で「八文字屋」というバーを経営している京都在住の写真家、甲斐扶佐義（かいふさよし）氏による写真集を参考にした。またニューギニアに関する記述は、NHKのアーカイブ映像をはじめ、水木しげる氏の著作を参考にした。

そして、新京極に関しては、新京極通六角下ルで土産物屋をされている新京極商店街振興組合理事の西澤摩耶（にしざわまや）さんが、多くの貴重な資料を提供してくださった。

そのほか、ご協力いただいたすべての方々に深く感謝の意を表したい。

そして執筆の間、数え切れないほど歩いた新京極や裏寺町の界隈で出遭い、多くのインスピレーションを与えてくれたたくさんの猫たちにも、ありがとう、と言いたい。

二〇二一年二月五日　　河原町のジュリーの命日に

増山　実

主な参考文献

『京都市住宅地図』一九七七年・一九八四年　吉田地図

『京都新聞縮刷版』一九七九年〜一九八四年　京都新聞社

『京都青春街図』一九七四年・一九七六年　プレイガイドジャーナル社編　有文社

『新京極』　新京極連合会・新京極ジュニアクラブ

『新京極今昔話　その三』　田中緑紅　京を語る会

『酒場の京都学』　加藤政洋　ミネルヴァ書房

『京都猫町さがし』　甲斐扶佐義　中公文庫

『世間話研究　第14号』　世間話研究会　岩田書院

『現代風俗'90 貧乏』　現代風俗研究会　リブロポート

『大図説　世界の鳥類』　小学館

『河原者ノススメ』　篠田正浩　幻戯書房

『〈野宿者襲撃〉論』　生田武志　人文書院

『水木しげるのラバウル戦記』水木しげる　ちくま文庫

『毎日ムック　戦後50年』　毎日新聞社

『福祉教育開発センター紀要　第13号「戦後京都市における「住所不定者」対策と更生施設」
加美嘉史』　佛教大学福祉教育開発センター

この作品は書き下ろしです。
物語はフィクションです。

ジュリーの世界

2021年4月12日　第一刷発行

著者　増山実
発行者　千葉均
編集　野村浩介
発行所　株式会社ポプラ社
〒102-8519
東京都千代田区麹町4-2-6
一般書ホームページ　www.webasta.jp
印刷・製本　中央精版印刷株式会社

N.D.C. 913 327p 20cm ISBN978-4-591-17006-9

P8008341

増山実（ますやま・みのる）

1958年大阪府生まれ。同志社大学法学部卒業。2013年、第19回松本清張賞最終候補となった「いつの日か来た道」を改題した『勇者たちへの伝言』でデビュー。同作は2016年、「第4回大阪ほんま本大賞」を受賞。他の著書に『空の走者たち』、『風よ 僕らに海の歌を』、『波の上のキネマ』、『甘夏とオリオン』がある。